京都の休日　春の二十七帖

とう乃ほゆ

風詠社

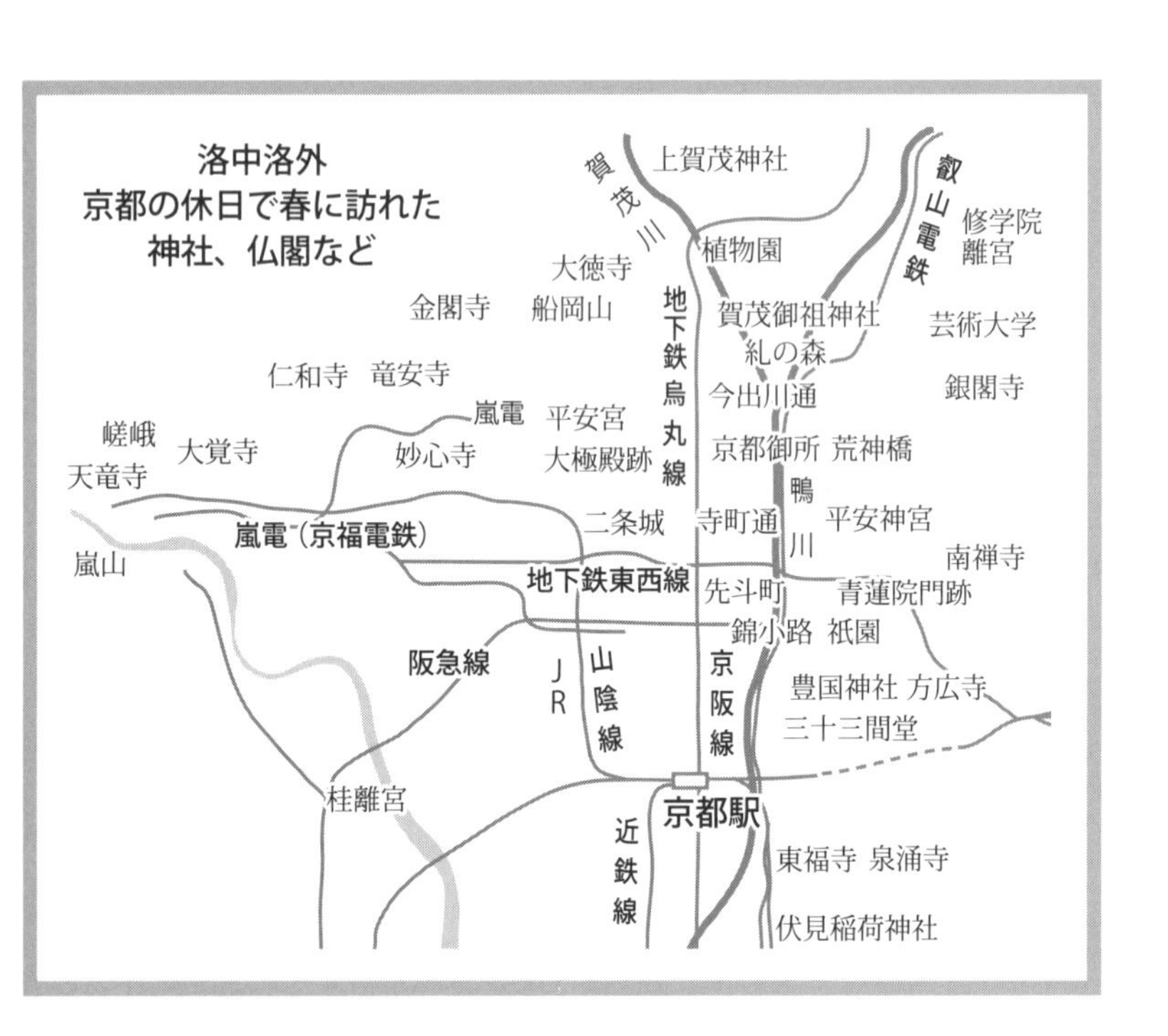
洛中洛外
京都の休日で春に訪れた
神社、仏閣など
上賀茂神社
賀茂川
叡山電鉄
修学院離宮
植物園
大徳寺
金閣寺
船岡山
地下鉄烏丸線
賀茂御祖神社
糺の森
芸術大学
仁和寺
竜安寺
今出川通
銀閣寺
嵐電
平安宮
嵯峨
大覚寺
妙心寺
大極殿跡
京都御所
荒神橋
天竜寺
鴨川
二条城
寺町通
平安神宮
嵐電（京福電鉄）
嵐山
南禅寺
地下鉄東西線
先斗町
青蓮院門跡
錦小路
祇園
阪急線
JR山陰線
京阪線
豊国神社
方広寺
三十三間堂
桂離宮
京都駅
近鉄線
東福寺
泉涌寺
伏見稲荷神社

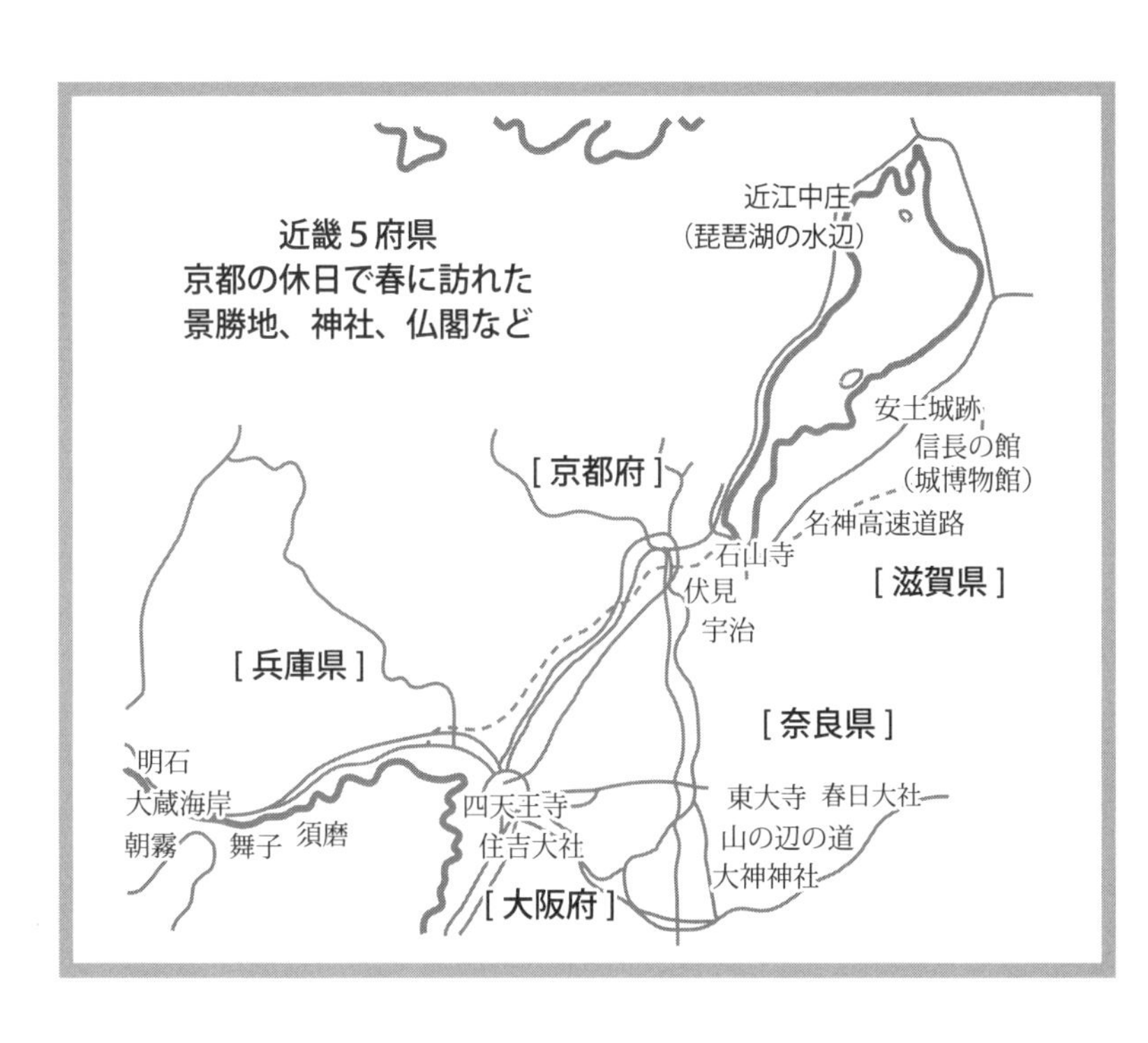
近畿５府県
京都の休日で春に訪れた
景勝地、神社、仏閣など
近江中庄
（琵琶湖の水辺）
安土城跡
信長の館
（城博物館）
名神高速道路
[京都府]
石山寺
伏見
宇治
[滋賀県]
[兵庫県]
[奈良県]
明石
大蔵海岸
朝霧
舞子
須磨
四天王寺
住吉大社
東大寺
春日大社
山の辺の道
大神神社
[大阪府]

《 第一週 》起す

一帖　鴨川　二月二十七日
二帖　宇治　同じく二十七日
三帖　離宮　二月二十八日と三月一日
四帖　伏見　同じく一日
五帖　嵯峨　三月二日
六帖　祇園　三月三日
七帖　篭り　三月四日
八帖　東山　三月五日
九帖　近江　同じく五日
十帖　今出川　三月六日

《 第二週 》承ぐ

十一帖　明石　三月七日
十二帖　野兎　三月八日
十三帖　観世音　同じく八日
十四帖　奈良　三月九日
十五帖　先斗町　三月十日

《 第三週 》転ず

十六帖　豊国　三月十一日
十七帖　建勲　三月十二日
十八帖　作業場　三月十三日と十四日
十九帖　門跡　三月十五日
二十帖　糺の森　三月十六日
二十一帖　銀閣　三月十七日
二十二帖　芸術家　三月十八日
二十三帖　洛中洛外　三月十九日

《よりあと》結ぶ

二十四帖　談義　三月二十日
二十五帖　御寺　三月二十一日
二十六帖　御所　三月二十二日と二十三日
二十七帖　清明　三月二十四日以降

合わせて二十七帖。五十四帖の半分、一〇八の四分の一。

この日記物語はフィクション（虚構）であり、実録でもまたドキュメンタリーでもありません。従いまして語り手を含む登場人物はいずれも、実在する特定の方々や人々ではありません。

物語が展開する時期は、平成の時代も三十年を数えるようになった年の春に設定していますが、月齢すなわち月の満ち欠けや昇る時刻に関しましては、実際の暦とは必ずしも一致していません。

とう乃ほゆ　作

平成の御世も三十年を数えるようになった、次の御代への御譲位も小さく聞こえてきた申か酉か戌の歳のこと。

女官二名と警護官数名からなる少数の者が、見目良き皇室の女宮さまにお供をして洛中洛外の神社や寺院の数々を巡り歩き、郊外にも足をのばして愛すべき人々と出合い眞心で触れ合ったのち、御寺での奇しき巡り合いを以てついに心穏やかな佳き日々が訪れるまでの日記物語。

京都の休日　春の二十七帖

一帖（鴨川）

「お手本にないです。こんな時どうしたらいいでしょう」と携帯にかかって来た時、わずか五分余りしか経っていませんでした。お望みに沿って女宮（おんなみや）さまをお一人で西の岸に残し、鴨川をＳＰ（警護官）一人と共に渡った私が荒神橋（こうじんばし）の東の袂まで来て、枝を広げた木々の下から遠巻きに見守り始めましてから。

「ぼくは芸術家だとか、隠してないよとか。日本語と英語で二人が、それと聞いたことない言葉で次から次に話してきます。ちょっとお願い水野さん。それとやっぱりＳＰさんたちにもすぐに来てくれるように連絡して」

「承知いたしました。ＳＰ一名はうしろ三十メートルに控えていますから、ただちに割って入らせます。私も急いでまいります」と答えて携帯を切り、首に掛けているもう一台のスマートフォンに素早く手をやった私は、いくつかある指示の中からこの場に適った一つを素早く選ぶと、西の岸で構えている警護官へ発信しました。続いて横にいるもう一名のＳＰへはじかに、水面に並んだ飛び石伝いを試して真っすぐに女宮さまのもとへ走るように命じました。

　呼び出し音がしてからここまで三〇秒と少し。向こう岸約一五〇メートルとやや遠巻きながら成り行きは漏らさず目にしていましたし、人目も多く開けた鴨川の岸、それと日が薄いながら射して明るい早春の一時過ぎを考え合わせれば、重大事態に発展する可能性はほぼない。そう判断した私ですが、携帯をしまいながら私自身も女宮さまのいる西の岸へ足早で荒神橋を渡りました。

駆け付けてみると既にうしろにいたＳＰが問題をかたづけていました。

「私が走り寄って来て割って入りかけると二人とも驚いた顔で私を見て、両手を上げて何か口にしながら後ずさりして急ぎ足で走り去って行きました。川沿いに遊歩道を南の方へ、あの、あそこに後ろ姿が小さく見える彼らです」

「両手を上げるとは外国人らしいですね。外国人ですよね、一〇〇メートル以上離れた向こう岸から見ていましたが」と確かめた私へ、言葉を選びながら、

「ええ、顔の彫りは深いものの肌の色はやや濃く、普通の白人ではない北アフリカ辺りの出身でしょうか」と腹立たしさを滲ませたＳＰの横で、女宮さまはこだわりのない声で、

「二人は私が水野さんを呼んだあと、ローマから来たって言ってました。ですからたぶんイタリア人だと思いますよ」と説明して私から目を逸らすと、

「水の流れは良いですねー」と一言に思いをこめ、体ごと鴨川に向けて胸を大きく広げて深呼吸をしました。

今しがた少々怪しげな外国人に言い寄られたとは思えない声と仕草の女宮さま。対する私はまだ目くじらを立てたまま二人について確かめました、

「イタリア人の観光客、と話していましたか」

「いえ学生で、大学へ留学するために一月に来たばかり、と確か英語で話していました。それに…ワインを飲みに行こう、この先のポントチョーに昼間からワインを安く飲めるお店があって、そこでアルバイトしているからですって」

「そういった説明は何かの手かもしれません。ですから女宮さまは適切な対応をされたと思います、SPと私を呼ばれて。学生であると自己紹介すれば聞いた側が気を緩めると知って誘った可能性もありますので」

「そうですねー、水野さんがよく使う『よんどころない事情で、ご希望には沿いかねます』なんて英語でどう言えば良いか考えている間もありませんでしたから。それであとは…英語と日本語とイタリア語のごっちゃ混ぜで、隠してないよ、パスポートこれとか。ぼくらは芸術家だ、彫刻のモデルになってってって」

「モデルになってもらおうと、そういう魂胆であの外国人の男二人は、しつこく女宮さまへ話しかけていたんですね。全くあるまじき振る舞い。ほかに何か私たちを呼ぶような発言がありましたか」

「ローマは良いところだからぜひ一度来なさい。僕らがスクーターの後ろに乗

せてローマの名所を見せて回れば王女様の気分になれるよって話してましたよ」
「そんなの、留学生という自己紹介を含めて全部ごまかしですよ」と決め付けた私へ、反射的に女宮さまは、
「でも今日は日曜日だからアルバイトしてるのかも。お店の名刺もほら、手を上げたあと一度おろして、後ずさりしながら渡してくれました」と私を見ました。その声と向けた目の力が強かったので反論は失礼と感じて私は口を閉じ、差し出された名刺を受け取って短く目を落とすと自分の鞄にしまいました。

外国の若者二人が去って行った方向とは逆の上流に向かって歩き始めた女宮さまに従って、私も斜め後ろに付いていてゆっくりと歩いていきました。見上げると空は薄い雲に覆われているものの、日差しは届いて地上は明るく、公園に整えられた河川敷には若者グループがビオラとバイオリンとフルートの三重奏の稽古をしている姿もあって、豊かな音色に鴨川の岸は息づいています。風も穏やかですがまだ二月の末だけあって、北へ向かって歩くと寒さを感じました。

堰のあるところまで来て歩みを止めた女宮さまはジーンズ姿の体ごと鴨川に向け、顔だけを横の私へ回して、

「水の流れは良いですねー」とさっきと全く同じ言葉を口にしました。続いて上流に向いて両手を差し出すようにすると、

「水が流れてくる方向にある山を見て下さい。何だかゆったりしてて良いですよね。木に覆われた山から流れ出たせいでしょう、清々しいです、この水は」

と北に並んだ低めの山々を眺めました。

よほど女宮さまは鴨川がお気に召したようです。鴨川を気に入ったということは京都に親しみを感じるということ。光る水面に一首浮かんだ私は、

〈いにしえのー　大宮人（おおみやびと）もー　たわむれしー　水から京はー　都となりぬー〉

と控えめに拍子を付けて同感の気持を表し、

「平安の昔より、京は水からと申します。清らかな鴨川の流れが都の美しさを一層引き立てていると言われてきました」と付け加えました。女宮さまは口元を少し緩めて応え、その姿に私は知らずと今朝あとにしてきた東京での様子を重ね合わせていました。

どこへも外出することなく宮邸で毎日過ごす女宮さまは重苦しい空気に包まれていて、肩をいからせているかそれとも俯いているかでした。ところが京都では一転して本来の無邪気さをのぞかせている女宮さま。私には自然と笑みがこぼれてきましたとともに、これから京都で過ごす数週間は、女宮さまご自身

のみならず取り巻く状況も変えるに違いないと感じました。

「鴨川がお気に召したのでしたら、川沿いにこのまま遊歩道を歩いていかれますか。下鴨神社までてしたら、参道の入口へは一〇分もあれば着くと思いますので」と後ろ姿に尋ねますと、

「下鴨のお社にも、水は流れていますか」とセミロングの裾に軽いウエーブのかかった髪の向こうから女宮さまは質問を返しました。

「ええ、社殿から見て左の脇に水が湧いておりまして、泉を作って小川が始まっています。ただ水の量は多くはありませんから、この鴨川のようには流れておりませんけれど」

「どこかほかに水が良く流れている所、京都で知りません、彰子さん。下鴨のお社も鴨川も御所に近いですから、これからいつだって来られます」

「確かにいつだって来られますね。そうしますとー、ここから少し下流へ歩いて左に折れ、東山へ向かって歩きますと、琵琶湖からの水がかなり勢い良く流れ出ている疏水があります」

「まだ夕暮れまでにはかなりありますから、電車に乗って行く所はどうです。私は東京では少しはＪＲや私鉄の電車に乗っていますが、関西では試したこと

もないんですよ」

「そうしますと一番の候補は嵐山です。けれど人が多いでしょうから……宇治はいかがでしょう。この先すぐの京阪線の駅からでしたら、乗り換えは一度で行かれます。駅で降りると宇治川という水の流れの豊かな川が間近でして、川に架かる宇治橋は日本最古の橋といわれています。合計で四〇分くらいあれば着くと思います」

「さすがに水野さんは関西の大学出身ですね。いっしょに来てもらって良かった、頼りにしていますから。それで人の多さはどうです」

「ありがとうございます女宮さま。私の大学は関西の中でも奈良でして、京都には残念ながら住んだ経験はないんです。それで人の多さですが、宇治はそれほどではないはずです」

「決まりです」と女宮さまが向こう岸を見て答えた声には張りがあって、

「ではここから先はサングラスをおかけ下さいね、私とお揃いの。姉妹を装うためのサングラスを、一般人になるために」との私に応じて、

「彰子さんと打ち合わせたようにすべて致しますから。年の離れた姉妹が二人で京都へ旅行に来たという筋書きに沿って動きますから、京都は舞台と思って」と微笑んだ顔にも心の痛手からの回復の兆しが既に表れているように私に

は感じられました。

イタリア人の若者二人に女宮さまが声をかけられた荒神橋の袂から鴨川べりに北へ五分と少し歩いた私たちは、高野川が合流する手前で土手を上ると賀茂大橋を渡りました。着いた東岸には出町柳駅へ下りる階段があって、SP一名が先導して地下道を進み、次を私たちが、あとにもう一名のSPが少し距離を置いて付いてきました。

二帖（宇治）

難なく宇治の駅に降り立って、現代アートの趣を感じる駅舎から出てみますと、斜め右にはもう宇治橋の欄干が垣間見えます。女宮さまはクロッシェ帽をかぶり直し、私と並んで橋の袂の四つ辻を渡ると、幅の広い歩道の付いた宇治橋を渡り始めました。

思っていたように水は清らかで流れは豊か、里山から平地に移り変わる風景もなかなかの見応えです。惜しむらくは天気が冴えないことでしょうか。今朝あとにしてきた東京は朝から雲一つない快晴で、名古屋を過ぎても青空だったのですが。関ヶ原にさしかかると急に雲が増え、米原駅を通過する頃に戻った青空もつかの間で、京都駅に降り立つと空は薄雲に覆われていました。

それでも節分から三週間以上経った太陽には力が甦り、薄い雲を通り抜けて陽射しが鴨川の河原まで降り注いでいたのです。ところが宇治まで来ると空はすっかり雲に埋め尽くされてしまい、太陽の姿は見えません。けれども曇天の方が逆に匂いは引き立つらしく、川上から宇治橋へ吹き寄せてくる東風の中には白梅の香りがはっきりと感じられました。

橋を半分ほど渡ったところで女宮さまはバルコニー状の張り出しを左手に見つけると、欄干に近づいて、

「良く流れてますねー、水が、鴨川よりも一段と」と宇治川を見下ろしてつぶやきました。それから顔を上げて景色を少し眺めてから、

「川上に見えるあの赤い橋は、何ていう名前です」と尋ねました。

「朝霧橋です。源氏物語ゆかりの朝霧です」と即座に説明した私に、

「水野さんは何でもすぐに分かるんで頼りになります」と答えて宇治川に向き直った女宮さまは、少し低い声に変わって、

「朝霧橋あたりの水は、流れがここよりも強いようですよ。水面に白い瀬がいくつも立っているのが見えますから」

「水面に白い瀬が立つとは、良い表現をご存知ですね」

「ええ、何となく思い浮かびました。いつどこで憶えたのか自分でも分かりませんが、良い景色を前にして口をついて出てきました」

　橋を渡り切った西の袂まで来ますと、紫式部が座って巻物を広げている石像があります。注目を促しつつ「夢の浮橋（うきはし）」を最後に幕が閉じる宇治十帖に触れてみましたが、二度目の源氏物語にも女宮さまは黙って頷いただけで、

「甘いものを食べましょうよ、彰子さん、おやつの時間です」と私を見ました。

　お好みは和風と確かめ、同行をSP二名に任せた私は平等院へ通じる参道を速足で歩いていきました。左へ右へ視線を送りながら門の近くまで来てやっと落ち着いた感じの店を見つけた私は、間もなく追い付いてきた女宮さまへ、

「ここでいかがでしょう。私も初めてなので確かにとは言えませんが、外観からして、大きな外れはないと思います」

「ええ、いいですよ」とサングラス越しに微笑んだ女宮さまを受けてひとまず私だけで入り、店の中をざっと見渡してから外で待っていた女宮さまを呼びに出て、テーブル席に着きました。

　お揃いで注文した品「季節の果物と餡と白玉に抹茶かけ」に手を付けて半分くらい進んだところでしょうか、奥の方で音がして目をやると、白い作業着の

青年が私たちのテーブルへ歩いて来ます。

　青年は和菓子の載った地味な磁器を私たちが向い合う前に差し出して、

「これも召し上がってみて下さい。うちの作業場で作った上生菓子です。京都のこの辺りまでだいたい一日おきに、洛中から私が配達してきているんです。お代は頂きませんので、食べた感想だけ多少聞かせてもらえませんか」と少しだけ関西アクセントの入った標準語で私たちを見ました。

　渋めの小絵皿に載った見事な和菓子の三つに眼差しを明るくした女宮さまが黒文字を手にした向かいで、私は横を見上げて、

「お代なしで頂いては申し訳ないですから、代わりにお抹茶を注文させて下さい」と青年へ答え、店の奥に控えている店主に、

「お薄を、私たちに一服ずついただけますか」と頭を下げました。


　一口含んでみると和菓子は思いのほかおいしく、二口目には社交辞令なしに「かなり優れている」と舌の私は訴えてきました。アルコール類を一切受け付けない体質の私は、お酒の代わりに洋菓子を二十歳台は主に、三十歳頃からは八対二の割合で和菓子を中心に、それぞれ主な種類と名前の通った東京の店は食べ尽くしたと自慢できるほど甘味を食べ歩いて来たのですが、三十歳台最後

の年に宇治で出会ったこの上生菓子は、これまでで最上級の部類に入ります。

詳しく解説しますと、女宮さまの選んだ品の銘は青年によると「咲き分け」で、紅梅と白梅を象徴する紅と白のきんとんが左右咲き分けるように配置されていて、透明感のある姿は冷たい空気に凛と咲く梅の気品を感じさせる逸品です。私の選んだ菓子は銘を尋ねますと思った通り「早蕨」でした。他のお店で幾度か賞味したことのある早蕨と同じく、お饅頭の白地に緑の丸。そこに焼印で茶色に蕨の新芽を押した織部風の地味な外観ですが、一口含んでみると独特の風味と滑らかさがお饅頭の皮にはあり、つなぎに膨らし粉や甘酒ではなく、山の芋を用いているとはっきり分かる品の良さを備えていました。

　三つ目は半分ずついただきました。銘は「あけぼの」、「春はあけぼの、やうやう白くなりゆく」に結び付けた有職故実の上生菓子の典型のようです。まん丸をした黄身の餡の表面に適度な割れ目が入り、中からかすかに顔を覗かせている紅餡は陽光の雰囲気を漂わせていて、暖かい季節がもう間近であると目のみならず体まで届けてくれる鑑賞の和菓子として最上の出来栄えでした。

　天目茶碗で出された宇治のお抹茶の香りも素晴らしく。余さずいただいた私たちは満ち足りた目を合わせると、まず女宮さまが感想を職人さんへ、

「梅の花を模した『咲き分け』の細やかな造りには感激しました。目で見ただ

けでおいしさを感じましたし、口に運んでみると思った通り梅の匂いまで立ち昇ってくるようでした」、継いで私から、

「見栄え味ともに大変に結構なお菓子でした。特に『あけぼの』は、現実からひととき離れて別世界に遊ぶ思いがしました。いえ京都ですから、平安の昔に引き戻されたと言うべきかもしれませんね」

　青年は私たちの感想を素早くメモして手帳から目を上げると、

「東京の方のように言葉は聞こえますが、姉妹でご旅行ですか」

「ええ、そうです。姉と東京から今回は少し長く、半月かもう少し」と目で笑った女宮さまに頷いた私は、「早蕨」に感じた山の芋の風味を称えつつ、

「もしかして作業場とおっしゃったのは、京都の中でも老舗のお店では」

「ええ、まあ、そこで職人見習いをしています。配達も担当なんです。高卒で入ったんで何から何まで最初はやらされています」とはにかんだ青年は、何か思い出したらしくあとずさりすると、店の外まで出て行ってパンフレットを手に戻ってきました。

「店の冊子です。上生菓子だけでなくて、お求めやすい和菓子類も用意していますので、京都滞在中に寄ってみて下さい。神社やお寺だけでなくて普段着の京都も良いでしょうから。上生菓子を作っている作業場をたぶんお見せできる

と思います。場所も烏丸通沿いで、御所のすぐ西なので分かりやすいですし、午前中なら私は必ずいますので」と申し出て冊子をテーブルに置いた青年は、白い作業着の胸ポケットからボールペンを取り出して冊子の余白に自分の名前を今井と丁寧に書きました。それからすぐに、

「余り話してはご迷惑になりますから、私はこれで失礼します。ゆるりとしていって下さい」と顔を上げ、女宮さまと私に軽く頭を下げると奥に見える主人にも一礼して店を出て行きました。

首をねじって青年を見送り振り戻った私に、女宮さまは、

「一足遅れの逆バレンタインでしたね。このパンフレットの店、そのうち一度行ってみましょう。御所に近い所ですから」

「そう致しましょう、タイプですから」と答えた私へ女宮さまは、

「どちらがですか、和菓子、それとも職人さん」と微笑みました。


甘味処を出た私たちは、平等院の庭を巡って歩き、続いて宇治川の河畔に出て梅の香を楽しみながら向こう岸へ架かる喜撰橋へ足を進めました。短い橋を一つ渡った中島からの二つ目は歩行者専用の朝霧橋で、高い作りのために東の岸が良く見えます。岸辺まで山が迫って大樹が何本も生い茂る山肌を眺めてい

ますと、宿り木が見えたり椎の木の根元にはあずま屋もあったりして、自然に関しては東岸の方が極楽浄土を摸した平等院の建つ西岸よりも豊かです。

　渡り終えて朝霧橋の袂に再び源氏物語のモニュメントを見つけた私は、ここ宇治を舞台にした十帖に登場する人物について、

「光り輝く源氏がこの世を去ったのち、光がなくても匂い薫る二人の貴公子たちを中心に終盤の源氏物語は展開します。貴公子二人のあいだで心が揺れ動く浮舟（うきふね）というヒロインも登場します」と説明しましたが、女宮さまはやはり私の話を黙って聞いただけでした。

　東岸ではまず、宇治川が強く流れている理由の一つである発電所からの放水が勢い良く流れ出ている観流橋で一休みをし、

「夏には川に蜻蛉（かげろう）が良く飛ぶのでは」と想像しながら豊かな水と里山をしばし眺めると、引き返して山手にある宇治神社にお参りをし、続いて一つ奥に鎮座（ちんざ）する宇治上神社をめざしました。

　宇治上神社は参道から清らかさを感じました。小さな橋を渡って境内に入ると一層清々しい空気に包まれています。本殿背後の里山には人の手が良く行き届いていて、地元の人たちが朝な夕なに草刈りや枝払いに励んでいる姿が目に

浮かぶようでした。居るだけで心が落ち着いてくる境内には屋根のなだらかな風通しの良い拝殿が建ち、庇もゆったりと張り出しています。取り巻く自然と融け合った佇まいは、物々しさを排してこその雅と言ったところでしょうか。清めの砂を左右に円錐形にしつらえた拝殿前に進んだ女宮さまも、

「良いお社に巡り合いました、思いがけないところに、と言っては失礼かもしれませんが」と小さく感想を口にし、柏手を打って願いを込めると、見る位置を変えては社殿と里山を眺めました。

立ち去り難いようすのそんな女宮さまでしたが、十分ほどすると、

「こちらの宇治上神社へは、京都に滞在中にもう一度必ず参拝に来ましょう」と私に頷き。境内を包む良き気を乱さないようにゆっくりと門を抜けて小さな石橋を渡ると、右手に折れて、「さわらびの道」へ歩みを進めました。

平らに続く散歩道を西へ行った先には静かな木立に囲まれて源氏物語ミュージアムが建っています。この博物館へは十回以上も私は足を運んだことがあり、視聴覚資料などは特に参考になったのですが、

「入りましょう」と促しますと、

「次に来た時で良いです。今日は宇治川と宇治上神社の良い感じを持って帰り

めざしました。

たいので」とお返事があり、前を通り過ぎて左へ曲るとゆるい坂を下って駅を

駅を前にした四つ辻まで来たところで、

「もう一度、宇治川の眺めを」とお求めがあり、今日二度目の宇治橋を渡りました。けれども着いた時とは打って変わって上流の谷は霧に包まれ、空の雲にも厚さが加わっています。天候の変わり様を〈宇治川は　川面に山霧　空に雲名残の冷気〉と私が手帳に書き留めたように、どこからともなく宇治橋へ吹き寄せて来る風には冬の寒さと湿気も加わっていて、まとわり付く冷気に足の進まなくなった私たちは宇治橋を三分の一だけ渡った所で立ち止まると、水の流れを短く目に納めて向きを変え、夕暮れの風情が立ち込めていた宇治の市街とは反対の方角にある京阪線の駅へ歩きました。

午前遅めの新幹線で東京駅を発った私たちには、京都に着いてから経った時はわずか四時間でした。けれども天気が快晴から暗い曇りに変わったせいもあって、長い時間がこの地で過ぎ、東京での出来事はもう遠い昔の様に私には思えました。女宮さまも洛中へ戻る電車の中で宇治の印象を言葉少なに語りながら、私ほどではないにしても「東京は遠くなった」と行間でほのめかしてい

るように私には感じられました。

三帖（離宮）

次の日は小雨の降る一日でしたが女宮さまは外出を望まれ、東京から付き添ってきたもう一人の女官定子さんを伴って二つの皇室庭園、修学院離宮と桂離宮を御所の車で見学に出かけました。堀河定子さんは京生まれで京育ちのうえ地元の大学を卒業していて京都の事情に明るく、二十歳台という経験の浅さはあっても安心して任せられます。一方の私は早々ですが代休をいただいて、大学時代の旧友二人と昼食を食べる約束をしました。未婚の私と比べて二人とも結婚していて、既に子どももいます。卒業後も奈良に住み続けている一人は双子の乳児を持つ主婦専業。もう片方は大阪近郊に住んでいて、今日は仕事を休んで年長組の男児を連れて約束のレストランに現れました。私ごとの続きはあとで触れることにして、女宮さまに話を戻しましょう。

早めに戻った私が玄関の脇にある事務室で事務長と雑談をしていますと、間もなく離宮からも帰って来ました。あいさつ代わりの、
「どうご覧になりましたか、修学院と桂の離宮を、ご感想は」の問いに困った

顔になった女宮さまは、目を逸らして、

「どう見えたか、と言われてもー、お庭ですのでー。ただの良い庭ですよ」と形ばかりの答えを返しました。定子さんが補足して、

「どちらでも係の人が事細かに説明してくれまして。特に桂離宮では、『王朝文化の美』とか『海外の名だたる建築家が視察して簡潔な中に深い精神性があると感嘆の言葉を残していきました』などとお話がありましたが、説明を受けた女宮さまは『良いことは分かりますが、私はまだ庭を観て味わう齢に達していませんので、そこまでは分かりません』と率直に答えられていました」

「なるほどー、庭を鑑賞される年齢に達していない、言われてみればその通りかもしれませんね」と同意した熟年の事務長の頭を一瞬見て、思い出した顔に変わった女宮さまは、

「お月見のための庭です、桂離宮は。確か月波亭とお話があったと思います。池へ張り出している建物は十五夜のお月さまを見るのにちょうど良い南東に向けて建てたそうです。それで昔はお月見の宴を度々開いて酒盛りなどをして楽しんだ、と係員さんが説明してくれました」

「聞いた私は女宮さまをまねて、『では次回は、月齢を良く見た上で、天気の良い日の夕方を選んで来ようと思いますので、お酒も用意しておいてもらえま

すか』と訊いてみたんです。でも係りの人は冗談だとすぐに分かって、『それではお酒にワインの各種、山海の珍味などもご用意してお待ちしておりますので』と微笑み、みんなでいっしょに笑ってあとにしてきました」


　翌日の火曜日は、新聞やテレビの予報によれば天候は回復するはずだったのですが、朝になっても雨は上がることなく、逆に雨脚は強くなってきました。そんな本降りの朝、御苑の管理責任者が皇宮護衛署の署長を伴ってあいさつに来ると、完全に関西抑揚の標準語で、

「雨降りなのでもしや外出はされていないのではと考え、京都御苑内をご案内してさし上げたいと思って参りました。一順されたあとには京都迎賓館（げいひんかん）にお運びなられてはと思っております。調理人らが『試作品の料理を食べて感想を聞かせてくれるのにふさわしい人を探してよこして欲しい』と何度も言ってきておりまして。ですから連絡をこれから私が入れましたら、昼食も迎賓館の方で召し上がっていただけます」

　申し出を受けて女宮さまはＳＰ無しで定子さんと出かけて行きました。一方の私には少々の仕事がありました。それは京都での長期滞在により期待するような効果が現れそうか、初期の感触を報告せよと東京を出る前に直属の上司か

ら求められていたのです。本庁も報告を待っているとの話でしたので、私は事務室に残って一時間を超える長い電話を東京の上司にかけたのでした。


二人が皇宮護衛署長と戻ってきたのは午後の二時近くで、

「いかがでしたか、御所と迎賓館は」と、珍しくスーツに黒い革靴を召して出かけてきた女宮さまへ尋ねますと、

「御所は前にも来ていますから今回は特には…そう、廻らせた塀が長くて真っ直ぐなのに改めて驚いたくらいです。それと比べると京都迎賓館の方は心に残りましたよ。元赤坂の迎賓館の様な華やかさはありませんがとても日本的で、手をかけて作っていると分かりました」、継いで定子さんが、

「内装も新しくて品の良いものばかりなので、明日からはあちらで泊まることができないか、女宮さまは訊こうとなさったんですよ。私がお止しましたが」

「訊いてみるだけ訊いてみて、係員さんがダメそうな顔をしたら、『やっぱりそうですよねー』って言おうとしただけですよ」


この様に女宮さまからは本気か冗談か分からない言葉が時々出てきて対応に困る場面があります。今回もその例と見て私は、「お求めになられると、求め

られた相手は簡単には断れない。というお立場にあることをお忘れにならないようにお願いしますね」とここは軽くたしなめるべき場面と考えました。けれども賢しめばそのぶん心のつながりを薄れさせ、何より大切な信頼関係を損ないかねません。思い直して私は、

「迎賓館でのお泊りでしたら、これから先、海外の王族方とご一緒に京都に来られる機会もあるでしょうから、お泊りいただけると思いますよ」と助言するに留めました。女宮さまも納得した顔で、

「そうですね。内装も調度品も奥深い芸術品揃いの様でしたから、年齢を重ねながら味わってゆくのが本当でしょうね」

「味わうといえば、試作品料理の方は、いかがでしたか」

「おいしかったです。品数もかなりでおなかいっぱい食べさせられました」と上着のボタンを外した女宮さまに合わせて定子さんもウエストをさすり、

「あれで試作品なんでしょうかね。品数が予想以上に多かったので、館の事務方に訊いてみようと思ったんです、女宮さまのために特別に調理したのではと。けれどタイミングを逃しました」

「どちらにしても夕食は、ほんの軽い物で充分です」

「長い滞在になるので自炊もとおっしゃっていましたから、今日から始めてみ

ますか」と話し合う二人に、

「では近くに買い物に出て、あとは室内で過ごされてはいかがですか」と奨めますと、少し考えてから女宮さまは、

「いえ、籠っていると気がふさぎますから外に出ましょう、雨は上がったようですし。時間がかからずに行けるところに」

　おっくうがらずに出かけようとされる。それだけでも良い兆しですし、付き添う女官の私たちは助かる思いです。さっそく候補をいくつか上げてそれぞれへの行き方を説明しました。終わりまで聞いた女宮さまは私を見て、

「昨日と同じ京阪線で行かれる伏見、稲荷大社にしましょう。着替えてきますね」と事務室を出て行きました。


　京都御苑内は、ご存知の方も多いように通路の幅こそ広いものの一般の車は入れません。玉砂利も敷かれていて急いで足を進めることさえ禁じられているかのような御苑内です。その玉砂利に足を取られそうになりながら私は置いたままだった点に触れました、

「着いた日の宇治では、名前まで言う場面はありませんでしたが。この先長い滞在の間には、出かけた場所で親しく接した人から名前を聞かれることもある

でしょう。そういった場面で名前も伝えないのは不自然ですから、京都での仮の名前は決めておきましょう。連絡先は訊かれても、『思いがけない事も起こる昨今ですので誰にも教えていません』と柔らかく答える、でよろしいですが」

私からの求めに立ち止まった女宮さまは、一息置いて斜め後ろを振り返ると煩わしい時に見せる仕草をして、何も口にせずに雲の切れ始めた空に目をやっていましたが、私が重ねて、

「名前を伝えることは単純な対応ですが、何も伝えないと悪い印象をお相手に残しますので、ゆるがせにはできません」と求めますと、

「彰子さんの提案では、名字は宮茅（みやち）でしたね」

「ええ、天に関わるお家の方に地面の地を使ってはいけませんので、土偏の地ではなく、穢（けが）れを祓（はら）う輪を作る際に用いるカヤの茅で」

「その説明は前回も聞きました。分かりました、それでいいです」

「では名前の方はどうされますか。前回の打ち合わせでは、ご自分で名前の方は考えるとおっしゃっていましたので、これをとお勧めできるものは私からは特に」と背中を見ますと、前に向き直りながら女宮さまははっきりした声で、

「ここは京都なので京にします。京子、宮茅京子と名乗ります」

「女宮さまは京都では宮茅京子。京都のもう一方の字の都では『宮茅みやこ』

になって、大阪の女漫才師と言われかねませんからね」と定子さんが冗談を付け加え、それに女宮さまは笑って返しました。

ＳＰ二名を含めて総勢五人の私たちは寺町御門を抜け、川原町通に突き当たると南へ折れて、京阪線の丸太町駅へ歩きました。

四帖（伏見）

伏見稲荷大社、全国各地に数多い稲荷神社の総本社にあたる伏見稲荷は、同じ京都にある上賀茂や下鴨のお社が盆地の奥に鎮まられているのと比べて南に位置し、山の囲みが解かれたぶん開かれた雰囲気があります。貴族の帰依を受けてきた鴨社と対称的に、庶民が盛り立ててきた歴史から闊達さもあります。

実際にこの日もかなりの人が出ていました。楼門を抜けて短い階段を登った拝殿前にはごった返すほどの人がいて祈るのもためらわれたほどでしたので、素早く二礼二拍手を打って右へ外れた私たちは拝殿南側を回って権殿の脇まで来て一息入れたのでした。次はどこへ向かおうかと話していたその時です、「ＦＯＸ　ＣＯＬＯＲ！――」という大きな声が少し離れた横の方から聞こえました。すぐに私はそれが女宮さまと私に向けられた声だと思い当たりました。なぜなら定子さんは茜がかかった白っぽい上着を着ていたのですが、女宮さまと私は辛子色をしたフランネルのブレザー姿で、キツネ色と見えても自然だったからです。思い当たりを裏付けるように白人の若者が近づいて来て、「いっしょに写真に納まってもらえませんか。ＦＯＸ　ＣＯＬＯＲと声をかけたのは、あちらに立っている私の主人です」という意味と思われる早口の英語で話しかけてきました。本邦の習慣からすれば先の発言からして不躾。説明に来た点を鑑みてもやはり失礼は否めないと感じた私は、断りの言葉を口にして立ち去ってしまいたかったのですが、思いとは逆に一歩足を大きく下げ、女宮さまが前面に出る形で定子さんと並んでしまいました。英語でネイティブと渡り合う自信がなかったからです。

若者は前に立つ女宮さまへ大きく微笑み、主人の方もすぐに拝殿横からやってきました。野性味の感じられる一方で濃紺のスーツに身を包んでいる主人は最初の若者と同年代と思われ、服装で目立つのは白いシャツに締めた深紅のネクタイくらいです。スーツの自然な着こなしが動きにも表れている主人は、「いっしょに写真に納まって下さい、どうぞお願いします」と聞き取り易い早さの英語で女宮さまへ頼むと、自己紹介を始めました、

「僕はアメリカのテキサス州に住んでいて企業を数社経営しています。ＦＯＸ

ＦｌＹＩＮＧというアウトドア会社の社長でもあるんですよ、キツネが大好きなものですからね」

「キツネがこの神社のシンボルだから、ここへ観光に来たんですか」といった意味の質問を英語で返した女宮さまは、短い受け答えを何度かしてから、

「写真をいっしょに撮っても良いですよ。ただし訳あって、サングラスは外せませんが」と米国人の二人へ伝えました。


伏見稲荷の権殿を背景にして私たち三人と主人の並んだ写真を従者が三枚ほど撮ると、青年実業家は自己紹介の続きをしました。経営者になれたのは実の親ではなく岳父が富豪だからで、来日した目的も岳父の事業に関連した首都圏での仕事であり、その前に執事と二人で関西を観光しようと、今朝関空に着くとホテルに荷物を置いてすぐに出て来たとのことです。

紹介が済んだ青年実業家は私たち三人へ順にゆっくりと視線を送りながら、

「ぜひ皆さんをディナーに招待させて下さい。京都に十日間と少し泊まる予定ですが、どの晩でも都合をつけます。既にいくつか約束をしていますが三人を優先してキャンセルします。ディナーはどんなに高級なレストランでもどんなに格式の高い日本料理店でも大丈夫です。代金は全てこちらで持ちますから」

と申し出ました。それを定子さんが訳してくれる一方で、女宮さまからはどう答えるべきかを求められた私でした。

着ているもの、立ち振舞い、顔の表情からして、一応の信頼は置ける人物と判断しましたが、安請け合いは見くびられる元ですので、

「こういった場でのしかるべき対応としては、『今はディナーをご一緒できるかどうか分かりません。返事はあとで改めてします』と伝えるべきです」と後ろから口添えしますと、私の言葉をそのまま英訳した女宮さまの手には、名前と部屋番号と携帯番号を素早くメモした京都駅直結の最高級ホテルの便箋が青年実業家からは握らされたのでした。


渡されたメモを鞄にしまって周囲に目を向けてみますと、米国人二人のみならず参拝者の多くは外国人です。特に目立つのはアジア系で、米国とヨーロッパ系の白人も少なくなく。日本人の参拝者は半数にも満たないありさまです。

青年実業家たちも、

「この神社は、アメリカや欧州はじめ海外に名前が良く知られています」

「JR駅を出ると正面に朱色の鳥居が建ち並び、建物も朱色に統一されていて実に印象的かつ美しいです。京都で最も異文化日本を感じられる場所だと旅行

案内書にも書いてあるんですよ」と境内を見渡し、その異文化風景の極みである朱色の小鳥居が連なって建つ山の上へこれから登るので、いっしょに行きませんかと誘ってきました。

和訳しながら見せた定子さんの複雑な表情の通り、さっきまで私たちも山上に連なる小鳥居が第一の候補で、呼び掛けられていなければ今頃は登る途中にあったのです。けれども女宮さまは顔色を変えることなく口を開くと、

「私たちには実は、会う約束をしている人たちがあちらの神社建物にいるんですよ」と断りの口実をしっかりした英語で口にし、付き添いを促す目配せを私たち女官にすると、彼らがこれから登って行こうとする階段のある東ではなく、北に建つ社務所に向かって歩き始めました。

去って行く二人に短く視線を送り、竹製の人止めを越えた玄関前まで進んだところで女宮さまは私たちの目を見て、

「あれで良かったですかね」と意見を求めました。定子さんの、

「良かったです。お手本になるくらいでした。対応の仕方にある『押しの強い人や口はばったい相手へは、ペースに乗らないことが何より大事』のとおりでしたよ」に続いて私も、

「全くこの場に適った対処でした。もしも同行すれば夕食のディナーも誘われて、断りの言葉を口にしにくくなるところでしたから」

五帖（嵯峨）

京都で四日目となったこの日は明け方の冷え込みが厳しく、布団の中にいても寒さを感じるほどでした。寒の戻りです。一方で陽の光は朝から春らしく、朝食の食堂で女宮さまは明るい庭を見て、

「今日は嵯峨まで電車で行ってみましょう」と提案しました。

二人で話し合った道順は、御苑の南西にある間之町口まで一〇分ほど歩き、出てすぐの丸太町駅から地下鉄に乗って一駅先の烏丸御池で東西線に乗り換え、二つ行った二条駅から今度はＪＲで嵯峨嵐山までという経路でした。

今回の京都滞在は、「移動は原則鉄道で」と前もって女宮さまと決めてありました。バスは乗った時は空いていても名所最寄りバス停や中高生の下校時にはぎゅうぎゅう詰めになる場合もあるため、地下鉄駅や鉄道駅がとても遠い時のみバスは使うことにして。タクシーも雷雨など特別に気象の悪い時だけにしました。駅までの道が三〇分くらいあっても歩く。それを一日に何度かすればかなり運動したに等しく心の健康にも良いはずです。二日試して「移動は原則

鉄道の方針は続けられそうです」と話す女宮さまに今日は私だけが付き添い、休みの定子女官に代わって一名多いＳＰ三名を引き連れて嵯峨へ出かけました。

外国人で混み合う列車を嵯峨嵐山駅で降りた私たちは、改札口の横に備え付けてあった散策マップを一枚ずついただき、地図を片手に右の階段を下りて北へ向って歩き始めました。

嵯峨はその昔、洛中から半日ほどかけて歩いた鄙の地にあり、山に近いせいと寒の戻りも今朝は加わって御所よりも一段と冷えています。女宮さまは厚手フラノのチェック柄スカートの上に橙色のダウンジャケット姿でしたが、吹く冷たい風に駅舎を出るとジャケットのボタンを全部かけました。私も雨水を過ぎた暦にはそぐわないツイードのスーツを選びましたが、これで正しかったと嵯峨に来て思いました。

最初に向かった大覚寺はマップ上の道をたどって歩くと角ありカーブあり、また横に進む区間もあったりして、のんびりと歩くことはできませんでしたが、要所には案内が付いていたので迷うことなく参道の南端までたどり着くことができました。そこから先はお寺の門前にふさわしい落ち着いた家並が続いて道も真っ直ぐですが、市バスが通るために排気ガスに少々煩わされてしまい、

「せっかくの参道が、趣半減ですね」

「こういった地区にこそハイブリッド・バスがふさわしいですよね」などと訴えつつ歩いて、まもなく大覚寺の正面に着きました。


　いく方もの上皇や法皇が入られ、院政の拠点にもなってきた歴史から「嵯峨の御所」と呼ばれた大覚寺は、広い敷地に大きく構えた大寺院です。正面右手には勅使門（唐門）が見えますが常に閉じてあるようで、道なりに歩いて短い橋を渡った私たちは左へ曲がり、右手にある表門から境内に入りました。生け花文化発祥の地だけあって壇をしつらえた上には作品がいくつも並び、建物に目を移すと入母屋造りの立派な玄関には幕が懸っています。菊の御紋が大きく染められた幕は、皇室ゆかりのお寺である印です。

　その玄関へ私たちは正面からではなく、一般観光客と同じように左脇の出入り口から入り、靴を脱いで拝観料を払って段差を上りました。そうして玄関の間を彩る金と碧が印象的な障壁の前で女宮さまがニットのふんわりとした帽子を、私がベレー風の帽子を取った時です、外国人の夫婦が奥から現れて呼び止められました。二人は大覚寺を見終えて出る間際で、

「次は嵐山にある人気のサル園へ行く予定なんだけど、ここからだと、どのく

らい時間がかかりますかね」と訊いてきたのです。それは英語での質問でしたがネイティブの話す単語のつながった早口英語ではなく、対応できると私は、

「嵐山にサル園があるとは、聞いたことがなかったです」と答えました。

「私も知らなかったです。外国人が京都まで来てサルに会いたいとはおもしろいですね」と女宮さまも口元をゆるめて応じました。若い外国人の夫婦は、

「おもしろいと言えば、このお寺で僕らは今しがたおもしろい人たちに出会ったんだよね」と短く顔を見合わせると、私たちに向き直って
「ちょっと言葉を交わしただけだけど、英国王室の人たちに違いないわ。私たちの国スペインでも王室が一度途絶えたあと復活したから、私はヨーロッパの他の王室にも興味があって、写真をチェックしているから確かよ」

英国王室の方たちと同じ時間に同じ場所に来ているとはまさかか、それとも日本の皇族の女宮さまだからこその奇しきゆかりか。そんな思いの私と応ずる言葉を選んでいる女宮さまの前で、スペイン人若夫婦は、

「彼らは、『日本人と知り合いになりたい』と話してたんだよね」

「『できれば若い女の人たちと』って言ってたから、これから紹介しましょう」

と微笑みつつ、こちらの意志は確かめないまま夫人の方が私の二の腕を軽くつかむと一つ奥の部屋へ連れて行ったのでした。ＳＰへ視線を送りましたが行動

に悪意はない点を軽い頷きで確認し合っただけで、為されるがままに私は女宮さまと共に宸殿（しんでん）へ進んだのでした。

紅梅の間に居る小グループの前に回り込んだスペイン人夫婦は、

「先ほどのお求めですが、ここにお連れした日本人の淑女お二人でいかがでしょうか。皆さん四人がどこの誰であるかは想像で既に伝えてありますからね。ユア・グレース」と私たちを簡単に紹介して去って行ってしまったのです。

紅梅が見事に描かれた襖絵（ふすまえ）の前に立っているのは五〇歳前後と思われる紳士、四〇歳前後に見える夫人、加えて一段背の高い若い男女の合わせ四人でした。その中から紳士が右手をおもむろに私へ差し出すと、

「はじめまして、お会いできて嬉しいです」と正に英会話の教科書通りの極めて形式に則った、それでいて親しみを感じるあいさつを差し伸べてきました。気おくれしつつも私は格調高くを意識してあいさつを返し、続いて女宮さまもあいさつを交わしました。

私と比べて落ち着いた表情の女宮さまは握手の手を離しながら、

「私の分かる限りでは、あなたはアメリカ英語ではなくて英国英語を話されているようですが」と微笑みました。紳士もにこやかに、

「あなたは全く正しいです。私たち四人は英国から来ました。個人的な旅行で日本を訪れています。こちらは私の新しい妻になる予定の—…名前はここではやめておきましょう、公表前ですから。それで、こちらが私と元の妻とのあいだの娘のマーガレット、同じく息子のエドワードです」

「マギーって呼んで」

「エドでいいよ」と短かく若い二人が応じたあと、紳士は軽く咳払いしてから、

「それで私はあのスペイン人夫婦が示唆し残したようにアンソニーです。正式にはサリー公爵と連合王国では呼ばれていますが」

「サリー公爵とは、英国の高貴な一族の方ですか」と間接な言い回しで確かめた女宮さまへ、紳士の方は、

「女王の息子です」と歯切れの良い答を返しました。けれど投げ込まれた直球に女宮さまは動ずることなく、自然な笑顔で、

「では私からは『ユア・グレース』とお呼びしないといけませんね」

「いえいえ、そんな風でなくデューク・サリーで充分です、あなたの様な淑女からは」と中年紳士も眼差しに親愛を込めました。

穏やかなやり取りを前にして私は、女宮さまに相談することなく自己紹介の

方法を決めました。けれどもそれはサリー公爵の示した率直さに呼応した紹介ではなく、あくまでここ京都が日本である点に重きを置いた「仮面をかぶる」方法でした。なぜなら皇族の女宮さまがお忍びで京都に長期間滞在していると伝えたなら、サリー公爵ご一家に意図はなくとも、親しい人との電話やメールで話題にしただけで、「女宮さま京都滞在中」の情報は不特定多数へ拡散していく可能性があります。思わぬ所で意外な待ち受けも予想され、対応に苦慮する場面も出て来ることでしょう。滞在は始まったばかりですから、慎重の上にも慎重にと考えた私は、四人を見ながらゆっくりとした英語で、

「水野彰子と申します。こちらが妹の宮茅京子です。妹と私は父親が違うために名字が別で、そのせいもあって歳がかなり離れています。二人で東京から来て、京都には二週間かもう少し滞在する予定です」と自己紹介をしました。

　公爵夫妻は私が伝えた以上の事情を探る質問を向けることなく微笑みだけを返すと、宸殿の南にある牡丹(ぼたん)の間(ま)へ移動しながら、

「もしもさしつかえなければ、私たち四人と今日一日いっしょに見て回ってくれませんか。マギーとエドは新しい母親の私といるとまだ少しぎこちなく感じるようで、同じくらいの年齢のお二人に加わってもらった方が一家の雰囲気が良くなります。それに日本の伝統文化への理解も進みますので」

「ロンドンを発つ前に京都の案内書を買って長い飛行のあいだ目を通してきたんですが、書かれていた情報と来て見た実際との間には大きな開きがありまして、正直少々とまどっています。京都に慣れた日本人と伝統文化に明るい知的淑女の判断で動かなければ、時間がいくらあっても足りなくなりそうです。ですからできればお二人にお願いしたいのですが」


けれども申し出を受けたとしますと、日常の東京とは違う慣れない京都で、基本的に一般の人たちと入り交じっての行動、あまつさえ英国王室の方たちとの同行となります。サリー公爵ご一家への礼儀と配慮は徒やおろそかにはできず、女宮さまご自身の安全確保にもよもや怠りは許されず。荷が勝ってとても一日は持ちそうにない。そう直感した私は女宮さまにしっかりと向き合うと、

「本当に英国王室の方々とご一緒するとなれば気配りが欠かせません。何かとご負担になり気疲れもするでしょうから、安請け合いをせずにここははっきりとお断りする手もありますが」と同行を避けたい気持ちを込めました。けれども期待に反してお答えは、

「負担も気疲れも私にはないです。SPにいつも見られているので大人数で動いた方が視線が気になりませんし、彰子さんも知っているように日本語でずっ

と中傷されてきた私ですから、英語で話している方が気持ちが楽なんです」

むべなるかな、日本語よりも英語で意思疎通する方がお気持ちは楽と感じるほど非難と中傷の言葉で傷ついておられる。そんな女宮さまの心の内を改めて知らされて私は俯きました。一方の女宮さまは快活に英語で、

「私も姉も日本の伝統文化に関する広く浅い知識はありますが、観光地の一つ一つには明るくありません。神社やお寺にある説明書きや音声解説に私たちも頼るしかないんです。それでよろしければご一緒しますが」と手振りも交えて公爵夫妻へ伝えました。

「もちろんそれで充分ですよ。多少の質問には答えて欲しい気持ちもありますが、日本人の受け止め方について」

「そうそう、お二人の淑女の感覚をね。それに専門知識を得たいならば、学者を引き連れて歩くしかありませんからね」と微笑んだ新婦人とサリー公爵と連れ立って大覚寺を巡り始めた私たちでした。


まずは村雨（むらさめ）の廊下と名付けられた凝った作りの渡り廊下を歩き、続いて数ある建物の一つ一つをゆっくりと鑑賞しました。そのあいだ英国人四人はともに言葉少なで互いに会話はほとんどせず。女宮さまと私へ投げ掛けた言葉も短い

感嘆文で、言語でなくて五感で大覚寺と日本の文化を感じ取ろうとしているようでした。そうした流儀は大沢の池に張り出している濡れ縁で一休みしても、漢字が縦に並んだ宸翰を前にしても、花が見事に活けられた部屋で「活花は、ここ大覚寺から始まりました」と解説が流れても同じでした。

そんな中でも一つだけ質問が出ました。正寝殿の奥に位置する御冠の間に来て、「この場所で院政が執り行われた」と音声が流れた時です。

「権力を持ったまま居たいのなら、そのまま王（天皇）の位に就いていれば良かったのに、と私は思うのだが」

「引退して新しい天皇という権力者を作っておきながら、引退した自分も発言権を持つとは、僕もなぜだと問いたくなるね」とサリー公とエドワードが感想を私たちへ向けたのです。

それはもちろん英語での意見でしたが、私でも聞き取れましたし、女宮さまも意味をつかんだようで頷きました。けれど私たちは共に口を開きませんでした。院政が始まった理由を英語では説明し切れないと思ったからです。日本語で良いのならば、院政よりも前に摂関政治で全盛を誇った藤原北家が、多数の同族を政府の要職に就けて確かな権力基盤を築いた方法を倣い、今度は朝廷が政権内の皇族層を厚くすべく、上皇の従者組織に加えて天皇の従者組織も設けて体制固めをした、と説明できるのですが。

さて、大覚寺を見終えて玄関を出る頃にサリー公爵から提案があり、境内を歩くことにしました。寝殿等の建つ東側には大沢の池が広がって、北東にも大きく境内を持つ大覚寺。その大沢の池の真北まで来てみると良い匂いが漂っています。芳しい匂いの元は梅林です。揃って梅の花に鼻を近づけて、

「不思議にも、木によって花の匂いが少しづつ違いますね」

「そう、見た目は色も大きさも同じ花が咲いているのに」

「白梅でも、より清々しい匂いの木がありますね」

「紅梅でも、よりふくよかな花を咲かせている木がありますね」と英語で同感し合った私たちでした。

続いて足の赴くままに広い庭を歩いた私たちは、対岸に大覚寺の諸殿が趣深く眺められる所まで来て引き返すと、帰りは池へ伸びる半島に立ち寄りました。半島には大覚寺の元となった山荘を作られた嵯峨天皇宸製（しんせい）の漢詩が岩に刻んであって、添えられた説明書きによりますと、嵯峨天皇は親交のあった弘法大師（こうぼうだいし）としばしの時をこの山荘で過ごし、高野山へ帰って行ってしまう空海を惜しんで漢詩を作ったそうです。説明書きを前にした女宮さまは横の私へ、

「嵯峨天皇を天皇像のお手本とすることは空海と思いを共にすることですね。弘法大師が人生のすべてを賭けた仏の道、特に『悲』の思いに通じることですね」と視線を送りました。けれども私は、

「良くご存じですねー、『悲』という難しい言葉まで」とだけ答えて、本心である「神の系譜を引いている皇室の方々には、仏教とのあいだに隔てる一線がありますね」という考えは口にしませんでした。


表門を出て南に続く参道を歩いて行きますと地場野菜が置かれた店があり、英国人の質問に二三答えた次は西に折れて小路を進みました。車の多い道路を横切った先は田舎の雰囲気が濃くなり、道の脇には豆腐工房も見えます。興味深げに立ち止まった公爵夫妻は健康食品として世界に広まったトーフについて、

「日本の伝統食品が元ですよね」と確認を求めました。

「確かに日本の伝統食品です。けれど今では日本でも大規模な工場で作っている場合が多いです。このように小さい工房で作って店頭で直売する方式こそ、長く続いてきた豆腐造りでして、その伝統が京都では他の都市と比べて多く残っている一例ですね」と私は概説し、マーガレットからカメラを受け取って店頭を背景に三人を写真に収めました。

ここで四人になっていると気付きました。エドと女宮さまは先へ歩いて行ってしまったようです。追いかけて西へ少し行くと手芸おみやげの店があって、中に二人の姿が見えました。けれども扇子の数々を前に仲睦まじく話し込んでいる姿が微笑ましく、声をかけるのもためらわれるほどでしたのでそのままにして、山際の散策路へ足を進めた私たちでした。

嵯峨の地には独特の風情と趣の深い寺院がいくつもあります。そのうちの一つ、長い石段が中腹の本堂まですっきりと伸び上がっているお寺の山門の前で小休止をしている時に女宮さまたちは追い付いてきました。山ふところに抱かれた三つのお寺を時間をかけて廻り、寂びた佇まいにくつろぎを感じた私たちは、小倉餡（おぐらあん）の発祥の地と抹茶色の小倉池のほとりを通り過ぎ、トロッコ列車の発着する駅を左手下に見ながら小さな峠を越えました。

そのまま南へ歩いてすぐのところです。竹が見事に一面を埋め尽くし、その竹の斜面にはひと気のない小径が一筋下って行っています。目にするなり、「これだ、これぞ日本だー、正しく東洋だー」とサリー公が声を上げました。

受け止めて一息置いた私は、

「竹は、ヨーロッパにないんですか」と返しました。夫人が答えて、

「ないです。竹、それと低く生えている竹草（笹）はヨーロッパにはないです。日本ではどこにでも生えているようですね。私たちが出会ったお寺の庭にもあったし、道ばたにさえ所々で見かけますが、欧州人にとって竹はアジアに来たことを実感させる植物です。特にこれほど純粋な竹の林は正に別世界ですよ」と感激を顔に表しました。

　ならば英国人たちへは日本の竹林の風情を心ゆくまで味わってもらいたいと思った私たちです。が、閑散としていた小径の下には急に人の群れが現れ、群れは大波のように盛り上がると坂の上にいる私たちへ押し寄せてきたのです。見る間に雑踏と化してしまった竹林の小径。ＳＰ三名は自発的に前に出て通り抜ける隙間を開けてくれ、そのタイミングを逃さずに私たちは、スマホの自撮り棒があちこちに突き出してアジアの言葉の数々が飛び交う人混みをやっとの思いでかき分けて下ると、逃げ込むように天龍寺（てんりゅうじ）の北門を入りました。

　ここで竹林を山手に眺めながら改めて私から、

「竹が全く別の世界を感じさせるとおっしゃいました。空港や駅で日本の文字を見た時も同じ感想を持ったことと思います」と始めました。大きな頷きが四つ返って来て、メモ帳とペンを取り出した私は、

「例えば土台からしっかりと作り上げるという意味の『築く』は、こう書きますが、上の三分の一が竹です。なぜなら竹の根は、ここからも見えるように土をしっかりとつかんで地面を固めているからです。大地震が来たらすぐに竹林に逃げ込め、とのことわざも日本にはあります」

女宮さまはメモ帳とペンを私から受け取って、

「シンプルを意味する字は『簡』と書きます。上の三分の一がやっぱり竹です。竹はシンプルに縦に割れるからと思います。そうして竹は、シンプルな日本の伝統文化にはなくてはならない素材です。例えばお茶会では、抹茶を点てる時に竹製のスプーンで抹茶粉を一さじ小壺から取り出し、陶磁器の茶わんに入れて湯を注ぎ、竹製の小さな泡立て道具を使って混ぜ合わせます」

「でも竹や笹を食べることはー、日本でもないですよね」とマギーが遠慮気味に尋ね、首を横に振った私たちの横で真面目顔の婦人が、

「竹や笹を食べるのは中国のパンダですよ」と答えると、大きな笑いが私たちを包みました。

天龍寺ではまず庭を巡って歩きました。庭の西には自然豊かな亀山と小倉山（おぐらやま）が盛り上がって借景（しゃっけい）となり、東には本堂を配置して雑踏から隔絶した佳境が作

られています。サンシュユの黄色い花が早くもほころんでいる姿に驚きながら上がった法堂（はっとう）では、天井に描かれた雲龍図（うんりゅうず）を見上げて圧倒された私たちでした。

　東へ総門を出て風情ある諸堂宇を目にしたところで夫人が、

「よろしければ昼食をご一緒にいかがでしょうか、西洋料理ですが」と私たちを見ました。親しく歩いてきた流れのまま女宮さまは、

「拒む理由はありませんよ」と微笑みましたが、付き添う役の私は出会いが偶然であっただけに完全には警戒を解いていませんでした。よもやこの一家に限ってないはずですが、食堂内のＳＰの視界から完全に外れた場所で飲食物に薬物を混入され、意識を無くして誘拐されてしまう。そんな危険までを常に想定している私は、個室かどうかの点と何階かも尋ねました。

　明らかに慎重過ぎの私でしたがサリー公爵夫妻は眼差しを変えることなく、

「地上と同じ階です。一階と言いますかね、日本では。テラスに良い席を執事に確保させてあります。個室ではなくて」

「陽光があるので、このくらいの気温ならテラスの方が快適と思いましてね」

と自然な答えを返してくれましたので、ここで改めて、

「では喜んで、ご一緒させてもらいます」と私は頷きました。

嵐山のレストランはテラス席にしてはかなり立派な作りでしたが、献立は思ったよりも簡素でした。ポタージュスープのあとにはローストビーフのサンドイッチとトマトサラダが出てきただけで、紅茶が大きなポットで給仕された点と付け合わせのジャガイモが多かった点が印象に残りしました。

フライドポテトを余してしまった私たちを見て婦人は頷いて下さり、全員が揃ってフォークとナイフを置くと、公爵が、

「今日は本当に良いお友達に出会うことができました。私と妻は、京都滞在のあいだにもう一日、お二人の淑女にご一緒してもらえないかと思っています」

と尋ねました。女宮さまは答える前にマギーを見て、

「みなさんは何日間、京都に滞在の予定ですか」

「東京の羽田に着いたのが日曜日で、その足で京都に来て、月曜日火曜日だから三日間、家族だけで観光してきたの」

「ずっと京都で過ごすはずだったんだけど、違う話が持ち込まれてね、予定が変わりそうなんだ」と若い二人が打ち明けました。公爵も言いにくそうに、

「心ならずも明日から三日ほど東京へ行って来なければならなくなりました。いいえ、着いた日に空港での出迎えを東京に住む知人に頼んだのがいけなかったんです。『もう一度顔を出さなければ絶対に英国へは返さないぞ。二ダース以上

の英国人が東京では待ってるんだからな』と電話してきまして。ですから東京へ一度行って、京都へ戻って三日ほど過ごして関西空港から日本を離れる予定です。中東のドバイに寄って小さな仕事してからロンドンへ帰ります」

そう旅程の全貌を明かしてくれたサリー公爵の実直さと、今日の女宮さまの朗らかなようすを考え合わせた私は、目で御意思を確かめてからゆっくりと、

「良く分かりました。ご一家の京都へのお帰りをお待ちしています」

応えて公爵は京都で最上級に格付されているホテルの便箋を取り出し、ご自分の名前を活字体で書くと、携帯の番号も添えて私へ差し出しました。受け取った私は真っ白なメモ用紙に、

「二人で京都御苑のすぐ近くの宿舎に滞在しています。連絡先は、これが私の携帯電話の番号です」と書いて顔を上げました。

「名前も、お願いしますよ」とサリー公に指摘され、あわてて漢字とアルファベットで二人の名前を書き加えて渡しますと、サリー公はメモを見ながら三度ゆっくりと試し読みをしました。日本名に慣れていないと気付いた女宮さまは四度目の前に自ら発音して、

「ほとんど正しいですよ、公爵さま」と付け加えると微笑み、私も、

「戻ったら私の携帯に連絡を下さい。このあと少なくとも二週間は京都に居る予定ですが、もしもこちら側に変更が生じましたら伝言を残します、ここに書いていただいたホテルに必ず」

レストランを出て桂川に沿って渡月橋の方へ歩きますと、うんざりするほど人が出ています。嵐山の散策はここで切り上げと決めた私たちは、京福電鉄の北野線に乗って衣笠方面へ向かうことにしました。

降りたホームに立つ竜安寺のアルファベット表示を指差して、

「このお寺はどうしても来たかったんだ」と話す英国人たちに理由を問いますと、四人の口からはシンクロのように、

「女王が訪れたから」と同じ言葉が返ってきました。竜安寺は日本人のあいだでも人気が高く、私にも知識がありました。石段を登って方丈に上がり、英語の解説を聞いた夫妻が第一印象を、

「モノトーンですが、そうでない感じがします」

「手入れが良くされていますね」と漏らしたのを受けて私は静かに始めました、

「目にされている庭は、モノトーンと感想があったように抽象化された禅の庭で、哲学的です。哲学を設計の時に込めたのか、それともあとになって哲学的

解釈がこの庭から生まれたのか、どちらかは不明です。この庭の本当の設計者は分かっておらず、できてから今までに戦と混乱の時代がありましたので」

「戦と混乱の時代とは第二次大戦ですか」と訊いたエドワードへ、

「第二次大戦は確かに日本にとって大きな惨禍でした。戦後の混乱も酷かったです。けれど姉が言及したのは十五世紀と十六世紀に続いた戦と混乱だと思います」と答えた女宮さまに、

「お互い長い歴史のある国ですからね」と公爵も頷き返しました。観覧客が減ったのを見て、方丈から出て庭に近い縁側に移る提案を私はしました。石庭が左正面に見える広縁に揃って腰を下ろした私たちには春の陽光がやわらかに降り注ぎ、空に舞ってさえずるヒバリの声だけが庭に響きました。

　静寂が際立つ中、マギーが小さな声で求めました、

「哲学を教えて下さい、この庭の」、私も低い声で、

「庭には大小合わせて十五の石が置いてあります。十五は日本では満月を意味していて、完璧の象徴です。ですがこの庭にある十五の石は、視点をどこに置いて眺めても同時に見ることはできません。つまり自然は完璧だけれど人間の目には欠けている面がある、という哲学です」

静かに耳を傾けていたサリー公は庭から視線を私に移すとやや深刻な声で、

「人間は完璧ではない、で一つ思い出した事があります。飛躍し過ぎかもしれませんが聞いて下さい。我が英国の皇太子妃、元皇太子妃と言うべきですね。乗っていた車がパリで高速道路の側壁に衝突する事故を起こして亡くなりました、年数が少々経ちましたが」

「ええ良く知っています。英国民に人気が高かったレディ・ダイアナですね。事故当時は幼くてニュースは覚えていませんが、長く伝えられてきた話です」

と頷いた女宮さまに、婦人も、

「自動車事故で終わってしまったダイアナの人生。あの悲劇に至る経緯は複雑で、英国王室時代に関連した副因を含めて、理由を考え始めたら切りがありません。が、直接の原因はダイアナの乗っていた車が追いかけられていたからです、パパラッチに」

「王室での生活というのは公と私の区別がありません。パパラッチはともかく、誰かの目と耳に一日じゅう晒されている毎日です。人間関係は難しく、王族に頭の固い人間が多いのも確かです。マーガレット王女、娘と同じ名前で女王の妹として生まれて既に亡くなった人ですが、そのマーガレット王女は例外的に頭が柔らかくてダイアナの良き相談相手だったことが救いではありましたが。

それで妻が指摘したかったのは、パパラッチと、それを上手に使って品の悪い王室のニュースを作り出しているマスコミの酷さです」と公爵がマスコミの酷さに言及した途端、間を置くことなく女宮さまが、

「えーえー、よーくわかりますよー」と応じました。その声はおなかの底から出ていて思いがこもっており、置かれている状況や背景を知らない英国人たちへも迫るものがあったようです。公爵は説明の続きを躊躇し、エドワード君は女宮さまを凝視しました。

けれども一転して穏やかな声に女宮さまは変えて、

「先を聞かせて下さい、サリー公爵、どうぞ話を続けて下さい」と付け加えたので、サリー公も唾を飲み込んで、

「パパラッチは我々王室の者にとって非常に煩わしい存在です。王族と有名人を追いかけまわして写真や動画を撮ることを仕事にしている彼らは、独立した経営者であり、撮った写真と動画が売れなければ経営が成り立ちません。つまり彼らの撮る写真や動画を買うお客が世の中にはけっこういるんですね」

「買う客たちとはマスコミです。特に大衆向けの新聞と民間テレビの一部は、自分たちの手は汚さずにパラッチに働かせて、『もっと売れる瞬間を撮れ』とあおって私的な生活を覗き見してくるんです。本当にけがらわしい人たちで

すよ」と感情を露わにした夫人に続いてエドも珍しく表情を険しくして、

「英国は特に酷いんです。ヨーロッパの他の国々では、マスコミは英国のそれのようには辛く王室人に当たっていません」

「けがらわしいのはパパラッチとマスコミか、それともはっきり言えば、マスコミを通じて王族の私生活まで全て見たい大衆こそがけがらわしいのか、という問題になるわけです」

「存在する十五の石の全ては見えない人間が、十五全てを見たくて気持ちを抑えられないのがこの世の中である。とパパは言いたいのね」

「それだ」と強く公爵が答えてマギーを見ると、あとは誰も口を開きませんでした。静けさが続きました。が、人が床を踏む音が沈黙を破りました。玄関の方から聞こえてきた連続音は団体客が観光バスに乗ってやって来たことを意味していました。鉢合わせを避けるために私たちは方丈の縁を通って裏手に回ると、もう一つある庭を短く鑑賞して竜安寺を出ました。


御室（おむろ）に来れば仁和寺（にんなじ）は定番です。ところが仁王（におう）門が見える辺りまで来ると門の周辺には人がたむろしていて、通り抜けることもためらわれるほどです。それでも「せっかく足を運んだのだから」と砂ぼこりの舞う仁王門を抜けて旧御室御殿に入り、昇殿して庭の背後に五重塔が美しく映える廊下まで来ました。けれどここもかなりの混み様で、竜安寺での話の続きをすることもできず、長居をすることなく御殿を出ると、伽藍の並ぶ奥へは人の多さにあきれた視線を送っただけで境内を出て、通行人とぶつかりそうな横断歩道を渡り、斜め左の方向へ足を進めたのでした。

着いた妙心寺は境内に院や坊の数々が点在する広大な寺院です。人出は格段に少なく、各坊の門から垣間見える落ち着きのある庭はどこも禅寺らしく手入れが往き届いていて撮影には格好でした。英国人たちは妙心寺ではカメラを構え続け、ビデオを回し続けて歩きました。

そうして南端にある勅使門まで来たところで、

「ローカル電車にもう一度乗りたいね」と一家は言い出しました。嵐電の駅へは広い妙心寺を南から北まで戻らなければいけませんし、洛中への帰路は大回りになってしまいます。経験上も、

「京都の夕方は、想像できないほど多くの学生と通勤客が公共交通で帰宅しますから、短い電車は大変に混雑しますよ」と私は伝えましたが、それでも乗る意思を変えない英国人たちでしたので、私は女宮さまに向き合うと、陽射しの暖かさも昼間の一時で西風に冷たさが加わってきた点に触れつつ、

「風邪でもひかれると京都滞在が台無しになってしまいますから、そろそろこのあたりで」と促しました。後ろ髪を引かれる思いが女宮さまには滲んでいましたが、寒の戻りの強い風に上着の襟元を締め、ニット帽子も深くかぶり直して、再会を約束する握手をご一家全員として帰り道につきました。

妙心寺を出て斜め右に進んで賑やかな通に合流すれば、ＪＲ花園(はなぞの)駅はわずかな距離です。駅からは経路を今朝の逆にたどって二条駅でＪＲから地下鉄へ乗り換えた私たちは、夕方のラッシュが始まる直前に最寄りの丸太町駅から御苑に上がってきました。

六帖（祇園）

次の日は朝食を食べ終わっても予定は定まらず、三人とも宿舎の食堂に座ったままお茶の入った湯のみを前にして、

「今日は少し体がだるい感じですから、どこか近いところにでも」と女宮さまは口にしながら両手首をぶらぶらと動かし、

「それでは東山に向かうことにして。博物館で時間を過ごすか何か所か見て回るか、地下鉄駅を出た時の女宮さまの体調を見て決めることにしましょうか」と提案した定子さんの声は虚ろ気味で、

「寒気は去って晴れ間が見えるものの、雲が次第に増えてくる今日はやや中途半端な天気で、基本的に下り坂です。ただし雨が降り出すのは夜でしょう」と解説するお天気キャスターの話に引き込まれていた私は、いつの間にかすぐ横まで食堂係のおばさんが来て居たことに気が付きませんでした。

　昨日の朝と全く同じ言葉を同じ調子の関西抑揚で、

「きょうは、どちらのご予定ですか」とやや形式張って尋ねた給仕のおばさんへ、定子さんは視線を送ることなく、

「今日は女宮さまの体調しだいで、岡崎の博物館で過ごすか、平安神宮に参拝して南へ歩いて知恩院（ちおんいん）とか高台寺（こうだいじ）とか石塀小路（いしべいこうじ）辺りでゆっくりするのも一案と思っているんですが」と独り言のように答え、私も何げなく、

「昨日ほどは寒くなくて、外出にはまずまずの天気のようです」

「天気が良いと、でも、東山あたりは混むんでしょうねー」と天井に目をやった女宮さまも誰へともなく訴えました。

　私たちの言葉に話がまとまっていないと見た給仕のおばさんは食卓を拭く手を休めると、

「今日は桃の節句、雛（ひな）祭りの三月三日おすから、三人そろうてべべ着てお出か

けやす」と視線を私たちへ送りました。言われてみれば昨日の晩ご飯はちらし寿司と蛤のお吸い物。明日が桃の節句という話題は夕食の時に出たのですが、行動までは結び付きませんでした。そうかと言ってやはり三月三日は女にとって特別の日です。

「京都の雛祭りはどんなふうですか」と私は目を上げて尋ねました、

「京の桃の節句いいましたらあ、下鴨神社では流し雛、上賀茂神社でも辛夷やら供える神事をしますう。けど流し雛も桃花の神事も人の出が多いやすやろから—…女宮さん連れてべべ着て『みやこをどり』を見に行きやしたらどないでしょう。東山もよろしおすけど、近ごろの清水さんやら二寧坂産寧坂あたりの混みようはそれはひどおおしてえ、うちら京の人間がよう近づけんようになってしもうたて、この前も話しておりましたんどす、炊事場でえ」

　生粋の京ことばでも意味はしっかりと聞き取れたようで、女宮さまは表情を明るくすると視線を正面と両横へ送りながら、

「お雛祭りにはやっぱりそれらしい事をしたいですから、『みやこ踊り』を見に、のお勧めに従ってみますか」と語尾を上げました。賛成の意味で私と定子さんが大きく頷くと、おばさんは打ち解けた声になって続けました。

「うちんとこの姪が、『みやこをどり』の師匠になるやて、こんところ気張う

ておりまして」

「姪ごはんはそしたら、舞妓(まいこ)はんですか」

「舞妓から始めて今は芸妓(げいこ)どす」

「失礼しました、芸妓さんされてはるんですか」

「芸妓も師範代(しはんだい)だか、そないいうんにこの前なったて話しておりました。ですから祇園(ぎおん)で芸妓してる姪に話しましたらあ、それは失礼の無いようにあんじょう女宮さまをお迎えして『みやこをどり』をお見せする思います」


　二人の対話へ温かい視線を送っていた女宮さまは、

「それなら、そうしましょうよ」とはっきりと返事をしました。

「そうされますかあ」と答えたおばさんは、まえかけのポケットから携帯を取り出すと、

「もしも姪の都合が付きませなんだら堪忍え、女宮さん」と軽くお辞儀をしていつもの炊事場へ入って行くと、すぐに戻って来て珍しく早口で、

「ちょうど揃いの稽古が、甲部(こうぶ)の劇場で今日あるそうです。十一時から始まるその稽古を見においやすんが一番やて伝えて欲しいて言うておりました。歓迎しますそうです」

「それで、どなたが見学に、と伝えましたか」と確かめた私に、

「そない心配しはらんでも、水野はん、うちも長年こちらに勤めさせてもろうてきましたんで、よう心得てます。東京からおいでになった大事な女の方が合わせて三人で、とだけ伝えて詳しいことは話しませんどした。そないおぼろげでも姪はすぐに想像付いたらしゅうて、『だいたいどすけど、よう分かりました。失礼のないように、皆に念押ししてお迎えします』て」

「そうしますと十一時に甲部とは、建仁寺から上った甲部歌舞練場まで行けばいいんですね」と頷いた定子さんに続き、話題を私はおばさんの勧めたもう一つの点、べべに移しました。


べべは関西人が普段口にする言葉で着物を意味していて、洋装を含めた着る物広くに使う人もいるようですが、多くの場合は和装です。私と定子さんは今回の京都滞在に際して和装が適切な機会も出てくると考え、おっくうがらずに着物と帯と足袋や草履など何から何までひと揃えを宿舎に持ち込んでいました。一方の女宮さまは、洋装と靴や帽子はかなりの種類を東京から届けたとは聞いておりましたものの、和服については打ち合わせの時にも話題に上らなかった憶えがありましたので、

「べべの段取りをまず」とおばさんに短く告げて女宮さまに向き合い、

「京ことばでべべ、和服を着てお出かけされてはとのお勧めですが、いかがされますか。今回の滞在にはお着物はお持込みされなかったように思いますが」

「そーおーですねーー」とちょっと困った顔に変わった女宮さまは宙に目をやりましたが、すぐに向き直って、

「べべ、着て行きたいですよねー」と歌うように返事をしました。笑顔で聞いたおばさんが再び出て、

「べべも、ご心配なさらんでもよろしいです。宮さまと女宮さまが京で急にご入り用になられた時には用を申しつけて来てもろうてる呉服屋がありますので」と親しみを込めて一礼して食堂を出ると、今度は事務室の方へ歩いて行きました。

戻ってきた時は事務長もいっしょで、おばさんの話に頷きながら入って来た事務長は、髪に手をやると関西抑揚の標準語で、

「この時刻ではまだ店を開けていないかと思いますので。確実にご用意できる時刻は――…恐らく十時前後ではと思います。このあとすぐに電話をしてみますが、着物と帯、それに草履等ひと揃えを持って呉服屋がこちらまでやってまいりますまでには少々お時間がかかると考えられた方が良いかと」と丁寧に応じ

ました。説明を聞きながらなぜか表情を固くした女宮さまは、不安げな声で、

「それは、和服を借りる、という意味ですよね」と事務長を見て、視線を私たちとの間で往復させました。事務長は真面目な顔で、

「もちろんそういうことになります」と始めましたが何か思い付いたらしく、口に笑みを浮かべると女宮さまをまじまじと見て、

「それはもちろん、お求めになっても結構ですが」と満面の笑みになりました。

「お求め」の部分を自分で繰り返してやられてしまったと分かった女宮さまは、両頬を小さくふくらませましたが、事務長が自分の冗談に乗って、

「どうかこの機会にお一つ、お求め下さいませんか、姫宮さま。お安くしておきますので｜」と手をすり合わせて付け加えますと、事務長へ短く視線を送った女宮さまは姿勢を正し、正面を向いて、

「お安いといっても先立つものがありませんから、そうアルバイトでも始めましょうかね。支払いは少し待っていただくことにして。そのあいだ事務長殿、お立て替え下さいますか、お骨折りついでに」とお見事、息もつかずに切り返したのでした。みんなが大きく笑い、すっかり和んだ空気のもとで女宮さまが気になっているはずの点を私は確かめました、

「お色とお柄が、女宮さまのお気に召すものなら良いんですが」

「そのあたりは先方も心得て、三色はお着物も帯も持参するはずです。念のために私の方から四色か五色と申し付けておきますので、その中からお気に召す物を選んでお召しになれば良いかと」と事務長は真面目顔に戻って答えました。

　九時三〇分過ぎにやってきた呉服屋の持参した着物と帯の中から選んで十一時の祇園に間に合わせるには少々大わらわでした。五色の着物のうち紬に女宮さまは興味を示しましたが、祇園にはそぐわないとの助言であきらめ。モダンな総柄の友禅小紋と色無地の菊小紋のあいだで少し迷った女宮さまは、

「菊の紋の方が、おふさわしいかと」と一言入れた私に頷いて色無地を選びました。帯は袋帯で京風に同系色で着物と合わせ、全体的にこれ見よがしにならない程度のあでやかさ。目にした人でなければ分からない絶妙な色合いを前に文章を組み立てようとしていると、定子さんが先に、

〈茜さす　紫の綾　七色に　宮に重ねる　九重の宴〉と詠み、全くの同感を私は大きな頷きで返しました。

　私たち女官もそれぞれ山吹色と萌黄色の付け下げ、灰色系の一重太鼓の名古屋帯と常磐緑のふくろ名古屋帯という少々メリハリの利いた東京風の色合わせを互いに手伝って着ました。

出かける時には駅まで歩く私たちですが、和服に草履の出で立ちで玉砂利の敷き詰められた道を歩くのは難儀のため、御所を警備する車で清和院御門の内側まで送ってもらい、門を出た寺町通から川原町通までの二百メートルほどは歩いて信号を渡ると、流しのタクシーをつかまえて一路南へ向かいました。

十一時を少し回って入った甲部歌舞練場は「みやこをどり」の稽古が佳境でした。客席は空でしたので気を使わずに済んだ点は良かったのですが、合わせ稽古が一段落して招いてくれたお礼の言葉を交わす段になって、かなりはしゃいだ人たちが居て少々戸惑いました。三味線や歌を担当する地方（じかた）の三人ほどが稽古の途中から女宮さまと気付いていたのです。それは女宮さまが、薄い色とはいえサングラスを劇場内でかけては失礼と感じて外したせいでした。しかし舞い上がっている三人へは師範代の姪ごさんが、

「うちの叔母は京都御所に勤めてかれこれ三十年。宮さまも女宮さまも、普通にお相手したら普通に仲ようしとくれやす心の優しいお方たちやて話してはりましたさかい、みんなも普通にしとくれやす」と通る声で仕切ったので、ことさら私たちを話題にすることもなく、気持ち良く甲部歌舞練場をあとにすることができました。

着付けの最中におばさんから、

「をどりも一日はよう見ておれまへんどすやろから、お昼を食べた後は歩いてすぐの日本一古い歌舞伎小屋て言われてます南座で過ごされるんもええ思いますええ」とお勧めがありました。ただし南座は人気も権威も最高の歌舞伎小屋ですし、演目と出演する役者も話題の公演でしたのでかなりの混雑が予想されました。もしも本番中に横や前後に座る人が女宮さまに気付けば観客がどよめいて舞台が台無しになりかねません。そうなると役者さんにも劇場にも迷惑がかかってしまいます。女宮さまの了解を得て少し考えを巡らせた私は、

「皇族の方がお忍びで京都にみえて、随行員二人と警備員が二名の合計五名で鑑賞をご希望されているのですが」と予約係へ率直に伝え、

「本日午後の部に適当な席がありますでしょうか」と尋ねました。

熱意を込めて予約係の女性が返した答えは、

「それは大変に光栄です。ええ、もちろん支配人以外にはお知らせしませんのでご安心ください。午後の部では最適の席を、二階の側面に一列だけ並んでいる席を五方分ご用意できます。ですから一般のお客様が気が付く心配はされなくて良いです。ただし開演の十五分前までには必ずお越し下さいね」でした。その四時半に南座に入りますと、席は歌劇場にあるバルコニー席と似た配置で

下に並ぶ一般席からは顔が見えず、歌舞伎鑑賞に没頭することができました。

名役者たちの名演技にひと時見入っていた女宮さまへ、幕が下りてから感想を尋ねますと、

「扇子の持ち方が良い勉強になりました、それに表情の作り方も」と模範的な答えが返って来ましたが、

「ここから先は本音ですよ」と表情をゆるめると、

「伴奏は三味線がどの場面でも中心なんですね、チェロの方が合うように感じた場面もあったんですが。それと体の動きは、ちょっと型にはまってると思いましたよ。ダンスの身のこなしも取り入れると、情緒の表現にもっと幅が出るはずです」とありました。私からは、

「演じられた歌舞伎の題目が内蔵助（くらのすけ）による忠臣蔵（ちゅうしんぐら）、それと義経（よしつね）と静御前（しずかごぜん）であった点が印象に残りました」と述べて答えとしました。前者は忠実な臣下を描き、後者では男女がたどる道が演じられて、多少のえにしを感じたからです。いずれにしましても、二つの伝統文化に接して女宮さまは一段と京都に馴染んできたようでした。

七帖（篭り）

　翌朝は前の晩に降り始めた雨が上がらず、窓の外を見ますと風もあって天気予報は「みぞれが交じる冷たい日になるでしょう」と伝えていました。南座から昨晩帰る途中に、

「明後日の土曜日は御寺（みてら）にお参りをする約束の日ですから、体調を万全に整えておくためにも明日は外出しないでおきます。彰子さんと定子さんもお休みにして下さい」と女宮さまからありましたので、定子さんは堀川沿いの実家へ帰り、私は宿舎内の自分の部屋に篭って京都でのここまでの滞在日記を見直してみました。けれどまだ五日足らず、本文と参考情報を合わせても日記はわずか三〇ページのため一時間で見直しは済んでしまいました。特にすることの無い冷たい雨の降りしきる日に室内に篭って意識に上ってきたのは、京都に長期滞在することになった経緯、事の始まりからの出来事の数々でした。女宮さまへのバッシング、マスコミからの誹謗中傷の連鎖、それが事の核心です。

　皇室に生まれた女宮さまは、お血筋はもちろんのこと容姿の面で優れているのみならず、率直な人となりと回りに光を放つような立ち振る舞いで国民の間で人気は高まり、メディアにもてはやされるようになりました。が、一つの

出来事をきっかけにマスコミの報じ方は一変したのです。それは皇族の御長老が長寿を祝う宴を前に、マスコミ記者の入った席で女宮さまを名指しの上で、「人気があるのは結構、皇室全体が国民により広く受け入れられることにつながって大変に歓迎できる。しかし昔から言うように花の命は何とやら。花の色が褪せぬうちに良い縁をつかむ、これが肝要。私の思うにお箏だか古都だか、いや失礼、木時蔭と戦後の皇籍離脱で宮号の消えた元宮家、木時蔭家の男子である戸古彦あたりと結婚して男系の男子を生むのが一番じゃないかな」でした。

祝いの宴を前にした和んだ空気、女宮さまを話題にするまでの流れと御長老が触れた事柄、更には御高齢を勘案すれば、御長老が口にした言葉は有り体に申して放言と聞くのが衆目の一致したところで、何かの意図を持って皇族の発言を利用しようと考える数少ない者を除けば誰もが聞き流してしまう内容でした。民放のテレビ局が短く取り上げて知った国民も皆がそのように捉えたにちがいありませんし、女宮さまも御発言に対しては何ら反応を示すことなく、忌むべき何かがここから生まれてくるとは夢にも考えていなかったのです。

ところが月が変わって公務で女宮さまが地方に出た際に、民放一局と週刊誌二社の記者計三人が、立ち話的に質問のできるわずかな機会を捉えて女宮さまへ件の発言に関連した質問を投げ掛けたのでした、

「先月に皇族の長老が女宮さまを名指しの上で発言した内容（付き添っていた私の前で記者の一人はその発言をメモから読み上げました）をどのように聞かれましたか。女宮さまが一人の人間で女性であるといった基本に目を向けていない、尊重さに欠けた発言だと指摘している専門家もいるのですが」

「年配の人たちの皇族観と保守派の価値観を代表していると言えばそれまでですが、つまるところ前近代的で、現代の日本では問題を含む発言に思えます」

「女宮さまなりの人生を否定しているのでは」

これらの問い掛けは落ち着いた場で聞けば、記者たちによる誘導ないし挑発と気が付くはずです。けれども女宮さまは立ったまま急に向けられた質問へ反射的に答えを口にしました、

「誰でもそうであるように、私も自分なりの人生を否定されたくはありません。それに皇族とはいっても私は女子ですから、みなさんの思っているほど皇族の地位は重くありませんし、どんな人と結婚してどう生きて行くかは人間として基本的に自由なのですから、家族と相談しながら自分で決めて行くことです」

女宮さまの口から出た言葉は文章にすれば四行程度の短さで内容もわずかでした。ご長老への反論ではなく、広く皇族に関する考えを表明したのでもなく、自らの結婚へは助言を受け付けないと宣言したのでもありませんでした。とこ

ろが件の記者らの属すマスコミ数社は、常識を越えたとは思えない女宮さまの発言を捉えてそこに重大な問題が潜んでいるかのごとき報道を始めたのです。

翌週に発売された週刊誌二誌は車内広告を大きく打って、
「皇族の役割より、自分の考えが大事な女宮さま」
「自分は自由と本音。皇族である自覚はいつ失われてしまったのか」
「国民の人気で調子に乗って、『皇族の地位は重くない！』とあるまじき公言の女宮」と勢い込んだもの言いで批判を並べ、悪口で人々の俗っぽい興味と羨みを焚き付けようとする言葉が通勤電車には踊っていたのです。

目にした瞬間、私は体に戦慄が走るのを感じました。どうやったらこれほど過激にあの短い応答を解釈できるのか、という単純な疑問に続いて怒りもこみ上げてきました。急な質問を受けて咄嗟に女宮さまが答えた状況は省いて引き出した言葉だけを一人歩きさせている。週刊誌はいったい何を考えているのか。しかしそう腹が立ったのは車内広告を目にした直後で、戦慄や怒りの後には暗い海の底に沈んで行くような途方に暮れた気分が私を襲ったのでした。

それでも我慢して駅の売店に出勤前に寄り、二誌を買い求めて歩きながら開いてみました。女優グラビアに続いて両週刊誌は今週号の目玉として女宮さまの発言を取り上げ、頁をめくるとすぐに現れた本文には「国民の人気を背景に皇族の中で現在最も注目を浴びている女宮さまは、『自由を謳歌する』ことが第一とのお考えのようで、皇統（こうとう）維持を将来に渡り確かなものとすべく案じてきた長老皇族の意向とは真っ向対立した考え方をされている模様」で始まる辛辣な批判が長々と続いていたのでした。

　このように過激で偏った内容にも関わらず、多くの大衆は人気の女宮さまを扱った記事に飛び付き、両誌ともかなりの部数を売ったようです。大きな反響を受けて一誌は翌週号で「平成、女宮の乱」と仰々しく騒ぎ立て。「乱を起こした女宮さまは、いったいどのような方なのでしょう」と銘打って人格の否定を試みたり、「皇族の地位より自由が優先とは、女宮さまの家庭教育をしてきた母方の考え方の影響か。お妃が皇族や華族（かぞく）から輿入れ（こしい）していた時代がやはり華」等と口はばったい書き方をして、民間から嫁がれた二世代前のお妃に対してあった冷ややかで否定的な報道の合唱を彷彿とさせる批判を浴びせたのでした。

　けれども同傾向の誹謗記事が三週連続で週刊誌の複数に載ると、流れが変わりました。有名大学の見識ある教授の複数が、

「記事には憶測が多く根拠薄弱、事実に基づいていない」

「報じる側が勝手に想像した産物は報道の範疇には入らず中傷の部類。出版と報道の自由の原則は適応されない」とコメントしたり、保革両方の政治家が、「この様な貶め様は、愚かな低俗趣味そのもの」

「いやしくも皇族に列する方、おこがましいとは思わないのか、悪口をこの様に連呼するなど」と発言する事態に続き、経済界の重鎮の口にも、

「この尾ひれの付け方は、モラルなき商業主義の典型である」

「我が国を自虐する行為であると顧みる知性がマスコミ業界には欠けている」と冷静かつ客観的な言葉が上ったので、一時は手がつけられないほど燃え盛った女宮さまバッシングの炎も一か月余りで鎮火しました。

ところがこれで終わりではありませんでした。燃え盛った炎から火の粉が飛んで別の所でも火の手が上がったのです。民放テレビ二局が始めたバッシングは週刊誌二誌が敷いた路線を踏襲しつつ直接のバッシングはせずに、「女宮さまの一日とは」等のテーマを掲げて肯定しているのか否定しているのか分からないように装っておいて、「公務とプライベートの両立を、女宮さまはどのように一年を通じてされているかご存知でしたか」と問い掛け、事実に少しだけ触れると後はタレントのコメンテイターたちが延々と「これで皇族として良いんでしょうかねー」と個人の主観で対象を切り刻む手法で女宮さまの悪口を言

い続けたのでした。そのようにして民放二社が流し続けた批判の全貌を承知しているわけではありませんが、大半は重箱の隅をつついたり枝葉の議論を再三再四繰り返しているだけで、「いったい何のために、誰のためになるのか」と考えずにはいられなかった視聴者も、私のみならず多くいたはずです。

一方で女宮さま自身は、仕えている私たちほどはマスコミ報道を気に掛けていませんでした。少なくとも報道の内容を気に病んでいる様子はこの時点では見受けられませんでした。しかし周囲を固める役割を担っている私たちは終わりの見えないバッシングに頭を抱え始めていました。時を置かずに母宮さまも事務室に直接足を運ばれて、

「心ならずも起こった事ではあれ、これだけ続くバッシングはおざなりにはできません。何か良い解決方法はないでしょうか。何とぞよしなに」とお求めがあるに及んで、事態の鎮静化を急ぐべく対策会議を外部の専門家数名も招いて開いたのです。

「今は平静に見える女宮さまですが、長期に渡ってバッシングが続くと傷が深くまで達し、心に突然の変調が出かねません。もっと怖いのは、時が経ってから自己否定の形をとって痛手が現れる事例のあることです」と指摘する心理学

者を受けて、対応策は、
「今さら抗議しても詮無いこと。抗議は返ってマスコミからの反論を招き、火に油を注ぐようなもの。無難な方法は恐らくマスコミのカメラの目に女宮さまが触れないようにすることで、新しい映像が流れなくなれば一部国民に根強い探りの目や興味本位も落ち着いて話題性が薄れ、マスコミも報じなくなるだろう」とまとまりました。

　さっそく結論に沿って女宮さまは当面公務からは遠ざかり、マスコミカメラの目を避けるために東京を離れる策を用いました。神奈川の葉山邸で寝起きをして昼間は鎌倉の寺院で静かに過ごす生活を半月ほど続けていただき、お正月になったら一旦は東京へ戻って年を越して、そのあと再びしばらくの間は葉山と鎌倉でという具体策を実行に移したのでした。

　有名な禅寺の門主の執り成しもあって対策はうまく滑り出しました。袋小路から抜け出たように見えたのです。ところがお正月が過ぎた時点で件の寺院に初詣に来た一般客が女宮さまの姿を境内で偶然見つけ、撮った写真に勝手な噂話を付けてインターネット社会に広めたために、全てが振り出しに戻ってしまいました。翌日からマスコミのカメラがお寺の門前に並ぶ事態になったのです。

杳として変わらぬマスコミの貪欲さを見て女宮さまは即日東京に戻って来てしまい、翌日からは公務はもちろん私的用事でも一切宮邸の外に出ることなく篭りっきりになってしまったのです。これまで女宮さまがマスコミへの不満を口にする素振りも見せなかった訳は、気持ちがバッシングに向いていなかったからですが、朝から晩まで篭り生活を続けているうちに心はマスコミの張り巡らした網に絡み取られてゆき、篭りの日々が重なると、マスコミの繰り出す言葉の一つ一つに女宮さまはいたく苛まれる様になってしまったのでした。

にっちもさっちも行かない状況に陥った女宮さまを見て、お気持ちやいかばかりかと案じながら私たちは連日会議を開いて打開策を見出そうとしました。そうした中で私は、元気な時に女宮さまが口にしていた「京都でしばらくプライベート時間を過ごせたら」という言葉を思い出したのです。さっそく具体案を企画書にまとめて上司に相談してみますと、「可もなく不可もなし」の評価で判断が下りませんでした。けれども皇族に直接お仕えするオクの中でも日々付き添う役割の私たちは悠長には構えておられず、宮宅に上がって欧州旅行の数案と合わせて京都の長期滞在をご提案してみたのです。そうしますと、「京都なら何となくうまくいきそうです」との女宮さまに続いて、

「提案の中では京都は一番手軽に試せて、見守る私としても安心です」と母宮さまからも賛成の言葉をいただくことができました。

マスコミからの女宮さまに対する誹謗中傷をことのほかお気にかけられて、状況の変化と対策の一つ一つを侍従よりお耳に入れられてきたと聞き及んでおりました皇居の方からも、

「京都に着いたら早めに泉涌寺（せんにゅうじ）へお参りする日程で行ってらっしゃい。代々のお上がお守り下さいますから」と具体的な御指示を賜ることができました。こうして長く心の休まらないところに置かれたままいた女宮さまが、心の休日を求めて京都に長期滞在する『京都の休日』は始まったのです。

けれども一つ問題が起きました。それはオモテと私たちが呼んでいる本庁との関係でした。意見の交換や擦り合わせをすることなくオクが企画して単独で事を進めたために、皇室の役所を強く自負している彼の部門は今回の計画を快く認めず、とりあえず四週間を予定していた京都滞在の半分が終わった時点で私だけが一度東京へ戻り、口頭で状況を詳しく本庁に報告する条件を付けて決裁したのです。中間点で期待を外れた展開であれば付き添いから私と定子さんを外し、他のベテラン女官に交代させるとの指摘もありました。私と致しまし

てはこの危機から女宮さまがすっかり抜け出るまで傍らに寄り添いたい気持ちと、そうすべきとの信念もありましたので、軋轢を本庁との間で抱えたまま踏み出したのが京都での長期滞在だったのです。

そのような役所独特の上下関係と齟齬（そご）としがらみ、加えて本題であるマスコミバッシングという難問を前にして、思わず私の頭に浮かんで来た〈尽きせぬは　悪口連ねる　人々の〉という上の句に、つなげる下の句は〈妬（ねた）みと羨み心の暗闇〉と深く潜行するか。それとも〈播く不和の種　冬こそ茂れ〉とひと捻りすべきか。いや、流れのまま〈世に争いと　気病みぞ増すらん〉と達観的に結ぶ方が自然か。と迷いながらほぼ一日じゅう宿舎の自分の部屋に籠っていた私ですが、そんな物思いに私がふけっているあいだ女宮さまは冷たい雨の降りしきる窓の内で何をされていたのか、心の内はどの様であられたのか、それは私には分かりませんでした。朝食は食堂に顔を出して食べられたものの昼食と夕食は自分の部屋に運ばせた女宮さまでしたから。が想像するに、私のように埒のあかない考え事を続けていたのではなく、女宮さまの持つ様々な友人や知人とメールか電話で直接近況をお話しされていたのではと思いました。けれども本当のところは私には分かりませんでした。

八帖（東山）

翌日は折り好く日の出までに雨は上がり、皇室の菩提寺にお参りをする女宮さまに付き添って私たち女官二名も朝から泉涌寺へ出かけました。雲間から春の陽射しが降り注ぐこの朝はここ数日ほどの冷たさは感じられず。女宮さまは黒のチェックの入った濃い灰色のスーツを召した地味な姿、私と定子女官も参詣に似つかわしいチャコールグレーのスカートスーツの身なり、同行のＳＰ二名も漆黒のスーツに身を固めていました。

皇居の方からの御指示もあり、泉涌寺へはかなり前から「正式の参詣を致します」と伝えてありましたが、移動は京都滞在の原則に則って鉄道で出かけました。京阪電車の東福寺駅から小路に出た私たちは、左手に少し進んで右へ曲がり、定子さんの知っている路地を歩いて信号に出ました。北から来た東大路が西に方向を変えながら九条通へ変わる大きな交差点を渡ると、東山に向けて参道が南東へ真っ直ぐのびています。けれども登り坂の参道は総門を越えた先が記憶よりも長く、約束した十時に間に合うかどうか怪しくなってきた私は、先頭に出てみんなを引っ張って歩きました。そのせいもあって三人ともが汗ばんできましたが、道が三分岐する地点まで来ると上りは終わって、真ん中に続く砂利道を進む私たちへは樹木の下から心地良い風が吹き寄せて汗もすっかり抜けて行きました。

泉涌寺は、東大路からかなり登った東山の中腹の少し窪んだ趣の平らに緑の樹林に囲まれて佇んでいました。京都の名所旧跡は近年どこも外国人観光客であふれていて、ごった返す境内からは宗教的雰囲気が失われたり、歴史の積み重なりに思いを馳せることが叶わなかったりと残念さがぬぐえないのですが。泉涌寺は皇室の菩提寺と聞いて敷居の高さを感じる人たちが多いのでしょうか、参詣者は日本人らしき人がほんのちらほら見えるだけで、騒がしさからは遠く離れた無垢の静けさと厳かな空気に支配されていました。

砂利の参道を歩いて右手に見えてきた北入口にはご長老（一般のお寺でいう住職または門主）が他に二方を伴って待っておられました。簡単なあいさつのみで目の前の仏殿（ぶつでん）に導かれて、御寺の御本尊（ごほんぞん）である釈迦如来（しゃかにょらい）、阿弥陀仏（あみだぶつ）、弥勒（みろく）菩薩（ぼさつ）の三尊（さんぞん）に手を合わせた私たちは心を清めると、引き続きご長老に率いられて奥の区界へ通じる勅使門、皇族のための特別の門へ歩みを進めました。

その勅使門を入る少し手前で一般者用にもう一つある門を出てきた薄いサングラスの若い男性とすれちがいました。顔を見合わせることなく軽い一礼で応じた女宮さまはサングラスをまだかけていましたから、誰かは定かには知られなかったはずですが、最後尾を固めていたSP二名の立派な体格に圧倒されたらしく、男の人は片足がカクッと折れ曲がると倒れそうになりました。一瞬の出来事で手を差し伸べる間もなくただ歩みを緩めて視線を送りますと、男性は立ち直ってサングラスに手をやり、一礼をして私たちの列の後ろを回り込むように舎利殿の方へ歩き去って行きました。

正面玄関から御座所（ござしょ）へ上がった女宮さまは皇族の間に姿を消し、改めて参詣のあいさつをご長老はじめ御寺の方々と交わしているご様子でしたが、休憩という程の時間は経たないうちに私たちの待つ所に顔を見せ、そのまま僧侶五人に先導されて私たちも引き連れて廊下を渡ると、南に位置する霊明殿（れいめいでん）へ歩みを進めました。

霊明殿は天皇家の菩提寺としての核心をなしている建物です。殿内には代々の天皇の御尊牌（ごそんぱい）（法名の書かれた札、一般でいう位牌）と御真影（ごしんえい）（主に上半身のお姿）とが歴史を遠く遡った天皇より奉安（ほうあん）されています。始まりは白鳳の昔（大和時代）の天智（てんじ）天皇、少しとんで天平の昔（奈良時代）の光仁（こうにん）天皇、平安時代からは歴代天皇の全てが、平安京遷都と政治刷新を推し進めた桓武（かんむ）天皇と南北朝の両統の天皇も含めて、昭和天皇に至るまでお祀（まつ）りされています。

その霊明殿に昇殿した女宮さまは、外陣、中陣、内陣と進まれ、私たち女官と警護官も外陣にて中央扉内に奉安された明治、大正、昭和の天皇と皇后をはじめとする方々の御尊牌と御真影を仰ぎ見て手を合わせ、仏式の読経が響く中で額ずいて御霊のご冥福を心よりお祈りさせていただきました。

時の流れる世界からひととき切り離されたような法要は終わり、霊明殿をあとにした私たちは、女宮さまだけが御座所に戻って皇族の間にてお茶を前にご長老のお話をお聞きしていましたが、時を経ずに私たちの待つ女官の間に姿を見せました。

僧侶たちも揃って勅使門を通り中央伽藍の建つ区域へ戻ると、再び舎利殿に入ってご長老自らの解説で御寺の歴史を聴きました。そのお話も要旨のみで長くはなく、女宮さまが自ら、

「お陰さまで大変に良い参詣ができました。本当にありがとうございました。本日はこれで充分です。あとはこちらだけで大丈夫ですので」とポニーテールの結び目が良く見えるほど深々と頭を下げられた時には、私の腕時計は十一時半に届いていませんでした。

良いお参りができたことに加えて皇室関連では役所の管理下にないほぼ唯一

の施設である泉涌寺で、女宮さまはとても和んだ顔を見せ、くつろいだ雰囲気の私たちは改めて仏殿と舎利殿を外から眺めたり、樹林に囲まれたすがすがしい空気を感じ取ったりしました。そうして泉涌寺の名前の元となった清水の湧く山寄りの小舎の前まで来て、説明書きと向き合った時です、背後から突然、

「さきほどはどうもお恥ずかしい姿を」と声が掛かりました。振り向くとそこには霊明殿へ通じる勅使門を入る時に見た男性がいます。齢は二十代後半から三十代でしょうが良くは分からず、薄いサングラスをかけていて人物像が描き難いうえに初対面であることから、私たちは三人とも言葉を口にすることなく軽い会釈で応じました。すると地味な背広姿の男の人は再び口を開いて、

「こちらへは、よくお参りされますか」と質問を向けました、

「それほど度々はお参りできていません」と答えた私に男の人は表情を緩めて、

「私も同じです。お参りしたくても、関東からこちらまでは度々は来られませんので。ところで失礼ですが私と同じ東京からですね、皆さん方は、言葉からして」と質問を追加しました。定子女官がやや関西がかった抑揚で、

「そうです、三人とも」と返事をすると、微笑んだ男の人は、

「私も三日前に東京から新幹線で京都に着いて、今回は半月ほど居る予定です」

「そんなに長く居られるんですか」と反射的に訊き返した定子さんへ男の人は

視線を送ったものの返事はせず、順に定子さん、私、女宮さまを見て、

「長く滞在するのは今回が初めてで、これまで行きたいと思っていて行けなかった所をこの機会に全て見て回るつもりです。その中で最初に、ここ泉涌寺へお参りに来ました。天皇家ゆかりのお寺ですから、昭和天皇をはじめとする歴代の天皇へ敬意を表したくて」


つじつまが少し合いません。今の説明では京都で最初に泉涌寺へお参りに来た。一つ前の発言では三日前に京都に着いていた。現実の男の人は京都で三日目の今日になって泉涌寺に参詣している。ここは整合性を追及してみるべきと考えていると、先に定子女官が、

「私たちも歴代のお上の御尊牌が昭和天皇に至るまで納められていると聞き、ご冥福を祈りに参りました」と同調したのです。きらりと目が光った男の人は、

「そうですか、それはよろしかったです。ただ皆さんは珍しいですね、歴代の天皇の御尊牌がこの泉涌寺に納められているとご存知とは、一般には知られていませんので。もちろん泉涌寺さんは秘密にしているわけではなくて、ホームページで一通りの情報は公開しています。でもほとんどの日本人は、天皇家は神道の象徴なので崩御されると神式に埋葬されてお祀りされている、昭和天皇

と大正天皇の武蔵陵（むさしりょう）のように、と思っている人がほとんどです。『神道形式に加えて仏教形式でも京都のお寺でご供養されているのですよ』と話すと、『びっくりです』と感想をたいていの人は漏らすのですが」

そう返された定子さんは二の句を継ぐことができず、困った心の内を悟られないように私へ顔を向けました。しかし戸惑ったのは私も同じで、困惑した視線を交わすしかありません。男性による指摘は私たちの素性への微妙な探りでもあり、問いを前にして間が大きく空きました。

こういった静けさは続けば続くほどこの場から抜け難くなる。そう感じた直後です、女宮さまが口を開いて、

「祖父母それに両親に聞いて今日はお参りに来ました。祖父の家系は京都で代を重ねてきたものですから。東京へ明治期に移ったのですが、長く暮らしてきた関係で以降も京都との縁が続いております。ここ泉涌寺にお参りすることは私にとって、それに年の離れたこの姉にとっても、こちらの従姉妹にも自然なことです」と淡々とした中にも芯の通った声で答えました。女三人の関係はともかく、話の前半は全くの事実、あるがままです。

さりげなさに自信の滲む説明を聞いて男の人は姿勢を正すと、

「これは失礼な訊き方をしてしまったようです。申し訳ありません」と女宮さ

まへ頭を下げました。とはいえ関西弁でいうところの「ややこしくなりそう」な気配を感じた私たちは、これ以上この男の人にかかずらうことなく、「車を待たせてありますので、これで」と話を打ち切ってしまいたかったのです。けれども車で来ているわけではありませんし、「では、これで」を口にする勢いもこちらにはありません。それにここでぎこちない去り方すれば、私たちの持つ特別の素性が見えてしまうでしょう。「さりとてここまでは」と思い惑う心の内が顔に出ている私たちへ、男の人から誘いが、

「一段下った東福寺まで差し支えなければいっしょにまいりませんか。お昼も近いので、お互い帰る道ですから」とかかりました。応じて女宮さまは、

「では東福寺までご一緒します」とこだわりのない声で答えました。先ほどは機転を利かせた女宮さまも、いかんせん「昼食は遠慮します」とほのめかすのがやっとで、良い手立てはなかったのです。


男の人を先頭にして私たちは入った時とは違う西の大門への坂を登り境内を出ました。出てすぐに振り返った男の人は門に掲げられた「東山（とうせん）」の額へ注目を促し、短い解説を加えましたが、私たちが反応を示さなかったために会話へは発展することなく全員が黙って坂を下りました。

小学校の前まで来て参道から逸れ、左手の脇道へ足を進めた男の人の後に私たちも続きましたが、脇道は地元住民の専用路地らしく、急な下り坂のうえに両側に住宅が建て込んでいて、角を曲がると一段と狭まった路地は人一人がやっと通られる幅です。先がどうなるかと心配になりましたが、我慢して進むと清水焼の窯と思われる小工場が道沿いに現れ、作業にいそしむ人たちの姿に観光地京都を忘れるひと時もあって、間もなく高校の下に出ました。道割は整って東福寺の境内の一角に入ったようです。

ところが先には新たな問題が横たわっていました、人出の多さです。雑踏では言わずもがなSPの警護は大変になってしまいますし女宮さまも私たちも楽しめそうにありません。そう感じた私は即決して、前を歩く女宮さまだけでなく全員に聞こえように、

「この人の多さはイヤね、京子、他に行かない」と訴えました。妹としての初めての呼びかけにも女宮さまは動ずることなく、首を回してしっかりと私へ頷き返しました。定子さんも素早く、

「宮茅姉妹に賛成。東福寺はあきらめましょう」と同調しました。

群衆を前にしてほとんど前に進めなくなったタイミングで、私は同行を誘っ

た男性の目をサングラス越しにしっかりと見ながら、

「残念ですが、私たち三人はここで失礼します」と明瞭な言葉づかいで伝えました。すると意外にも男の人はあっさりと、

「そうですね、この混雑ですからわかりました」と諦めの言葉を口にし、右手を素早く背広の内ポケットへやって財布のような革物から取り出すと、

「この名刺にある者です。連絡先も載っています」と紫色がかった白い名刺を向き合う私に差し出しました。


目を落とした名刺には組織名も肩書もなく、名前だけが大きめに印刷されていて、住所と携帯の番号が添えられています。差し出されるまま手にした最初、大きな文字列が木時蔭戸古彦であることに私の脳は全く反応しませんでした。瞬きを二度程して視線を再び落とした時に初めて、名刺に並んだ文字の意味を悟ったのです。と同時に強い衝撃が私の脳を貫きました。まるで雷に打たれた樹の下に偶然居合わせた人のように恐怖に慄きながら私は女宮さまの肩を叩くと、ロボットの如く無言で名刺を見せました。振り向いて私の手の先に視線が達した瞬間、女宮さまの顔色が変わりました。思考能力を欠いてロボットになった私にも、顔色の変化にははっきりと気が付きました。

東京を離れることでマスコミバッシングの傷がほんの少し癒え始めたばかり。このまま心の癒しが進んでくれたら良いのにと願いながら京都の休日を過ごしている女宮さまが七日目に出会ったこの人こそ、バッシングの発端となった御長老の発言にあった「戦後の皇籍離脱で宮号が消えた元宮家、木時蔭家の男子である戸古彦あたりと結婚して男系男子を…」その方本人なのです。

昨日の雨の篭りに思い出したのは虫の知らせか。いえそのような事はあとで考えたら良いと自分を制して私は対応の方法を探りました。さりとてのっぴきならない場面にいきなり放り込まれて、無知をどれくらい装えば仮の姿とのつじつまが合うかまでは思いを至らせる余裕はなかったのです。叩かれて音を出す鼓（つづみ）のように私は、

「これはぞんざいな対応を致しまして誠に失礼致しました。木時蔭戸古彦さまと申せばGHQの指導で戦後に皇籍を離脱された木時蔭宮、のお血筋の方ですね」と相手を見ました。私は何とかそれだけの対応をできたのですが、横に目をやると女宮さまは心のゆとりを全く無くしてしまっています。先週まで片時も心から離れることなく、京都の開放感がやっと辛い思いを忘れさせてくれ始めているのに、元の木阿弥。そんな思いが顔にありありと浮かんでいる女宮さまと私へ、戸古彦氏は丁寧なあいさつを、

「ええ、おっしゃった旧宮家の血筋の木時蔭と申します。お見知りおき下さい」

とされ、微かに笑みを浮かべました。そのように礼儀正しくされては接する側としては真摯に対話するしかなく、

「恐れ入ります、旧宮家のお血筋の方とは全く存じませんで。私たち姉妹従姉妹とも身の程知らず、色々と泉涌寺から無作法を致してきました」

「いいえ、そのようなお心遣いは。むしろ私の方から、お会いした最初に名乗るべきでした」

「とんでもない、見知らぬ者にご自分の方から名乗るような方ではありませんので。どうか私どもの不行き届きをお許し下さい」

「いいえ、そのように謝っていただく事ではありませんから。ただもう一度みなさん方と近々お会いできると良いんですが。折り入って話というわけではありませんが、近ごろの世相などで意見交換でもできればと思いまして。もしよろしければ名刺の携帯番号へ、京都滞在中に連絡をいただけませんか」と木時蔭氏と私は続けましたが、そんなやり取りも更なる圧力と感じた女宮さまは場を持ちこたえられなくなり、黙って定子女官の上着の袖を無造作に引っ張ると、私たちへは目もくれずに二人で観光客をかき分けて駆けるように坂を西へと下って行ってしまったのです。

駅へ続く角を曲がって見えなくなる女宮さまの後を追ってSP二名が背広の裾をひるがえしながら走って行く姿は確認できましたが、私には木時蔭氏の顔色を窺っているゆとりはなく、

「本日はこれで失礼させていただきます。御免下さい」を最後に、

「私も東京から来ている点をお含み置き下さい」と背中に向けられた言葉へも、先の面会申し出へも返事することなく、つっけんどんな別れ際になったことだけを悔いながら女宮さまを追いかけて駅への道を駆けた私でした。

九帖（近江）

あれほどの勢いでは女宮さまはもしや東大路も赤信号で横切るのではと心配しました。が、東大路は高架になっていて、駅へ続く道は立体交差の一階部分を通っていました。その真ん中あたりで何とか追い付いた私ですが、駅に着くまで女宮さまは一言も口にしませんでした。

簡単な屋根のあるだけの東福寺駅の東口で、定子女官が柔らかく、

「今日は、御所へ戻られますか」と尋ねました。私も極控え目を意識して、

「それとも、東京まで帰られますか」と顔を覗き込みました。反応して、

「いいえ、東京に帰るのは嫌です。御所にもまだ戻りません」と女宮さまは小さいながらもはっきりと答えました。続いて二度ほどおなかで息をした女宮さまは路線図に目をやると、少し落ち着いた声で、

「どこか自然のあるところへ行きたいです」と私を見ました。

途方に暮れるだけでなく解決を自分で模索できる状態に女宮さまはある。そう分かってひと安心した私ですが、地図を持たずに出掛けて来ていたことに気が付きました。そこで私は目を一旦つむり、自然のある場所を順に頭の中に思い浮かべてから、

「近江（おうみ）へ、琵琶湖の水辺へ、それではまいりましょう。きれいな水のある所が女宮さまはお好きですから」と提案しました。

「琵琶湖も中ほどまで行けば南の大津辺りとは違って、人出は土曜日でもまばらなはずです。ここからＪＲで一駅の京都駅から快速に乗れば、一時間もかからずに自然の水辺へ行かれます」と言い添えて顔を見ますと、女宮さまにはやっと血の気が戻ってきました。

琵琶湖を私が選んだ理由は人出の少ない予想が第一でしたが、防波堤やテトラポット類の無い自然の水辺があるからです。地元の人が海と表現するほど豊

かな水に満たされていて対岸の見えない所もあるほど広いのに、コンクリート構造物のない自然の水辺が多いのです。田園から段差なしに岸辺へ移っていく日本の原風景は、きっと女宮さまの心の癒しになるでしょう。

一駅だけ乗って京都駅に出た私たち三人とSP二名は、ホームの端まで歩いて跨線橋（こせんきょう）を登りました。跨線橋は、京都駅に何本もあるホームに長い列車が着く度にまとまって吐き出される乗客の多さと比べると狭く、この駅に来る度に「円滑に人が流れるために、幅をもう少し広く作れなかったんでしょうか」と感じるのですが、今日もその例に漏れず人の波を縫って歩く破目になりました。それでも昼食時間が近いことは思い出して、定子さんに焼きたてパン等と飲み物を買うように頼むと、一足先に女宮さまとJR湖西線のホームに下りました。

普通電車がホームに停まっていましたが定子さんが間に合わなかったので見送り、間もなく次が入ってきました。ところが降りる人はわずかで座席は全てふさがっています。立ち客も目立つ車内に乗り込むと、乗客の皆が私たちと同じ目的地に向かっているように思えました。が、次の山科駅で少し減り、続く大津京（おおつきょう）駅と比叡山坂本（ひえいざんさかもと）駅でかなりの人数が降りたので四人掛けの席が空いて、座ることのできた私たちはパンの袋を開いて少しずつ口に運びました。

線路は高架上で、次の堅田駅を出ても高い所を走る列車からは視界が極めて良く。右窓には海のような琵琶湖が広がり、左真近には標高千メートルを超える比良山が雪をかぶって眺められます。

「急な山脈に片方は湖。スコットランドのイメージですね、ネス湖のある」と感想を口にした女宮さまは、雄大な景観に気が少し紛れているご様子でした。そうして「遠くまでやって来た」と感じる頃、列車は近江舞子に近づいていました。明るい砂浜と松の並木が透明な湖水に映えるこの景勝地を第一の候補と考えていた私ですが、女宮さまから、

「もう少し先まで行きたいです」とありましたので降りませんでした。結局私たちは近江今津も越え、京都駅からほぼ丸一時間乗ったＪＲ近江中庄駅で湖西線の快速列車を降りました。

田んぼの真ん中に続く道を湖に向けて歩く私たちの背中を西風が押しました。風の吹いてくる方角を振り返ると山がありますが、来る列車で眺めた比良山とは比べものにならない低さで雪の飾りはなく、冬枯れの侘しさが漂っています。所々に生える常緑樹も寒い季節のせいで黒っぽく見え、モノトーンの世界にすっぽり囲まれてしまった私たちでした。

目的の水辺は駅から歩いて五分余りでした。車が時々通る道路を渡ってすぐの琵琶湖にはやはりコンクリート堤防はなく、高い松並木が平野と砂浜との境目となっています。沖にポッンと竹生島が小さく浮かび、左手には険しい半島が湖へ押し出していて正に自然の只中です。その彩りもない水辺を、私たちは琵琶湖を左手に見ながらゆっくりと歩き始めました。小径に足を進めながら私は、先頭をゆく女宮さまへどんな言葉をかけたなら先ほどの突然の出会いから意識を逸らせてあげられるか考えました。けれども良いアイデアはなかなか浮かんでこず、三人ともが黙ったまま足を進めました。

しばらく行くと短い橋があり、陸側を見ると内湖（ないこ）（琵琶湖の衛星湖）が広がって独特の風景です。その小さな湖に通じる水路に架かった橋の上で女宮さまはうしろの私たちを振り向き、声をかけてくれました、

「私は、あんなことを言うつもりはなかったんです。あんな話をしようとは、考えてもいなかったんですよ」

あんなこととは、隙のある発言を女宮さまから引き出そうと機会を伺っていた大衆マスコミの記者が、地方公務に出た女宮さまに接近してきて投げつけた質問へ、女宮さまが反射的に「誰でもそうであるように私も自分なりの人生を

否定されたくはありません。それに皇族とはいっても私は女子ですからみなさんの思っているほど皇族の地位は重くありませんし、どんな人と結婚するかは人間として基本的に自由なのですから、家族と相談しながら自分で決めて行くことです」と答えた言葉に違いありません。

「私が考えていたことは『一生で二つの人生を生きる』だけです」と少し声を大きくして付け加えた女宮さまは、体ごと向き返ると、

「わかりますか、私が考えていたこと」と私たちを見ました。

「よくはー…」と小さく首を横に振った私に目を合わせた女宮さまは、すぐに視線を琵琶湖の沖へ移すと、足元確かなうしろ歩きをしながら、

「皇族としての人生が一つ。皇族でない人生がそのあと一つです」

「二つの人生を一生で生きるとは、そういう基本的なことなんですね」と口にした定子女官へ女宮さまは少し不満の色を浮かべると、

「基本的といえば基本的ですが、実際に生きるのは簡単ではないです。皇族に生まれて不自由さを感じる時もありますが、皇族であることに私は誇りを持っていますし、特別の地位に制約は付きものと小さい時から両親に教えられてきました。けれど特別な地位であるだけに女子は結婚で立場が大きく変わります。もう一つの人生を結婚後は生きる覚悟が日本の皇族に生まれた女子にはいるん

です。それが記者からの突然の質問へ咄嗟に返した言葉の元にある考えです」と努めて理性的に説明した女宮さまでしたが、ここで一気に感情が高まったようで、強い声に変わると、

「皇族女子の立場は少し考えれば分かるはずなのに、どうやったら私の発言をあそこまで過激に解釈できるんでしょう」

困難な質問を投げかけられて私たち女官はたじろぎ、歩みを止めました。合わせて立ち止まった女宮さまの瞳は辱めを受けた哀れさとも同情を乞う寂しさとも違う、何かがせめぎ合っている複雑な光を放ちました。答えを返せない私たち二人の目は鈍く光るだけでしたが、女宮さまは不満を口にすることなく、前に向き直りながらポニーテールの結び目を解いて風にセミロングの髪をなびかせました。

吹き抜ける風で乱れた髪の向こうから女宮さまは、

「あの過激な解釈は悪意そのものだと、私は正直思いました。書いた者と発行した者の悪意が、私の発言をあのようにねじ曲げたのだと」と自らはっきりと答えました。

こういった場面では顔を見ないで話す方が易しく、問題にも正面から向き合

えるものです。そう感じて私は、女宮さまではなく定子さんへ、

「あの口さがなさは、慎みを忘れて人の噂話をしたがる者たちの仕業ですよ。ね、定子さん。ご当人でない私も強い怒りを感じます」

「全くそうです、彰子さん。尾ひれを付けたという程度ではありません、度を超えていますよ。それにあの解釈は悪意そのもの。悪意の背後に私はお金があると見ました」

「お金があるとは、どんなふうにです」と質した女宮さまへ、

「大衆マスコミは販売部数や視聴率を稼ごうと、女宮さまの人気を逆手にとって、人気の対象を攻撃することで大衆の関心を引いて売り上げ増を狙ったのだと思います」

「そういう意味のお金ですか。誰かがお金を出して私をバッシングしたのではなくて」

「誰かがお金を出して焚きつけたということはないでしょう、今回は。もちろんおっしゃるように、極端な言動を皇室と皇族方に対して向ける者や組織が国内外に無いわけではありませんが」

「お金はともかく定子さん、大衆マスコミ業界の人たちは錯覚していると思いませんか。おこがましくも自分たちが国民を導くオピニオンリーダーであるか

の如く振舞っています」

「ええ、私も彰子さんと全く同じように感じてきました。悪口や噂話と程度は同じ低さなのに、オピニオンリーダーを気取っています。売れることが第一の大衆マスコミですから、低俗な興味を国民のあいだにかき立てて、それに喜ぶ一部の国民を見て自分が偉いと錯覚してるんでしょう」

「それに問題は、『女宮さまの乱』などと、いかにも女宮さまが悪い事を皇室や皇族に対してしているような書き方です」

「御長老へ真っ向対立などしていないのに、全くの中傷ですよね」

「特に『皇統の維持はどうなっても良いとの考え』の一文は、事実無根です。そんな解釈を勝手にしておいて、それが女宮さまの考えであるかのごとく激しく誹謗する、あるまじきやり方です」

「まったくです。あんな誹りとあこぎな言い替えは、ついぞ聞いたことがありません」と女官同士でやり取りするうちに、自分たちの口から出た言葉に私たち自身が興奮してきました。

　女宮さまはどうなのでしょう。背中からは分かりませんが、木時蔭氏ご本人との突然の出会いがあり、あまつさえマスコミバッシングの議論が過熱すれば

のっぴきならない状態に陥ってしまう。そう危惧して、私は話題をサリー公爵一家に振りました、

「定子さんはいっしょでなかった嵯峨で、サリー公爵ご一家と出合って、その時に公爵と夫人がされた話ですが。ダイアナ元皇太子妃はパパラッチの餌食になったんです。興味本位の写真を撮って大衆マスコミに売るパパラッチがダイアナさんを亡きものにしたんです」

　先を歩く女宮さまが反応して立ち止まり、向き返りながら、

「ダイアナさんの話は生まれついて皇族の私とは違うんです。日本でも妃として外から皇室に入ったならば、バッシングには前例がありました。でも私は生まれた時から皇族という立場なのに本当に酷い…」と心の内を吐露された続きは、言葉ではなく涙でした。涙は目からあふれ出て、そこに風の強い一吹きが襲って来て女宮さまの髪を乱し、顔を覆いました。続く強い一吹きは女宮さまのセミロングの髪を全てうしろに持ち去り、涙に濡れた顔を露わにしました。様相を目の当たりにした私たち女官は、女宮さまの負われた傷の深さに改めて心のえぐられる思いでした。

　しかし私は、この際は思いに寄り添ってお慰めするだけでなく、誹謗中傷の

背景と本質に触れるべきと考えました。女宮さまと向き合った私は全身の勇気を集めて声に力を込めると、

「まだるっこしい話をして失礼致しました。正直に申します。マスコミが今回これほど騒いだ原因は、皇統の維持という大義を御長老が、そもそもの発言で話題にされたからだと思います。その経緯を受けて、女宮さまが口にした言葉も皇統の維持という重大な点に触れている、と取った者たちがいたのです。なぜならご存知のように皇位継承は、平成が進むにつれて恐れながら将来に渡って安泰とは言えなくなってまいりました。国民の多くもそれを心の隅で心配している、といった繊細な部分に女宮さまの返答は触れたと言いますか――触れたと聞こえた人たちが、一定の割合いたのだと思います」

一気にそこまで話して、露骨に過ぎたかもしれないと気付きました。しかし後退はせずに私は更に踏み込みました、そのようにした理由は情緒ではなくて理性でした、この機会にバッシングに関して洗いざらい話してしまった方が、女宮さまの気持ちを楽にしてさし上げることができると判断したからです。

「女宮さまは、人形(ひとがた)にされたんですよ」

「人形、ですか」

「ええ、そうです、身代わりです」

「誰の、身代わりですか、この私が」

「狭い意味では全ての皇族方の、特に嫁いできた妃の方々の身代わりに。広い意味では全ての恵まれた人たちの身代わりとして」

私の目を見詰めて口を開かない女宮さまへ私は続けました、

「皇位継承資格を持たれている男子の皇族方だけでなく、そこに嫁がれた妃方も国民主権の民主国家である日本において突出した地位にあります。それを眺める国民の側には妬みが生じます。また豊かで恵まれた生活をしている人たちへも屈折した心情と、羨望の思いと嫉妬が向けられます。日本人の国民性は、過去の敵対関係や恨みは比較的簡単に水に流すものの、妬みと羨みは強いと申せましょう。つまり週刊誌の読者とテレビの視聴者の心にあるバッシングしたい対象は、本当は女宮さまではなく、そういった方々と人々であり、容姿と立ち振る舞いが特に優れて人気のある女宮さまが今回の短い発言をもって、皇室の妃方や恵まれた人たちが本当は受けるべき妬みまで一身に背負う人形になってしまったのだと思います」

話し終えて私は女宮さまと定子さんを見詰めました。けれどもどちらも口を

開くことなく十秒、二十秒、三十秒と過ぎました。沈黙を破ったのは定子女官でした、

「皇族方へ妬みを感じるのは、距離が近くなり過ぎたせいだと思います。平安の昔はもちろん江戸の末期まで庶民は『天子様という方が京にはおられるらしい』くらいしか知らなかったんですから、昔は嫉妬など感じようがなかったんですよ。うちの祖父母も今回のバッシングを見て、『民主主義で上下がのうなったてみんな思うてるからや。禁裏御所の内で悪口言うたり妬んでたんは自分の出世がかかってたから仕方ない。けど、こない差のある下のもんが今のようにえげつのう言うんは昔はなかった』と話しています」

「私のように宮家にお仕えしているだけでも嫉妬を受けた経験あります。ですからお妃方や女宮さまご本人に対しては、嫉妬を感じずにいられない人たちがいるのです。陛下と皇族方を素朴に敬い単純にあこがれている。そういう日本人が多いと私は信じていますが、一方で妬みや反感を隠さない人たちもいます。やはり皇族方は国民主権の上に置かれた特別の地位であって、お血筋以上の意味合いがあるんですね。それが証拠に戦後に皇族を外れた方たちは血筋を敬われることなく妬みの対象にもなっていません。邸宅を売り払ったり庶民並みの苦しいやり繰りをしてきた経緯も手伝って、誰も羨まないのでしょう。そんな

境遇でも男子子孫を継いできている家がいくつかあります。皇籍離脱から七十年以上が経って世代も替わっていますが、皇族に残った側の男系がかくも細ってしまった現在では将来の継承に役立てるべきと考える人たちもいて、旧宮家に関連した発言は、やはり注目を浴びざるを得ないのです」

流れからして避けて通れなかったとはいえ「旧宮家」を口にしてしまった私は、急いで言葉を継ぎました、

「そういった大きな背景のある今回の女宮さまの困難ですが、力の及ぶ限り私たちがお支えしますから、乗り越えましょう」と気持ちを込めました。聞いた女宮さまの瞳には感情的なわだかまりは見えませんでしたが、暗い心の内が、「旧宮家に、話が戻ってしまいましたね」と滲み出た小さなつぶやきが一つ返ってきました。

〈立ち行けど　梅とて咲かぬ　北近江　墨に染まるは　湖(うみ)のみならず〉と、三人の心の内が映し出されたような、モノトーンの、厳しい冬がなした仕打ちから自然が甦る兆しの見えない、水ぬるむ季節には程遠い琵琶湖畔でのことでした。

十帖（今出川）

「琵琶湖へ行って、少し気持ちが楽になりました」と御所に着いて話してくれた女宮さまですが、翌朝の食堂に現れたご様子は芳しくなく、給仕のおばさんがいつものようにお好みを盛って出してくれた朝食にはほとんど手を付けずに、お茶を口にして苺を二粒食べると部屋に戻って行ってしまいました。

日曜日のこの日、私は定子さんと話し合って昼食に顔を見せた女宮さまへ、

「雨降りに篭っているのは、あまり良い方法とは言えませんから。午後は定子さんがOGの大学へ演奏会を聴きにまいりませんか」と抑えた声で誘ってみました。定子さんも視線を逸らしぎみにして、

「クラッシックではなくてフォルクローレです。会場は学内の礼拝堂ですので、気軽に出たり入ったりできます。場所も御所の北沿いの今出川（いまでがわ）通を渡ればすぐですから、歩いて行かれます」

「取り合えず行ってみて、途中で退席しても、戻って来てもよろしいですし」

と付け加えた私と、定子さんも意識して使った、気軽に、すぐのところ、取り合えず、途中で退席しても、が功を奏したようで、女宮さまからは、

「そうですねー…出掛けた方が気分転換になるんでしょうね。着替えてきます、どんな服装が良いでしょう」と返事がありました。

「学内の演奏会にドレスアップして行っては目立ちますから普段着で充分です。雨がまだ降っていますから濡れても大丈夫なものを」と定子さんが手ぶりも交えると、頷いた女宮さまは洋服選びを頭の中で始めて部屋に戻って行きました。

時間がかからず出てきた女宮さまはアイボリーのニットとコーヒー色のジーンズ。私もカーディガンにチェックのパンツ、定子さんもニット上着とジーンズに素早く着替えて、四五日前の寒の戻りもすっかり過ぎ去って一雨ごとに春が近づく実感のしてくる温かな雨の降る午後に、傘をさして御苑を北へと歩いて今出川御門を出ました。

礼拝堂にはケーナ（縦笛）やサンポーニャ（小さな縦笛が集った楽器）の音が心地良く響き、観客席も三分の二が埋まって興醒めも混雑もないコンサートでしたので、女宮さまは途中退席をすることなく曲ごとに拍手を送るほど楽しんで演奏を聴いていました。

演奏会は一時間ほどで終わり、小さなロビーで余韻を味わっていますと、礼拝堂の玄関から息を切らせて入って来る人がいました。片手を上げて私たちに近づいてきた男の人は定子さんの前で、

「よう顔出してくれはったね。今週ちょうど京都へ来る予定やけど仕事でたぶ

ん無理やて隆子（たかこ）はんに聞いてたさかい、ステージから見えた時はドキッとしたわ」と長めの髪の奥からニコニコした瞳で話しかけたその人を、定子さんは真面目な顔で私たちへ、

「学生時代の私の恋人の楠木（くすのき）さんです」と紹介しました。楠木氏も真剣に、

「今でも定子の恋人の楠木透（とおる）です、どうぞよろしく」と応じましたが、目と口は笑いで弾ける寸前で、定子さんも一転して左肘を構えると楠木氏の脇腹を軽く二度ほど突いて、

「かんにんしてえな、ほんま」とくだけました。しかしすぐに標準語で、

「『勘弁してよ、本当に』と言ったんです、ずっとただの後輩だったんですから。一年あとに入って来て二回生の私たちが一から教えてあげた、ケーナやマンドリンどころかギターのギの字もない和歌山の山の中に高校まで住んでいたのがこの人です」と定子さんは笑って楠木氏と再び向き合い、

「まだ楠木はん、大学に残ってはるんやねえ。博士課程まで行かはるて聞いてえ、うちら話してたん、ほんま勉強のお好きな方やなあ、そない何の勉強しはるんやろてえ」

「ああ、自分でもこない勉強好きやったかーて思うたわ。そんせいか博士論文は一発で通りました。でも大学には残れんわ、どの大学に問い合わせもポスト

は空いとらん。やから就職することに決めた。四月から途上国の教育支援で海外に出るん。初等教育、小学校の子どもに先生して教える仕事や。国は正式には決まっとらんけど中南米のどこかは確かや。英語とスペイン語を使えるまで思うて勉強してきて良かったわ。就職するんにほんま役に立った。俺の生涯は途上国の貧しい子どもの教育に使うことにした。ちと格好ええけどな」と虚栄心とは程遠い人生計画を披露した楠木氏は顔全体で微笑みました。

合わせて微笑んだ定子さんは一息してから、

「今同じ役所で働いてる、言っても立場は少し違いますが、こちらが水野彰子さんで、こちらが宮茅京子さんです。京子さんは若いけどれっきとした名門の出身やから、いつもみたいに『恋人になれえ』なんて馴れ馴れしゅう口説いたらあきませんよ、楠木はん、ほんまに。そりゃうちんとこも旧家は旧家やけど、堀川沿いでお公家さん相手に茶道と書道を教えてかれこれ二十四代って伝わってる家どすさかいい」と紹介しました。楠木氏は前髪をかき上げて私と女宮さまへ短く強い眼差しを送ると、真面目な顔と声で、

「さすがに定子はんの入った役所は名門だの旧家だので、ぜんぜん俺とは違う世界やなあー」と頷きましたが、すぐに普段着の声と仕草に戻って女宮さまへ、

「もし良かったら、このあとの会合、場所を烏丸通を渡ったすぐの会館に移してしますんで、出ていきませんか。ビールとワインとつまむ物が出て。今日まで活動に協力してくれた学外の人も呼んでるし、社会人のOBとOGたちも来てはるから、学生の飲み会みたいにくだけてませんから。出ていきませんか、僕らの解散会に」

「解散、会、ですか。良い演奏なのに」

「最後の演奏会なんです。いや、だったんです。僕ら同好会の」

ここで私たち女官は再び有効文句を使って女宮さまへ、

「通を渡ったすぐの場所だそうですから－」

「取り合えず行ってみて、いつでも退席できますから－」と誘いました。聞いた楠木氏は怪訝な顔に変わり、逸早く目上への言葉使いをしていると気付いた定子さんが、

「ねえ、そうして。三人で顔を出して、途中でいっしょに退席することにしよ」と言い直しました。楠木氏は吹き切れた顔に変わって、

「アンデスの村での体験をお聞かせしますから。お仕事に多少関係があるかもしれない」と自信のある声で女宮さまを再び誘いました。

付いて行った烏丸通沿いには、大学の会館といってもレンガの外装が立派な七階建のビルが建っていました。会場の準備は既に整えられていて花も数カ所に置かれ、複数の旗、フォルクローレ同好会のシンボルと思われる色褪せた旗と大学の旗が左の壁に掲げてあり、正面には日の丸と、もう一つどこかで見たことのある国旗も掲げられています。定子さんに訊くとそれはペルー国旗で、理由は定番にしている曲がペルー由来だからだそうです。その「コンドルは飛んでいく」は一九七〇年頃に日本のヒットチャートに昇りましたが、元々はペルー民謡で、ヒットとは別の流れでフォルクローレ同好会が定番中の定番として演奏してきたとのことです。その曲を「最後にもう一度！」と全員で演奏して盛り上がると、続いてビールの乾杯があり、関係者が順にマイクを取ってあいさつを始めました。

立食パーティー形式の会場に決まった席は無く、知り合いに顔を出すために定子さんが回りに行ってしまうと、私と女宮さまは話す相手もなく手持ちぶさたになってしまい、料理を運んで来る係員と短いやり取りをして二種類ほど口にしたあとは、壁側に並べてある椅子に腰かけようと近づきました。そこにやっと定子さんが楠木氏を連れて戻って来て、四人で話をしやすいように椅子を並び替えて楠木氏が始めました。

「あの国旗の国、ペルーまで行ってきました、アンデス山脈の只中まで。『コンドルは飛んでいく』の原曲が今でも聴ける村を訪ねて、地球の裏側まで」

「それは遠かったでしょうねー」と合わせた女宮さまに楠木氏は、

「ええ、めっちゃ遠かったです。ノンストップ便はもちろん直行便もないので、往きはアメリカの西海岸で乗り換えて半日、帰りは東海岸で乗り換えて半日つぶれるし。飛行機が着いたリマから今度は富士山の頂上よりも高い山岳地帯へ登って行くんですから」とおどけぎみに説明したものの、次は一転して、

「でも実に印象的な旅になりました。ちょっとミーハーですが、クスコの街には感激しました」と遠くを見る目をしました。

「インカ帝国の首都のクスコまで行きはったんやね、楠木はんは」

「そうなんや。古代のアンデスに栄えたインカ帝国。クスコはその首都で、もう一つある首都が現在のエクアドル国のキトなんです。とにかくクスコの街は、峠から遠望して佇まいに感動してしまい、こみ上げて来るものがありました。入ると街路は大きな石を隙間なく組み合わせた地面と壁で、また感激でした」と熱を込めて語りましたが、今の女宮さまに果たしてこうした外国旅行体験への興味がお有りなのか。そう疑問が湧いた私は視線を斜め前へと送りました。

すると思いは伝わったらしく、

「すいません、あらまし最初から話さないと面白い話も出て来ないたちなんで」

と俯いた楠木氏は五秒ほど考えると、再び顔を上げて、

「興味を持ってもらえるだろうと思ったのは、ペルーが原産の可愛いネズミ、モルモットのことです。いえ、それは事実ですが、冗談で」と一度笑いを誘い、改めて女宮さまを見て、

「興味を持ってもらえるだろうと思ったのは、ペルーの原住民が日本人と同じモンゴロイドだということです。アジアの東北地域に大昔住んでいた人たちの一部が二万年前の氷河期に地球規模で海面が下がった時期に、ベーリング海に姿を現した細長い陸地をつたってアラスカへ渡り、北米と中米を通って最後は南米までたどり着いてアンデス一帯に定住した事実です」

こういった方面の話ならばと思って横を見ると、女宮さまは、

「アメリカ先住民も中南米の原住民も、日本人と同じモンゴル系という話は聞いたことがあります。実際に会って話をしてみて楠木さんはどう感じましたか」

「そこなんですよー、印象的だったもう一つの事は。会って面と向かって話をした原住民たちの思いは絶対に忘れません」と熱意が溢れ出た楠木氏は、体も大きく乗り出してきました。反応して対面の女宮さまは立ち上がると、席をあ

とにしてしまいました。

どうされるかと中腰になって目で追いますと、テーブルへ行って白ワインのグラスを二つ取り、片手に一つずつ持って戻ると椅子に座りながら一つを楠木氏に手渡し、もう片方の杯に口を付けて先を促したのでした。

「これはどうも」と軽く一礼して大きく一口含んだ楠木透氏は、

「ペルーという国は貧しいです。ヨーロッパからの移民を祖先に持つ首都リマなどに住む白人はまだ良いんですが、それに日系移民もみんな立派にやっていますが、アンデスに入った村々は貧困に覆われています。観光地を除けば発展の兆しさえなく、日本では考えられない貧しさがこの二十一世紀でも目に飛び込んできます。貧しい大人も気の毒ですが、原住民の子どもの貧しさは見る者の心に強く訴えてきます。自分は貧困とは知らずに生きている姿は…」

「けなげに生きてるんやねえ、貧困の毎日をー」

「すべからく物とお金はないと思っているんでしょうねー」と定子さんと私は同感し、女宮さまも深く頷きました。力を得た楠木氏は一層落ち着いた声で、

「僕のように貧乏学生をしてきた日本人の感覚からしても、本当に彼らは何も持ってないいんです。けれど彼らは、希望は持ってると話しました。なぜならば

『日本があるから。源を同じくする人たちが、あんなに立派な国を作っているから、希望は捨ててない』と話すんです。日本という国には資源が無いけれども人のまとまりがある。アメリカや欧州の人が個人を主張するのとは違って、力を合わせて共に働いて力を出せる社会を作っている。そうやって人がまとまる中心にはテンノーという神々に祈る人がいて、テンノー一家と親戚は日本人が力を合わせるように気持ちのまとめ役をしているんだ。アンデスを下りて街へ出てみると分かるけれど、豊かなのに『もっとくれ』の利己主義が広まっている。そんな世界でも日本だけはそうならない何かが働いている。みんなにとって良い事が起こるように祈っているテンノーが中心にいるからだ。そう話すのを聞いて僕は感激しました。地球の裏側といえる場所にこのような親しみをもって、極貧の中でも深く日本を理解してくれる人たちが居ると知って」
私も少々感激して目頭が熱くなり瞬きをしました。ふととなりに目をやると、女宮さまの目にも涙が溜っていて、一筋頬を伝って流れ落ちるのが見えました。

これよりしばらくあと、女宮さまと私は二人だけでフォルクローレ同好会の解散式会場をあとにしました。OGの定子さんの顔には解散を惜しむ気持ちがありありと見えていたので、悔いなく末を見届けさせてあげようと、彼女を残して帰り道についたのです。

帰り道とはいっても、烏丸通を渡ってすぐまた今出川通を渡ればそこは御苑です。降り止まない小雨に傘をさして少し離れて歩いていた私たちは、乾御門(いぬいごもん)を通って御苑内の広い玉砂利の上に出ても何も会話をしませんでした。けれども私には、極貧の中でも日本人への深い思いを抱いているペルー原住民の心のままを伝えられた女宮さまの内には、化学反応と呼ぶべき何かが起きているように感じられ、御所の築垣に沿って南へ方向を変えた辺りで、解散式を出る前に私が一人で聞いた会話を女宮さまに伝えることにしました。

「さきほどの楠木透氏ですが、女宮さまと分かってペルーでの話はしたようです。内容はもちろん作り話などではないでしょうが」

視線をこちらに向けて黙ったままの女宮さまへ私は続けました、

「途中で失礼することに決めてからご一緒にお手洗いに行きましたね。あの時に私は食べ物をつかんだ手を洗って鏡をちょっと覗いただけなんですが、戻ると楠木さんと定子さんは会話の最中でして。背を向けた二人のやり取りを私は少し離れて聞いていたんです。そのあらましは、『もしかして楠木はん、宮茅京子さんが誰か分かってはりましたあ』、『演奏会のあと礼拝堂のロビーで話してる途中から分かっててん』、『それはあのお、名門てうちから紹介した時い。それとも丁寧な言葉づかいでこの解散会に誘ってえ、怪訝な顔しはった時い』、『いや、名門のあと、丁寧な言葉で怪訝な顔したちょい前や。怪訝な顔したんは、よくお運び下さいましたーて俺も丁寧に接せんとあかんかな思て、堅苦しいなて感じたからや。定子はんが今どない仕事してはるかだいたい聞いてたし、そないな情報も合わせてな』、『目の前にしたら、テレビで顔知ってる人は何とのう分かるしねえ』、『そうや、ああ確かに女宮さまやーて思うた。けどお忍びでお越しやて分かったさかい意識せんでお相手した方がええ思てな。ただ女宮さん、ここんとこ東京のマスコミから叩かれてはるって知ってたし。そん問題の解決いうんはちと無理やけど、せめて元気付けることできんかなー……そや、酷い貧しさやけど日本のこと知ってくれてるペルーの人たちのこと聞いてもらお思てな。もちろん作り話とちゃうで、アンデスの原住民からこの耳で聞いてきた話や』と」

何度も頷きながら黙って最後まで私の話を聞いた女宮さまは再び目に涙をうっすらと浮かべると、傘の前を開けて、

「そうですか、私と分かってわざわざペルーで感激した話を楠木さんは紹介してくれたんですかー」と思いを顔に表して御所に育つ木々の梢を見上げ、雨粒が顔に当たるのも気にすることなく、

「やさしい方ですね、楠木さんは。初めて会ってこの先またお会いするかどうか分からないのに」と気持ちを込めました。

「本当に心映えの良い優しい方ですね。開発途上国の貧しい子どもが通う小学校の先生をして一生過ごそうという方ですからね」と私も本心で答えました。

一期一会の身に沁みる心遣い。小雨の日曜日の偶然の出会いは、転換点になりそうでした。若い女宮さまのことですから、時間はそれほど経ずに変化は現れてくるのではないかと私は考えました。

十一帖（明石）

月曜日の食堂に姿を見せた女宮さまは、食の方は進んでいましたが、元気は本来の半分ほどで話題に困りました。するとご自身から、

「サリー公ご一家は戻ってきませんね。嵯峨で出会ったのが水曜日で、二泊三日で東京へ往って来るとおっしゃっていましたから、木金土で一昨日の夜には京都に戻って来ていないといけないんですが…」

「そうですね、おかしいですねー。お教えした私の携帯には伝言もメールも入っていないですしー」と私の答がやや気の抜けてしまった一方で、

「もしかして、忘れてしまったんでしょうか、私たちのことを」と女宮さまは

率直に思いを訴えました。

「いえ、忘れてしまったはないと思いますよ。一日とはいえあれほど親しくご一緒したんですから。何かよんどころのない事情でも急に東京で生じて、京都へのお戻りが遅れているんじゃないでしょうか」と私が寄り添うと、

「もう一度、お会いしたいですよねー…」と女宮さまはしみじみと言ったきり口を閉じ、視線を外に向けてしまいました。


ここ二三日のご様子から具体的な予定を立てずにきた私ですが、天気の方は昨日一日じゅう降った雨も明け方までには止んで日中は気温がかなり上がると予報は伝えています。遠出にも良さそうな日和に定子さんへ意見を求めますと、

「春の瀬戸内海、海辺のそぞろ歩きというのはどうでしょう。明石（あかし）海峡大橋の良く見える海岸を知っています。夏には海水浴客でにぎわう砂浜で、大学時代には仲間と何度か泳ぎに行きました」と提案がありました。

海に馴染みのない私はつい源氏の君に結び付けて、

「明石といえば光君が不遇の日々を過ごした場所です。自ら都落ちした明石で世の中がどんなふうかを知り。懺悔の気持ちも芽生えて仏門の修業に近いこともされました。そういった時期があったからこそ、光君は京に戻って目覚まし

い発展ができたんです」

「今の私にふさわしい、という意味ですか」

「いえ、そのような意味では。山国育ちの私は海と聞いても想像力が湧かないものですから、良く知る源氏物語の方へ思いが行ってしまいました」と弁解した私に、定子さんが助け船を出してくれました、

「瀬戸内は独特のからっとした明るさがあって良いですよ。関東の湘南あたりとは違って砂浜が白いです。それに今日は雲が取れてくる予報ですから、西にある明石は京都よりも回復が早いはずです」

「じゃあ、行ってみましょうか、たまには京都を出て」

　公共交通での道順はお手のもの、京阪神地区の地図を広げた私はすぐに経路を決めました。洛中から明石方面へはＪＲを含めて三通りの行き方があります。その中から今回の京都滞在ではまだ乗っていない私鉄の阪急線を選びました。地下鉄烏丸線を四条で阪急線に乗り換え。ただし混雑が酷ければ反対方向に一つ戻り始発の四条川原町（しじょうかわらまち）から特急に乗って梅田（うめだ）（大阪駅）まで。梅田で乗り換えて神戸の三宮（さんのみや）へ。三宮駅はＪＲへの乗り継ぎが簡単ですし複々線を走る各駅停車ならば混んでいないはずです。六つ目の駅からは海が見えて来るでしょう。源氏物語ゆかりの須磨（すま）がお誂え向きに明石の手前にありますから、須磨駅でま

ず降りる計画で出発しました。

平安時代の須磨は「都から人が流される侘しい所」で通っていた土地です。ところが着いたホームから見回してみますと、地形は昔のままなのでしょうが人工構造物がところ狭しと建ち並んでいます。山の中腹まで宅地化しているのはもちろんのこと、海を前にした細長い平地にはＪＲが複々線で通り、私鉄の山陽電鉄も走り、加えて幅の広い国道二号線にはひっきりなしに車が行き交っています。それらを越えて海岸に出た私たちですが、平安時代にあったはずの風情は影も形も見つかりませんでした。

正面には夏の海の家と思われる繊細さを欠いた建物が居座り、砂浜は横に長いものの奥行きがなく、コンクリート突堤が海へ突き出して釣り客でにぎわっています。左にはヨットのマストと思われる柱も林立していて、これでは侘しさというよりも自然の失われた残念さで、歴史に思いを馳せる趣など皆無です。五分も居ずに私たちは駅へ戻ると、三つ先の舞子に向かいました。

舞子もかつては自然豊かな景勝地だったようですが、いかんせん明石海峡大橋という超巨大な土木工事が行われたために今では人類の築き上げた技術を肌で感じる景勝地に変わっていました。はるか上にあっても大きく感じる橋が海へ伸び出し、支える鉄やコンクリートは実に力強く、海岸も完璧なまでに護岸工事が施されています。見事なでき映えの巨大土木建設を海峡大橋の真下から眺めて遊歩道を歩いた私たちは、橋の科学館にも入って見学しました。

再び乗りこんだ各駅停車は次が定子さん提案の朝霧駅です。けれども「おなかがすいてきた」と三人ともが告白し、砂浜を楽しむ前に食べ物をさがして二つ先の明石へ向いました。駅から歩き始めた時は魚の棚（うおんたな）と呼ばれる商店街でお持ち帰りの弁当を買いましょうと話していたのですが、豊富な海産物を眺め歩いているうちに心は明石焼きへ傾き、お店に入ることにしました。地元で獲れたタコ入り、瀬戸内産のアナゴ入り、卵だけのプレーンの三種類の明石焼きを頼んで、三人で分けていただきました。

朝霧駅まで一つ戻り、着いたホームから高架上の駅舎へ上って山側の改札口から海側へ回り込みますと、そこには明るい瀬戸内海が視界いっぱいに広がっています。海峡大橋がちょうど良い大きさで左手に眺められ、淡路島が向こうに横たわっています。高架通路を通って下りた海岸は春先にもかかわらず陽光があふれていて、砂浜のテラスにベンチを見つけた私たちは腰をかけました。

西風が心地良く吹く太陽の下、女宮さまの白の上着と青系ストライプのボトムズが映え、定子さんと私の短い上着も砂浜にぴったりです。夏になればさぞかし多くの海水浴客でにぎわうにちがいない砂浜は予想よりも大きく、人工的に整備したとは思えない風情もあって、三月上旬にもかかわらずかなりの人が出ていました。中でも一番目立ったのはビーチバレーに取り組んでいる若者たちでした。大学生か確かめようと定子さんがプレーの間を見つけて、

「大阪かどこかの大学から来てはるのお」と大きな声をかけますと、

「夏の大学選手権に向けて練習中や、まずは関西大会のな」と答えはつっけんどんです。けれどもそういった人たちの方が骨があるもので、案の定、ゲームに負けた二人が海へ入って泳ぎ始めました。泳いでゆく先にはコンクリートの壁が明石海峡と海水浴場を仕切っていて、その防波堤まで悠々と泳いで戻って来た二人へ、定子さんが再び、

「水が冷たいことありません、心臓や血管に悪いみたいな」

「確かに長いこと水に浸かってるんは無理やで、こん海水温やと。けど往復で五分くらいやから何も問題ないわ。体動かして体温上がってるさかいな」

「防波堤に囲まれてへんと、ちっと怖いわ。目標なしと水の冷たさが合わさると確かに心臓にきついで。水ん中に引き込まれそうな感じもしてくるしな。け

どこの海岸でこれくらいは大したことない。禊（みそぎ）や、禊にちょうどええ」

禊と聞いて質問してみたくなった私は、やや強く、

「禊とは、どういうことか分かりますか」と四人を見ました、

「禊は禊ちゃうんか。水に入って汚れがきれいになることやろ」

「そうしたら、きれいになる汚れとは何のことか分かりますか」

「難しいこと訊くなー、姉さんは」と渋い顔をした横から、

「たぶん選挙や。選挙に勝って禊ができたて政治家がよう言うてるさかい汚職をチャラにするんとちゃう」

「なるほど、汚職を洗い落とすね。そういう意味も最近はあるけれど、元々は死んだ人間にうじ虫がたかっているのを見て、そういった黄泉（よみ）の国の穢（けが）れをきれいな川の水で祓い清めたことが禊です」

「そりゃ、うじ虫も黄泉の国も、確かに祓いたいわな」

「禊のもう一段深い意味は、過去にとらわれていずに水に流すことです。やり直しは何度でもできるという前向きで肯定的な姿勢が日本の神道の禊なんで、覚えておくとどこかできっと役に立つわよ、このお姉さんの言ったことを」と大学生たちに告げた私は、ビーチバレーへ戻りたそうな四人へ軽く頷いて腰を上げました。

つられて席を立った女宮さまと定子さんと共に砂浜の波打ち際をゆっくりと歩き、ズボンやスカートの裾を濡らして水遊びしている子どもに声をかけたり、小さく伸び出た岩の突堤の先で透き通った水に魚たちが泳ぐ姿を眺めたり、高い防波堤の上で明石海峡大橋を眺めたり、行き交う船の多さにびっくりしたり、と気ままに朝霧の大蔵海岸で一時間ほどを過ごしました。

帰りは、源氏物語の舞台の一つにもなっている大阪の住吉大社（すみよしたいしゃ）に寄ることにしました。住吉の神は海の神ですから、必ずしも大社まで詣でなくとも海に向かって祈願すれば応えてくれるといった示唆が源氏物語には見られます。けれどもやはり自ら足を運ぶに越したことはありません。神道の中心をなす禊祓いによって生まれた住吉の神々へお願いすれば必ずや良い流れを作って下さるでしょうし、和歌の発想を授けて下さる期待もあります。俊成卿（しゅんぜいきょう）や定家卿（ていかきょう）に倣ってお参りをと考え、電車を尼崎と難波で乗り換えて住吉へ向いました。

近現代には海が遠くなってしまったとはいえ、かつては岸に接していただけあって住吉大社は海の雰囲気を今も漂わせており、白砂と黒松からなるすがすがしい境内をゆっくり巡ると良い気を感じ取ることができました。ここで目をやった腕時計の短針は午後四時に近づいていましたが、太陽にまだ沈む気配はなく。長くなった日に心のゆとりを感じつつ天王寺（てんのうじ）まで市電に揺られて出た私たちは、聖徳太子ゆかりの四天王寺に参詣すると帰路は六駅ほど地下鉄に乗り、始発駅から京阪電車の特急に座って京都まで帰ってきました。

暮れなずむ空の下、歩いて帰る御所への道で女宮さまは、

「明日は早起きをして宇治へもう一度行きましょう。早起きは心に良いと聞いたことを思い出しましたので」と私を見ました。その声は朝出かける時とは打って変わって明るい響きがあり、顔にも明るさが戻っていました。海辺で陽の光と潮風に当たった効き目と住吉の神々のお働きがたちまち出たようです。

十二帖（野兎）

目覚めたのが五時で、布団を出てカーテンを開けて窓も少し開いて外を見ましたが、東の空は暗いままでした。ヨーグルトとクッキーと紅茶だけの朝食を口に運んでいうちに窓の外にはかすかな明るみが射し始め、宿舎の門を出て振り返ると、そこには曙の空がありました。

薄明の京都の街を行きながら、

「だんだん明るさが増してきますすね」

「明るくなってくる空を眺めて歩くのは気持ちが良いものですね」等と口にして歩く私たちの息は白く変わりました。それでもポケットに忍ばせてきた携帯

カイロの封を切るほどの冷え込みではなく、気温にも日の出の早まりにも春の訪れは確かと感じる朝でした。

六時過ぎに丸太町駅に着いて準急に乗った私たちは、七時よりも前に宇治に着きました。女宮さまの装いは京都に着いた日の良い印象を取り戻そうと、同じモノトーン上着にエンジのニット、下はジーンズ姿です。私も初日と同じくライトグレーのスーツの内に薄いピンクのニットを着ていました。

道順も前回と同じで歩き始めた私たちですが、日の出の時刻を過ぎても太陽は顔を出しません。洛中ではまばらだった雲も宇治まで来ると空のほぼ全面を覆ってしまい、やや暗めの朝。けれど匂いの方は曇天下の方が際立つようで、南東から吹いて来る弱い風には花の匂いが強く感じられます。その匂いは前回は白梅でしたが今日はふくよかな紅梅で、沈丁花の香も交じっています。移ろいゆく春。そうです、京都に来てからもう一週間と三日が経っているのです。

早朝の店々はまだシャッターを下ろしたままで、平等院の門も開いておらず、人気のない街を抜けた私たちとＳＰ二名は、宇治川のほとりを上流に向けてゆっくりと歩きました。そうして喜撰橋の西の袂まで来て対岸を眺めていた時です、背後が急ににぎやかになったと思って振り返ると、誰かれ構わず道で出

会う人たちに向けて、

「おはようございまーす」とあいさつして登校してくる一列がありました。何となく人と接したい今朝の私は、

「おはよう、遠くから登校してくるのー」と声をかけてみました。けれども口にしてすぐに自身で気付いたように、標準語を聞いた小学生たちの顔は一瞬でとまどいに染められてしまい、無邪気さの消えた彼ら彼女らからは洛中の住人へ標準語で話しかけた時の様に何の反応も期待できないと覚悟しました。しかし意外にも中から一人、低学年の子が口を開くと私を見て、

「はい、六キロです」と答えました。聞いた年上の男の子が、

「ウソ言え三キロやろ。往きと帰りで足して六キロや」と肩をつっつき、

「けんどこん子は一番奥やから、片道で六キロくらいになるよー」と高学年の女の子が再び訂正しました。

小学校の低学年から長い道のりを登校してまた下校する。都市部を除けばそれが日本の現実であり、通学バスのあるは超過疎地のみ。そういった悪条件を与えられたまま受け止めて毎日けなげに歩いて通う小学生たちを目の前にした女宮さまは、低学年の男の子へ、

「六キロは遠いわね。雨が降ったりすると、大変ね」と優しい眼差しを向けま

した。するとまた四年生くらいの男の子が割って入って、

「こいつ、いつもけったいなんや。ウンコしとうなったーて近所の家に寄るねん。『はばかりさん貸しとーおくれやーす』って、おばあさんが一人で住んでる家に。やから余計に時間がかかってしまう」

突然出た下の話にも女宮さまは動じることなく、逆に親しげに向き合って低学年の男の子の腕に軽く触れると、

「そうなの、トイレ、家を出る前にいつもいってこないの」と指を押しながら尋ねました。男の子は決まりの悪そうな顔をして小さく二度ほど頷いただけでしたが、高学年の女の子が代わりに、

「この子の家、うちらよりも二十分以上奥でな。野兎が出てきて走り回る道がある山の中なん。そやから早ように起きて、けど半分寝たままやから朝ごはんも食べんで出てくるの。歩きながらおにぎり食べて、そうするとやっと体が起きてきてウンコしとうなるんやて」と答えました。頷く女宮さまへ列の先頭の男の子が、

「いんでくるまでおかあちゃんも心配で、かわいそうや。そろそろ行くでー、遅れるさかい」と歩き始めました。合わせて歩き出した小学生の列へ私たちは「さよなら」と手を振りました。

子どもたちの姿が見えなくなってから私は念のために、「今の話題、大丈夫でしたか」と表情を窺って確かめてみました。すると女宮さまの口からは思いもよらず、

「子どもはあれで普通ですよ。汚いことも合わせてそれが人間だって良く分かってるんですから。きれいなことだけで成り立っているように話す大人とは違って」とさばさばとした言葉が出てきました。用意のできてなかった私は、少し考えを巡らせてから、

「たびたび源氏物語を引き合いに出して申し訳ありませんが、きれいごとばかりで成り立っていない人間社会を紫式部は実に良く鋭く描いていると思います。現在の役所も源氏物語に通ずるところありと感じています」と横眼で見ました。女宮さまの顔色は肯定でも否定でもなく、先を促しているようでしたので、

「女宮さまにはまだお知らせしてなかったですが、今回の京都滞在の付き添いは、途中で別のベテランの女官へ交代する場合もありと本庁の方から言われておりまして」と打ち明けました。

「なぜです、二人とも良くやって下さっているのに」と素早く返した女宮さまへ、私は慎重に言葉を選びながら、

「直接お仕えしているオクだけで決めたのが理由の一つのようです、長期間の

京都滞在という異例の対応策を。本庁は自分たちが全て決める、自分たちオモテこそが皇室を担当する役所なんだ、という筋違いとも思える強い自負がありまして。元にあるのはエリート意識と出世競争でしょう。自分の出世が何より大事というエリート意識丸出しの場面をしばしば見てきました。ご存知かもしれませんが本庁は他の省庁からの一種寄せ集まりです。数年間いて出身省庁に管理職の空席ができるとさっさと戻って行くキャリア官僚が仕切っています。ですから壮年の殿下方が体制面や人材面、また経費節約の面で改革が皇室には必要であると何度も口にされても、短期間だけ居て去って行く官僚たちは事なかれ主義のため真摯に向き合おうとしません」

「温かい血が、かよってないんですね、権限のある人ほど」と間を置かずに返ってきた女宮さまの独り言のような感想は、いみじくも一言で私が心に深く感じてきた思いを言い当てていました。大きく私は頷いて見詰め、女宮さまも頷き返して宇治川に視線を移すと、強い水の流れに思いを向けながら、

「報いは必ず返ってくる。源氏物語では、そういうことでしたね」

「ええ、紫式部は因果応報(いんがおうほう)を大きな主題にして物語を描いています。良くない行いには、必ず後で相応の報いがある。という仏教的な価値観が源氏物語には滲み出ています」

「因果応報は日本人に馴染んだ考え方ですよね。神仏が罰を与えるということと同じですから、本当に良い考え方だと思うんですよ」

「ええ、そのあたりから申しましても、少しお説教に聞こえるかと思いますが、マスコミ問題は解決を神仏に預けてしまうのも一つの方法だと思うんです。心を傷つけた者は相応の罰を受ける因果応報から逃れられない、と考えて割り切られる方が良いのではと私はこのところ考えてきました。あたら心をマスコミの仕業に向けて虚しくするのは、女宮さまにふさわしくないと」と自らの価値観を源氏物語に絡めて続けざまに私は持ち出していました。けれども女宮さまは嫌な顔一つすることなく、

「マスコミの酷さに心が虜（とりこ）になって、時間を無駄にするのは愚かである、という意味ですね。それは私も頭では良く分かってるんです。ただ向けられた敵意と云うか人格否定には耐えられない何かを感じて、どうにもできないんです」

「ご本人としては、やはりそうでしょうね」と目を合わせた時には朝霧橋を渡り終えていました。おしゃべりにかまけて作法がおざなりにならないように、宇治上神社の外の鳥居からは共に口を閉じて参道を登って行きました。

清々しさが宇治上神社にはやはりありました。前回は夕方だったにもかかわ

らず清らかさを感じたのですが、今日は朝の八時前ですから他に観光客の姿はなく、地元住民と思われる数人だけが箒を手にしていて、社殿の回りを掃き終えたところでした。清らかさはこのご奉仕のおかげと思って小さく頭を下げ、短く言葉を交わした私たちは、前回は混んでいて寄らなかった拝殿の右手にある小舎に向かいました。

半地下まで掘り下げた地面から湧き出している清水で手と口を丁寧に清めて拝殿の前に立つと、合わせるように東の空の雲が切れて太陽が顔をのぞかせました。光の降り注ぐ良い参拝のあと、拝殿を改めて眺めた女宮さまは、

「地味に見える社殿ですが、地味さは心の乱れを鎮める働きもあるようです」

と口にして奥の本殿まで進み、背後の里山の手入れに再度感心して、

「本当に良いお社ですね。思いがけないところに、と言っては失礼かもしれませんが」と前回と同じ感想を口にしました。そうして本殿の前で目を半分閉じて左の人差し指を唇に当てると、少し考えてから、

〈しばらくは　留まり居たい　お社と　馴染む静かな　山里の春〉と、即興で一首詠んで私に微笑みました。続く十五分ほどのあいだ場所を少しずつ変えて拝殿と本殿を眺めていた女宮さまでしたが、やがて話し声が参道の方からしてきたので、私へ目で促して門を出て、小さな石橋を渡ると右に折れてさわらび

の道へ足を進めました。

着いた源氏物語ミュージアムは開館までにまだ時間がありました。そこで私は館の建つ公園の一角で宇治十帖と直前三帖を含む終盤十三帖について、本編四十一帖との関係や相違点を女宮さまへ説明し、紫式部があっけない幕引きをしてしまう源氏物語は四十一足す十三で五十四帖なので一見して中途半端な数に思われるけれど、五十四は百八からなる除夜の鐘の半分であり、人間の煩悩の数である百八の半分を描いた形になっている構成にも言及して、構造の面からも仏教性が織り込まれている点を研究者を気取って話し続けました。

女宮さまは私の解説へ何も口を挟まずに終わりまで聞いてくれましたものの源氏物語の内容にも構成にも触れず、

「彰子さんのさっきの意見、問題の解決を神仏に預けてしまって、心を傷つけた者は相応の罰を受けると考えて割り切る方法。それができたとしても、何かもう一つ必要かなって思うんです、私の方からの行動が何か。マスコミに対する行動ではなくて、私の基本的な考え方の分かる行動があれば、国民の人たちは理解してくれて、私も気が休まると思うんです」

御本人がお心の底深くを話してくれたお言葉であり、これ以上自分の意見や価値観を口にすべきでないと感じた私は、無言で何度か頷いて返しました。対話は途切れて辺りは静けさに包まれました。そこにスズメの集団が下りてきて餌がないかと地面をつっつき始めました。大小取り混ぜて二十羽近いスズメの大家族の動きを目で追っていると、静けさを突いて私の携帯が鳴りました。

表示に『サリー公爵』と出ている画面を女宮さまに短く向けて電話に出ますと、相手は決まり文句のあいさつのあと私たちが京都にまだ滞在中かどうかを確かめてから、

「列車の中から電話をしています。東京での滞在が延びてしまったのに連絡しないですみませんでした。それで今東京駅を出たばかりなのですが、この弾丸列車、いえ新幹線はとても速くてスムーズなので、大して時間がかからずに、予定ではえーとー京都駅に十一時八分に着きます。お二人の今日のご予定はどんなでしょう。もしも空いていましたら、お使い立てするようで恐縮ですが、また私たちとご一緒してもらえればと思って電話をしました」

「十一時八分に京都駅着ですね」と確かめて、

「いかがいたしましょう。サリー公爵ご一家は、今日の午後にまた私たちといっしょに京都を見て回りたいとお話しですが」と向いを見ますと、女宮さま

は先程とは輝きのまるで違う目をして、

「私が出ます」と手話を大きく返しました。

そうして携帯を受け取るなり一言に感情を込めて、

「京子です、みなさんがいなくてとっても寂しかったです」と英語の慣用句を投げかけ、続きもまるで母国語のように女宮さまは、

「私を京都に置き去りにしたまま、東京でいったい何をしていたんですかー。もう忘れられたと思って私も忘れたところでしたよ」と思いそのままを英語で訴えました。すねた心情を露わにした言葉を受けて電話の向こうのサリー公爵はどのように答えたのか。それは分かりませんでしたが、三度ほどのやり取りのあいだにマーガレットが二度とエドワードが四度出てきて、特にエドワード君の帰りを女宮さまは心待ちにしてきたことが傍からもわかりました。


通話を終えた女宮さまは携帯を差し出しながら、

「お昼の十二時に、二条城の観覧口の前で待ち合わせることにしました。公爵ご一家は荷物を全て京都のホテルに別送して身軽だそうですから、京都駅から直行してきます」と歌うように話しました。

会話の内容には立ち入らずに手でミュージアムを指して、

「ではまだ時間がありますから、入りましょうか」と促しますと、女宮さまは建物には目もくれずに肩にかけた鞄を開けて中をさぐると、ブラシを取り出して良く整え、髪を直しながら、

「いえ、博物館は次に来た時でいいですよ。源氏物語は水野さんから十分に聞きましたので。それに平安王朝とか華やかさといっても、今となっては十二単と式典に伝統が残るくらいで、まるでおとぎ話のようですからね」と、入館しないには今一つぴったりこない理由を上げて鞄の中に再び手を入れ、手鏡も取り出して髪の左と右に当てながら、

「それよりも今来た道を逆にもう一度歩きましょうよ。そら、雲のあいだからまた陽が射してきました。それと今日は休みの定子さんにも連絡して、できれば来てもらった方が良いと思いますよ。英語使いですからね、定子さんは」とテキパキと答えてブラシと手鏡をしまうと、今度は野球帽に似た帽子を鞄から取り出してかぶりました。

指示に従って洛中の堀川沿いの実家に居るはずの定子さんに電話をした私は、状況を伝えているうちにSPに追いつかれそうになったものの、

「現地で正午に合流します、実家から二条城はすぐですので」と返事をもらい、

女宮さまを追いかけました。

再び宇治川に架かる朝霧橋の袂に来て、雲間からのぞく朝日のまぶしさとは対照的に落胆気味で私は橋を渡りました。なぜなら女宮さまを源氏物語に引き込む試みは何ら功を奏しそうにないからです。すると思いや計らずして伝わったのか、俄かに女宮さまは源氏物語への感想を語り始めたのでした、

「京都に着いた日に宇治橋から眺めたとおり、水の量が多くて流れの早い宇治川ですから、身を投げれば溺れますね。でもヒロインの浮舟は、名前が身を投げた結果を暗示していると思いませんか、沈んでしまわずに浮かんでくるって。自害は失敗で、そのあとも生きていかなければいけない人なんだって」

この解釈は、これまで私の読んだ本のどれにも載っていなかった新解釈です。普通は、二人の貴公子のあいだで心が揺れ動く小舟のようだから浮舟なのです。斬新で答えようもなく私が口を閉じたままいると、

「それと彰子さん、『夢の浮橋』っていう最後の巻名は、男女の心が通じ合わないはかない橋とか、うたかたの夢っていうよりも、水に浮いている橋を渡って夢がずっと向こうまで続いて行くみたいな意味じゃないですかね。実際に五十四帖とか百八帖では終わらずに、千年以上たった現代人にまで夢を与えて

くれているんですから、彰子さんのような人にも、外国人にまでも」と独自にして新鮮な見方を披露してくれました。そこにはサリー公一家との再会が叶う喜びが込められていることは確かでしたが、源氏と横並びの皇族から見た印象と、女宮さまならではの自由な発想も強く表れていて少々の衝撃でした。一方で私自身については考え直す必要を感じました。高校の古文より前の中学時代から源氏物語に親しんできた私は、この長編を世界に誇る文学として祭り上げてきた諸先輩そのままに、自らの接している世界とは全く別の崇高な位置に置いて、身近な感覚で素朴に捉える試みをしてこなかったのです。

そんな考えを抱きながら足を進められたのは少しの間で、平等院の正門に通じる道に折れると先は人だかりと呼べるほどの混み様です。大半が外国人からなる観光客をかき分けて進んだ私たちは、宇治橋西の交差点にやっとの思いでたどり着き、人出が少なそうな左手の宇治橋通に折れると、宇治茶の専門店も点在する歴史ある街並みを眺めながらＪＲ宇治駅へ歩きました。

十三帖（観世音）

二条城の観覧口には既に定子さんがスーツ姿で待っていて、すぐにサリー公一家も地下鉄駅の方から歩いてきました。

「素晴らしい天気です」

「快適な気候ですね」が今日も薄着のサリー公夫妻から出た最初の言葉でした。朝晩はまだ冷え込みを感じて冬がすっかり去ったとは言えない近日を思い出した私が戸惑ったのに対して、英国へ留学経験のある定子さんは笑顔で、

「はじめまして、公爵一家にお目にかかれて光栄です。私はこちら二人の従姉妹で堀河定子といいます。今日は確かに良い日ですね、三月のイングランドではめったにない」と一歩出ると、握手を夫妻と交わしました。

横で聞いていた女宮さまは、深くかぶっていた野球帽のつばを少しだけ上げて視線をマーガレットとエドワードへ送りながら、

「こんな天気は日本では素晴らしいとは言わないんですよ。陽光があるのは良いですが、三月上旬の今日はまだ冬が終わっていなくて、桜の花の咲く三月終わりから四月の温かさと比べれば、まあまあの天気といったところなんですから」と、遅れて京都に戻ったサリー公爵一家へのすねた思いをそのまま言葉と顔に表しました。これへ公爵が真面目な顔で、

「実に専門的で丁寧な説明をありがとう、大変に良く理解できました」とコメントしたのでみんな笑ってしまい、和んだ空気に女宮さまの機嫌は早くも直ったようでした。

目で同行を促してエドワードと並んだ女宮さまは、東大手門を仲睦まじく通って行きました。うしろ姿から聞こえてきた会話は、

「あなたが今日戻って来るって分かっていたら、着物を着てきたのに」

「持ってるの、キモノは値段が高いって聞いたことがあるけど」

「そう、着物は高価だから簡単に買うことはできなくて。東京の家に置いてきた私は京都では借りて着たんです、みんなが京都からいなくなった時に」

「借りるだけでも高いでしょ、日本の良いキモノは」

「そうなの。とても高かったの。だからまだ払ってなくて、パートの仕事か何か京都でしながら返済しようって思っているんですよ、私これから」と本気のような冗談でした。他の三人を見ると、マーガレットはカメラを唐門の彫刻などへ向け続けて何枚も撮り、公爵は広い庭の管理が素晴らしいと感心し、夫人は壮大な木造建築の全てが平屋建てと聞いて驚いていました。

そうして二の丸御殿の玄関まで来た四人は戸惑うことなく靴を脱ぎました。けれども日本の風習と文化に完全に慣れたようでもなく、スリッパでの歩きはぎこちなく、うぐいす張りの廊下では奇異と興味の交じった中途半端な笑いを浮かべて進んで行きました。まもなく大広間の前に来て、

「この場所で徳川十五代将軍の慶喜(よしのぶ)公が大政奉還を上表(じょうひょう)しました」と解説の流

れた時です、一家は皆が渋い顔に変わると、

「政権を天皇へ将軍が返す。これはいったいどういう意味でしょう」

「自発的に権力を手放したんですかね。私も良く分からないわ」

「パパとママはこう言いたいんでしょ、権力や政権は手放したり返されるものではなく、奪い取ったり奪い取られるもの、違う」

「その通り。奪い取り方は国と時代によって色々あって当然だが、権力を奪い取った者が新しい王に即位する」


私たちには自然な大政奉還です。日本の児童や生徒から問われた「どうしてなの」ならば、為政者としての精神論を和歌にして〈もののふの　潔さこそ知らしむれ　明け渡しつつ　手本は残す〉とでも詠み、武士の引き際の美学に焦点を当ててここ二条城での大政奉還を、また江戸城の無血開城も説明できるでしょう。切腹を自ら求める態度に似た見事な最後を示すことによって、徳川幕府が和の国の伝統を守った姿を人々に強く印象付け、逆に江戸という時代と徳川をこの先も長きに渡って日本人の心に生き続けさせる。そういった本質が大政奉還の背後にはあると理解している一人の私ですが、日本的な理解を期待できない英国人へ英語で説明するのは無理と考えていると横から定子さんが、

「京都に天皇、東の中心である江戸つまり現在の東京に将軍、という二重構造が日本にはありました。支配権は将軍が握っていましたが、京都の天皇の方が格上で、権力者を認定する立場にあったため、権力を返した。そう考えれば理解しやすいです」と解説しました。続いて女宮さまも英国人四人へ、

「日本の歴史を欧州の歴史の文脈で説明しようとしてもほとんど不可能です。二重構造に従姉妹は言及しましたが、二重構造は日本と日本の歴史にはいくつもあるんですよ。上皇と天皇が同時に居たと皆さんは知りましたね、出合った嵯峨のお寺で。あれも二重です」


頷いたエドワードは父親の肩を指でつついて、

「そら、自発的に引退した天皇。称号が上皇に変わっても権力を持ち続けて新しい天皇と並立した十一世紀だったか十二世紀の日本の歴史、聞いたでしょ」

「あーそうだった。天皇がいて上皇もいた。そして天皇がいて将軍もいた。全く二重だ」と自ら繰り返したサリー公ですが、今一つ納得できない顔です。

「天皇という地位は世界でも他に例がなく、地位も時代ごとに変化してきました。その点をまず理解していただいた上ですが、日本の歴史において天皇は、時々の権力者と常に並立してきたのです」と再び定子さんが説明すると、

「ということは、天皇は権力者と考えると不正解なんですね」

「権力者であった昔もありました。日本の国が始まった四世紀から七世紀には天皇は強い権力を持っていましたから」

「四世紀から七世紀とは驚きだね。その頃はまだ連合王国（イギリス）の姿はなかったよ。一〇六六年のノルマン王朝が僕らの国の始まりだからね、国土はもちろんあったけど、ローマ帝国がブリタニアと呼んだイングランド、カレドニアと呼んだスコットランド」と感想を入れたエドに定子さんは二三度頷き、

「七世紀以降のいつ天皇は権力を弱めたか。その答えは簡単ではありませんが、十三世紀が大きな転換点でした。鎌倉将軍の時代に天皇派と将軍派に分かれて争った内乱が日本にはあって、その承久（じょうきゅう）の乱に負けて天皇と天皇派は権力を大きく失ったと言われています」

「十三世紀以降も実権を握り日本を治めた天皇はいました。けれどそういった試みは長くは続きませんでした。ですから人々のあいだでは天皇は、十三世紀からは支配者とは見られていません。権威（ＰＲＥＳＴＩＧＥ）なのです」と女宮さまが付け加え、ここでサリー公の顔は晴れて、

「合点がいきました。天皇は権限を盾にした支配をせず、権威を帯びることで日本人から尊敬を受け、国をまとめてきた、ですね」

「ええ、もしも天皇が支配権に固執し続けていたら、権力奪取という血なまぐさい争いを演じて歴史の大波に消え行った可能性大です。権力闘争は日本でも西洋と同じく熾烈で血みどろでしたから。その道に踏み入らずに天皇は日本史が中世に入ると支配権を手放し、権威のみ持って一段高い壇上に上がり俗世界とは距離を置いたのです。だからこそ世界が驚く長い歳月、天皇制は生き続けてきたのです」と熱意を込めた定子さんへ、微笑みながらサリー公は、

「現在も日本は、民主主義国家で国民が主権者であるけれど、昔ながらの権威を持つ天皇がいて、天皇と国民の二重性が続いている。それが日本と日本人ですね」とまとめました。他の三人も、不可解な謎を前にした当惑の顔から納得のいった満足の表情に変わり、

「ついぞ欧州では聞いたことのない話、見たことのない世界を知りました。来てみる価値がありました、日本という国へ」という意味の言葉を口にしました。

このあと大広間、黒書院、白書院と巡り、襖絵や障壁画や木製の彫刻装飾等を鑑賞しました。その合間を縫って私は、京都でこれまでに訪れた場所を英国人四人に尋ねました。まとめますと、京都に着いてまず外国人らしく伏見稲荷大社に参拝、続いて伏見の酒蔵を見学して試飲もしたそうです。次の日は金閣

寺を見て平野神社から北野天満宮まで歩き、西行きのバスに乗って下鴨神社に参拝し、午後には御苑へも来て鴨川沿いもぶらついてみたそうです。三日目は滞在しているホテルから徒歩で南禅寺から平安神宮、岡崎の美術館では少々の時間をかけ。南へ歩いて大きな屋根のお寺は知恩院でしょう。山の麓の公園と神社は丸山公園と八坂神社でしょう。四日目は東山の続きを高台寺から始め、二寧坂産寧坂を歩いて清水寺まで上り、湧水を一杯。下りの坂ではやきものを見て、お寺に二つ参詣して、祇園をぶらぶらして、細い川といいますから白川沿いを歩いて、三条の土産物店で終了とのことです。そうして五日目に嵯峨で私たちに出会ったのだと教えてくれました。

「するとまだ訪れていない、一家が観る価値のある場所はどこでしょう」と私たちは話し合いました。結果は「三十三間堂こそふさわしいはず、京都を選んだ四人には」と決まりました。確かめてみると折り良く一家はまだ足をのばしておらず、快諾が返って来ました。

　移動する地下鉄の中で四人とも東京での具体的な出来事には触れませんでしたが、滞在が延びた理由は話してくれました。

「遅れて何とも申し訳ない」と女宮さまへ再び謝ったあと、

「日光へ往って来たんですが、東京在住の友人一家がどうしても連れて行って見せたい、スコットランド的な素晴らしい場所だって言うので。実際に日光は良いところでした。雪が残っていて寒かったですが、山といい湖といいあいだに広がる草原といい、実に心が晴れ晴れする景色で、東照宮の豪華さよりも私には印象に残りました」

「僕は早く京都に戻ってきたかったから反対したんだけど、行ってみたら自然も空気も良くて素敵な場所だった」

「澄んだ水をたたえた深い湖。森は葉が落ちていたけどその姿がまた神々しくて。春を待つ木々の枝が赤っぽいのも印象的でした」

「山々もアルプスとは違って、スコットランド的というべきね」

　感想を聞いて私たちは、三十三間堂の次は自然豊かな場所へ四人を案内しようと話し合いました。


　京阪線の七条駅で降りて東山に向けてゆるい坂を登った私たちは、左に折れて受付を抜けると、長さが三十三間あるお堂へ裏手から足を踏み入れました。

　独特の空気を感じつつ表へ回り込んで、東面に伸びる回廊の端に出ますと、目に飛び込んできたのは堂内を埋め尽くす観世音です。千手観世音菩薩（せんじゅかんぜおんぼさつ）の像が何段にも重なって堂の遥か向こうまで、中ほどの大きな菩薩像を越えて立ち並んでいる姿を目にした途端、初めてではない私も圧倒されました。思考は止まり、英国人たちのために道々考えてきた説明も頭から消えてしまいました。

　心の打たれ方は、初めて目にした英国人四人にはやはり大きかったようで、

「えー…」とエドとマギーは短く発したきり言葉が出なくなりました。サリー公と夫人は小さく口を開いて、

「この空間はー…現代とは思えない」

「ここだけ、空気が、別、ですね」と何とか感想を言葉にしました。京都に生まれ育って高校と大学時代には掛け持ちの弓道部員として弓の引き初め行事の大的大会（おおまとたいかい）へも参加して蓮華王院（れんげおういん）へ度々参詣してきた定子さんも、

「千の観音像は、幾度目にしても心に迫ります」とつぶやくと口を開きませんでした。女宮さまも来る道では、

「高等科の旅行以来で楽しみですよ」と笑顔で話していたものの、遥か先の先まで立ち並んだ観世音に表情は一変して、

「ここに来ると、やっぱり京都ですねー」と文章にならない思いを口にしただけで、続きの言葉は出ませんでした。

同じ心の私たち七人は、それに恐らく同じ思いのはずの二つの国のSPたちと従者も、厳かに立ち並んでいる観世音菩薩の前をゆっくりと足を進め、前面に立つ二十八部衆の立像へも時に視線を送りながら中央の千手観音坐像の前まで来ました。ここでやっと、

「この空間はコンピュータ・グラフィックスの人間が再現を考えそうだけど、たぶん無理だ」とエドワードがつぶやきました。エドの言葉はしかし荘厳なる仏の世界に引き込まれている私たち七人の心には留まることなく、堂内で空へ還元して行ったようでした。

時の流れの無い、過去現在未来の区別も失ったような空間を歩いて端まで来たところで、女宮さまが堂内を振り返ると、

「この建物の長さを表す三十三は、仏教に関連が深い数です。納められている千一体の観世音像はそれぞれ三十三に姿を変えて人の前に現れ、人々を救うとされています」

「大半の観音像は、お寺が十二世紀に建ってから百年もしないうちに火事で失われてしまったのですが、千一体のうちの約百二十体だけは、お寺の僧たちの決死の働きで火事場から持ち出すことができたようです」と付け加えた定子さんに、少し考えて公爵は、

「観世音は聖母マリアと共通性がありそうです。それはさて置き、説明によればこのお寺を建てる発案は、引退した天皇がしたそうですね、仏教を信じていたのですか」

「ええ、発願（ほつがん）した後白河法皇は確かに天皇でした。皇位を退いてからの地位は法皇で、法皇の法は仏教を意味しています。篤い信仰を持っておられて仏門へ正式に入られたのです」と定子さんが解説すると、再びサリー公は、

「私が良く理解できないのは、天皇という地位は神に密接、であるのに仏教を深く信仰していた。その点はどうなんでしょう」

「日本では神も仏も信じて普通かもしれませんが、欧州人に当てはめて考えると、キリスト教を信じている私が仏教も信仰することはあり得ません」と夫人も首を傾げました。

　確かに言われる通りでしょう。一神教のキリスト教徒は他の宗教を同時に信じることはないし許されていない。神道と仏教が密接と知れば不思議に感じで当然です。日本人にも興味のある話題ですが即座に説明するのは無理と考え、私は定子さんを見てから、

「日本人の宗教観については自然愛好家である皆さんに似合う場所、植物園に行って話すことにしませんか」と提案しました。

「それです、植物園。良いことを思い出させてくれました」
「忘れてたけど、京都に着いた時は植物園に行こうって話してたのよね、パパ」
「三月の初めでも、京都の植物園は野外に花が咲いてるんだってね」と大きな賛成が英国人たちからは返ってきました。

　蓮華王院をあとに颯爽と西へ坂を下り、七条駅で電車に乗って三条駅で地下鉄に乗り換えると、烏丸御池駅でもう一度乗り換えて北山駅を目指しました。車内で私たちは、神仏習合のおさらいのために関連情報をスマホに呼び出して英語文を読んでいました。

　府立植物園に着くと時計の針は三時をかなり回っていましたが、閉園の五時までには一時間半以上あり、時刻がら来園者たちは帰り始めていたので反って助かる面もありました。

　北山門を入って真っ直ぐに伸びるプロムナードとその先でしぶきを上げている噴水をしばし眺めた私たちは、南西すぐの桜の区画へ向かいました。植わっている数多くの品種のうち川津（かわづ）桜と緋寒（ひかん）桜はちょうど開花し始めていて、南に接する梅園を見れば盛りを過ぎた木に交じって満開や蕾が満載の品種から良い匂いが漂って来ます。この区画に関しては一年で最も良い時期に来たようで、

「何と、何と」と公爵は感激気味。夫人も、

「予想しなかった歓迎を受けた感じですね」

「こんなの、三月上旬のロンドンじゃあり全く得ないよ」

「全く五月初めの咲き様だわ」とエドとマギーも。


　桜の園で十分な時間を取った次は、花とは対照的な巨木の生えた林へ歩きました。楢と欅が主体の林には、葉が全て落ちている季節にもかかわらず鬱蒼とした雰囲気が立ち込め、その中央にある祠の前で日本人の宗教観に触れました、

「まず日本の神について説明しますと、この場所は神が宿る神社の原型です。神社の起源は自然への尊敬と崇拝ですので」

「なるほど、その宗教観は我々ブリテン人がキリスト教の持ち込まれる前に抱いていた思いと共通しています」

「英国には欧州全域に古くから住んでいたケルト民族の文化が今でも良く残っています。ケルトの宗教は自然崇拝で、自然の中に神を見出す多信教です」

「クリスマスツリーはケルト人の樹木への信仰そのものだね」

「キリスト教の行事やお祭りは、元をたどると太古からあった農業や自然に関わる行事、それと季節行事の作り変えなの。収穫祭など長く続けていた習慣へ後になってキリスト教聖者の名を付けたのよ」

「つまり、大昔から祝っていた自然の恵みは、それら全ての背後に神の働きがあって、そうは昔の人は知らなかったけれど、キリスト教の光が当たることで全体の仕組みがはっきり見えるようになった。だから一切をキリスト教で整理し直したんじゃないかな」

「確かにそれが欧州ですね。一方の日本人は、土着の風習や素朴な信仰を新たに入ってきた宗教である仏教で整理し直さなかったんです。古くからある神道の神々への信仰にも利点と愛着を感じ、残して置いた。それが神も仏も日本人に崇拝され、歴代の天皇を含めて大多数の人々が神社にもお寺にもお祈りに行く背景にあるのです」

「日本の神道は、仏教と相反しないんですが」

「仏教にはキリスト教ほどではないですが戒律があります。基本となる教えと考え方もあります。一方の神道は『暮らす場所が安寧（あんねい）で人々を幸せに導くことが良いこと』という漠然とした価値感の下、決まり事も戒律と呼ぶほど厳格ではなく柔軟です」との定子さんに続き、女宮さまは巨木の一本を指差して、

「この木は巨大な木ですね。けれど立派に生長したからこの木だけが正しくて他の木々は間違っていたり生きてゆくことは許されない、そんな法則や法律は自然にはありませんよね。二〇世紀後半から光が当たるようになったエコロ

ジーと同じで、いくつもの種類の木と草が同じ場所に育っているからこそ植物はどれも健全でいられる。性質の違う植物たち、それと昆虫や微生物もいっしょに一つの場所で生きて次の世代を産んで育つ。エコロジーと同じこの理屈を日本人は、この国で土を耕して収穫しながら二千年以上暮らしてきて学んだんですよ。一言で表すと『共存共栄』です。神道の願いは、『信じる神は違っていても、皆が一つの場所で子孫を増やしていく』です。エコロジー的に表現すれば、一つきりの地球でどの生き物もみんな自分らしく生きて、次の世代を生み育てる。それが共存共栄です」

「共存共栄、言われてみればそれが本来の姿かもしれないなー」

「人間の最も素朴な思いを表している感じね」

「素晴らしいです、共存共栄」と英国人たちは口にし、神道の価値観を一家でかみしめていました。


巨樹の林を抜けて池を巡り東へ出た私たちは、球根植物の植わる区域に来ました。一家は先日嵯峨を巡る道すがら、水仙が早くも花を咲かせている姿に驚いていましたが、それら白い花は寒さが適度の日本に自生して冬に開花する水仙です。一方で植物園には春咲きの水仙が開いていました。黄花で大輪の園芸品種が早くも咲き揃っている畑を見た英国人たちは目を見張り、スノードロップとクロッカスを合わせて実に一〇種類近くが開花している花壇を見つけると、「全く考えられない」と盛んに首を横に振っては日本の春を称えていました。

次は竹と笹の種類を集めた区画に行き京風の庭がある一角も楽しみました。最後に大きな温室に入ろうとしましたが、午後四時を過ぎていたので受け付けてもらえず、温室の左手にもある桜の園で数多い品種を眺めました。

こうして植物園の南西端まで来れば、正門を出ると鴨川畔です。けれども地下鉄駅は遠いので入った北山門まで戻ることにし、通ってなかった区画に咲く節分草（せつぶんそう）や一花（いちげ）、低木の三叉（みつまた）の薄黄色の花などを眺めて歩きました。その途中で初めて私たちは聞いたのですが、公爵一家は東京での日程が延びたために京都での滞在はあと一日を残すのみになっていたのです。明日深夜には関西空港を発つ中東行きの便で日本を離れる予定なのでした。

そこで私たち七人は門を出た北山通に数あるカフェの一つに入り、紅茶を前にして日本での最終日をどこで何をして過ごすか話し合いました。幸い天気は今朝から回復の軌道上にあり、めまぐるしく天気の変わる春にあっても、明日は少なくとも午後までは晴れると予報が出ていました。屋外の選択肢を私たちがいくつか挙げた中から公爵一家が選んだのは、奈良の田園歩きでした。

十四帖（奈良）

三月も中旬が近づいて陽光はまぶしく春風の心地良い日、日本での最終日を奈良で過ごす英国王室の四人に同行して私たちも奈良の田園をたどる「山の辺の道」を歩きに出かけました。私鉄で最大規模の近畿日本鉄道の京都駅を九時十五分に発つ伊勢・賢島行き特急に乗ると大和八木駅まで五〇分。各駅か急行に乗り換えてわずかな時間で桜井駅。再び乗り換えてＪＲで一駅行った三輪駅で降りて山の辺の道を歩き始める計画です。

私たちは三人ともウォーキングシューズをはいてジーンズかパンツのいで立ち、帽子も忘れずかぶっています。英国人四人は荷物を全て空港に直送したとのことで、エドワードと従者が大きな荷物を背負っている他は小さなデイパックを肩にかけ、青と紺と白の薄着姿で京都駅に現れました。

春爛漫まではまだ日にちがあるものの車窓には春の花々が切れ目なく続き、紅白交じって咲く梅の庭、黄花鮮やかな連翹の生垣、赤っぽい寒緋桜の並んだ土手。郊外へ出ると明るく開いた花桃の林、一面が黄色の畑などなど春らしく彩られた晴天の下を特急列車は滑らかに進んで行きました。

車内の私たちも日本の春景色を話題にしたり冗談を言い合ったりと和んでいましたが、最初の停車駅の大和西大寺（やまとさいだいじ）を出てすぐに、空気を変えるちょっとした出来事が起きました。切符拝見のために回ってきた車掌が私の隣の席を見るなり、一目で女宮さまと見破ってしまったのです。

「皇室の季刊誌や皇族の近況を紹介するテレビ番組を子どもの頃から楽しみにしてきまして」と理由を付け加えた車掌は、伊勢の神宮を往復する特急列車の車掌になる夢を叶えた上に、

「本日は誠に特別の幸運に恵まれました」と微笑んで長々と頭を下げました。

それだけでしたら問題にはならないのですが、件の車掌は私たちの乗車券が桜井駅までである点に触れて、

「本来のダイヤですと、次の大和八木駅に停車したあとは三重県の名張（なばり）駅まで停車しないんでございますが、本日は私の責任で本特急列車を桜井駅に臨時停車させます。お乗り換えで女宮さまを煩わせてはなりませんので」と申し出たのです。車内改札の済んだ七人分の切符を手にした定子さんの向かい席で私は三秒ほど考えると、

「ダイヤや規則を曲げて停車していただくようなことは困ります。特に今回は個人的な旅行ですので」と車掌を見ました。そう柔らかく断ったつもりでした

が、相手は自らの申し出を引っ込めることなく、

「臨時停車と申しましても実は理由がございまして、列車搭載のコンピュータにノイズが入っているため、どこかの駅で列車を一度停止させてコンピュータを再起動する必要があるのです」

「それでしたら次の八木駅でそうされるのが適切なのでは」と今度は定子さんが理論明解に質しました。しかし車掌も引かず、

「お付きの方のおっしゃる点はごもっともです。詳しくお話しさせていただきますと、八木駅では乗り降りのお客さんがおられ、ドアまわりへの注意が車掌にとって必須の業務となる関係上、コンピュータにかまってはおられないのです。そうなりますと停車駅ではない桜井駅辺りで一度臨時停車を致しますのが最適な状況なのでございまして」と笑顔を絶やさずに答えました。


互いに譲らない車掌と私たちのやり取りに注目してマーガレットが席を立ち、斜めすぐ前まで来ました。何が起きているのか訊かれた定子女官は微妙な言い回しで説明しましたが、所定外の駅で停車する特別サービスを車掌が申し出ている点と、それは私たちが誰であるかを知ったからという要点には触れるしかなく、この時にマーガレットは以前からの察しを確信したようです。

一方の私も少々困っていました。状況からして仮に臨時停車をこの特急列車がしたとしても、それが女宮さまへの特別の便宜であると外部へ知れる可能性は、公爵一家に説明して黙っておいてもらえば私たちの側からは全くありません。けれども車掌の側には「よもや」が考えられました。臨時停車をしてその事実を車掌が後日、同僚などへ「プライベート旅行中の女宮さまに偶然、執務中にお会いする幸運があり、私の方からは特別の…」と話せば、マスコミにまで伝わる可能性は零とは言えません。この一件は小さくても誹謗の材料になり得ます。私は直接の判断を仰ぎました。

するど女宮さまは何の迷いもない声で、

「水野さんの計画通りで行きましょう」と私を短く見て視線を上げると、丁寧な言葉遣いと自然な話し方で車掌へ、

「この特急列車はとても乗り心地が良いので、神宮のある伊勢まで乗っていきたいくらいなのですが、今日は大和八木駅で降りようと思います。停まりますね」と尋ねました。直接お声を掛けられた車掌は、

「はい、女宮さま、それはもちろん停まります。大和八木駅には、ダイヤ通りに停車いたします」と答えるしかなく、この件は簡単に落着しました。

ただしマーガレットが確信してしまった点へは対処が必要でした。三輪駅を出て古い商店の立ち並ぶ小路を抜けて広い参道に出たところで、横を歩きながら私から助言させていただきました、

「英国王室の方々へは、ご自身で女宮さまであると明かされてはいかがですか。私の印象ではマーガレットは既に分かっていますし、サリー公もそれとなく気付いているようです。王室の方たちのことですから知らされても分別ある対応をされるはずですし、礼儀上も、こちらからお知らせした方がよろしいかと」

カジュアルな中にもおめかしの見える短い上着にベストを合わせ女宮さまは、

「そうですね、分かりました」と横の私を見て視線を参道の先へやると、涼しい目で自分に言い聞かせるように、

「世界のどこかで公務の時にお会いするかも分かりませんからね」


大神(おおみわ)神社へは奈良の大学時代から私は度々参拝してきました。松並木の広い参道の先に鎮座される大神神社は日本で最も古いお社の一つで、様々な伝説や逸話に彩られてきたのみならず、本殿を建てずに三輪山を御神体と仰ぎ拝してきた特色があります。その神奈備山(かんなびさん)が松並木の先にそびえる舗装道路を進んで重厚な木の大鳥居をくぐると、雰囲気は一変。樹木も草木も豊かなお山の懐に

みごとに掃き清められた砂利の参道がゆるく登っていっています。

行き着いた左手の手水舎には冷たい水がほとばしり出ていて、私たちに倣って手を洗い口を清めた英国人たちからは、

「何と清潔さを重んじる文化でしょう、日本の文化は。参道を常に掃く習慣といい、水で手と口をきれいにする人々といい」

「この清潔さを日本人は誇りに思うべきです」と感想が出ました。それへは、

「水で清める神髄は『心のけがれ』を『祓い清める』禊にあるのです」と追加解説すべきところでしたが、私も女宮さまも、また定子さんでも、伝統文化と宗教基盤の異なる人たちを心から納得させる説明は英語では難しいと感じ、大きく頷いて返しただけでした。


短く石段を登ると、ここで初めて社殿を目にできます。桧皮葺(ひわだぶき)の屋根を横に長く載せた拝殿は格調高く、間仕切りが最小限のために視界も良くて奥の神域を身近に感じることができます。たくさんの参拝者が今朝も集まっている中、私たちは昇殿はせずに簡潔に二礼二拍手一礼にて三輪の神へのあいさつを済ませると、三輪山の麓を北に続く山の辺の道を歩き始めました。

「これこそ日本の田舎の典型ですね」

「普段着の良い自然ね」

「京都とは別世界だ」

「まったくこの田園は、巷(ちまた)を忘れさせますよ」と感想が次々に出る自然愛好家たちへの一番の贈り物は春の草花の数々でしょう。道端の石組みから抜け出て咲く紫色のスミレ、まぶしい白花の二輪草(にりんそう)、匂いでは右に出るものがない沈丁花、輝く黄色の菜の花。そんな田舎道をリラックスして進むうちに七人の列はしだいに長く伸び。先頭を行くサリー公爵夫妻、カメラを構えつつ進んで行くマーガレット、次を歩く私と定子さんが、

「エドワードと女宮さまはー…」と振り返ると、揃って立ち止り、農家の人たちが冬野菜の大根や白菜の収穫仕舞いに精を出している畑の様子を眺めていました。農夫たちが重い荷を笑って運んでいる姿も二人の着目も新鮮で、歩みを進めながら定子さんと推敲しつつ詠んだ長歌は、

〈人はいさ　心も知らず　青荷(あおに)よし　奈良へ通じる　山の辺の　道を歩きて会う花と　自然の恵み　損なわぬ　うるわし人を　見るにつけ　あらまほしきは　進む解決〉

こうしてＪＲ三輪駅を出てから一時間半ほど歩いた私たち七人、加えて英国人の従者と距離を置いて前後に付くＳＰは、崇神天皇陵までやってきました。ここまでドライフルーツをつまみながら歩いてきましたが、正午をかなり回っていて全員はらぺこです。崇神天皇陵が櫛山古墳と接している辺りには奈良盆地の眺めが特上の一画があり、ここでエドワードと従者はやっと背負ってきた大きな荷物を降ろすことができました。

　荷物からはまずエドワードが、薄くても暖かで弾力性もある英国羊毛の布を敷きました。腰を下ろした私たちの前に広げられたのは京都のホテルで誂えて作ってもらった品々。スープはポタージュ、メインのサンドイッチは三種、多めのポテトサラダ、デザートは苺とオレンジのヨーグルト合えで、紅茶も保温ジャーにたっぷりです。

　温かいスープをいただきサンドイッチにみんなの手がのび始めたところで、女宮さまが立ち上がると緑の上着と桃色のベストの裾を直し、六人をにこやかに見回しました。そうして注目の集まる中、崇神陵へ左手を大きくのばして、「こちらには私の祖父の祖父のずっと遠い先祖に当たる古代日本の天皇が埋葬されています」と短く英語で説明して座りました。

誇らしく聞いて大きく頷いた私と定子さん。その横には当惑した顔の夫人とエドワード。向かいのマーガレットは対照的に笑みをはっきりと発言者へ返し、サリー公は打てば響く応答をしました、

「私と娘のマギーは賛成派だった。つまり宮茅京子さんは天皇一族の娘さんじゃないかと出合った日に感じ、しだいに確かだと思うようになり、今日来る電車で確信したんだ」

「エドと新しいママは懐疑派だったのよ。そんなまさか天皇一族の人が、素性を隠して京都に滞在しているなんてって」と打ち明けた二人を受けて定子女官が膝で立つと、

「こちらの巨大な構造物は四世紀初めの天皇のお墓です。初代から九代までの天皇は神話的と考える専門家もいますが、こちらに眠る第十代の崇神天皇からは確かに実在し、古代の日本を治めたと記録が残っています。今上（きんじょう）天皇は数えて第一二五代ですので、この陵に眠る天皇はそう、ずっとずっと遠い先祖です」

次は私が腰を浮かせて公爵とマギーを見ながら、

「天皇の一族と感じ、確かにと思ったのは、どんな理由でいつのことでしたでしょう、聞かせてもらえませんか」

「間違いないと思ったのは、今日の特急列車での車掌とのやり取りだったんだけどー。何となく感じ始めたのはー…パパの方がうまく説明できるでしょ」

「ああ、引き受けよう。一言で表すと接し方の違いです、私たちへの。先週に初めてお会いした時、この四人は英国王室の者だと私は自己紹介しましたね。それを聞いて彰子さんは何と言いますか、敬いとへりくだりの交じった接し方を私と家族へしました。昨日の正午にお会いした定子さんも同じ感じでした。しかしこちらの宮茅京子さん、まだそうお呼びしますが、京子さんは全く普通なんです。他の例を引きますと、私を英国女王の息子と知って接する人たちは二つの例外を除いて、一つは英国王室へ何らかの反感を抱いている極少数の者で、これは仕方ないことですが、二つ目は欧州に残る王家の構成員で同じ立場の人たち。二つの例外を除くとほとんど皆が敬いとへりくだり、また憧れと多少の恐れ、それら思いの入り混じった態度で私に接します。ところがこちらの宮茅京子さんは最初からとても打ち解けていて、まるで家族の様にとでも言いますか、極めて近い者への接し方でした。それらを合わせて私がいつプリンセスにまちがいないと思ったかですが、新幹線から掛けた電話です。ああいったちょっとすねた態度で私に接するのはマーガレットしかこれまでいませんでした。エドワードは幼い時からそういうたちではないので、感情露わに私に接してくるのは実の娘のマーガレット、それに私の日本の娘であるこのプリンセスだけです」と大きく笑いました。

女宮さまはこのあと自身の口から英国王室の四方へ、素性を明かさないできた理由をマスコミバッシングに少し触れて説明しました。バッシング絡みと知ったエドと夫人は、竜安寺で女宮さまが示したダイアナ元妃への深い同情を思い出して納得の顔に変わりました。

ここでサリー公爵が立ち上がり、全員を見回すと、

「まとめに、ちょっと儀式を」と始めました、

「我が英国と日本は、それに英国王室と日本の皇室は古くからの友人であり、友好関係を保ってきました。第一次大戦の夜前に英と日は同盟関係にありましたし、第二次世界大戦の始まる何年か前には昭和天皇がわざわざ船で英国を訪れ、私の祖父と友好を確認して帰って行かれた歴史もあります。そのあと残念なことに世界は英と日を敵に分け、シンガポールはじめ東南アジア地域で戦いを交えました。英国と同盟関係にあった合衆国により、第二次大戦末期の日本は無差別爆撃の数々を受け、二発の原子爆弾も含まれていた事実は誠に不幸です。体と心の傷が未だに癒えていない人も日本には残っていることでしょう。

一方で多くの日本人は被害者意識とわだかまりの感情を、平和を希求する強い意志へと昇華させて、年月を経ずに英国人と同じテーブルに戻り、共に食べ飲み話す方を選びました。誠に心穏やかになる思いです」と演説調で話し終えた公爵は、私たち三人へ視線を送りながら、

「シャンパンで乾杯といきたいところですが、あいにく今日は荷物に入れてきませんでした。こんな時、日本ではどうしますか」と求めました。

　応じて女宮さまが素早く、

「拍手をしましょう、みんなで」とサリー公に向けて手をたたきました。あとの六人も間を入れずに大きな拍手をしました。その瞬間はまるで、崇神天皇陵の山手にある枝垂れ桜の大木が一足早くあでやかな花を私たちの前で咲かせたようでした。咲く春の花を思い浮かべたのは女宮さまも同じのようで、

〈京よりも　少し南の　大和路に　一足早く　春を描く〉と日本語で一首詠んで天皇陵を左手で端から端へ描くように指し、英訳を定子さんに頼みました。

　自らを皇族と女宮さまが打ち明ける前と変わらない親しさで昼食を食べた私たちは、予定通り「山の辺の道」歩きはここでお仕舞いにして、緑の陵墓の縁を回り、正面に出て柏手を打って崇神天皇稜をあとにしました。

ゆるい下り坂をＪＲ柳本駅まで歩いて、乗り心地のあまり良くないローカル列車に揺られて着いた奈良駅は、大きな駅ビルが新装されて辺り一帯もすっかり整備され、国際観光都市としての玄関らしさを身に付けていました。

市街地を抜けて猿沢ノ池まで来た私たちは、若枝が緑鮮やかに垂れ下がり始めた柳並木の猿沢の池をゆっくりと一巡りして興福寺の境内に上がり、三笠山を垣間見ながら鹿たちの相手をしつつ参道を春日大社へと歩きました。


南門をくぐって取り次ぎをお願いすると、巫女さんは二方を連れてすぐに戻ってきました。一人は私が大学時代から知る若い神職さんで、宮司さんと共に女宮さまへ深くお辞儀をすると、

「本日は誠によくお運び下さいました。まずは迎賓館にて、しばしご休憩をされて下さい」と申し出ました。迎賓館には私からの事前の連絡を受けて多少の準備を整えてあったらしく、お断りするのは失礼とは思いましたが、付き添う女官として率直に、

「本日の女宮さまは、お伝えしてありましたように全くのプライベート、私的な行動中でして。外国の友人方とウォーキングを楽しまれている途中にカジュアルな服装でお寄りしました。特別の御配慮はない方が、かえって心地良いか

と」と伝えますと、すんなりと納得顔に変わり、
「では御参拝の方だけはぜひ正式な形で。お時間は取らせませんので」と女宮さまを見て宮司さんは正面に向き直り、一般の参拝者が柏手を打つ幣殿の山寄りへ私たちを導いて御垣内に入ると、石段を先導して上っていきました。

神奈備山である三笠山（御蓋山）から一続きの神域を域外と区切っているのは、翼を広げた大鳥のような姿で建つ御廊（おろう）です。御廊は装飾の施された高さ十メートルの門を中心に左と右に伸びる廊下からなっていて、全体が鮮やかな朱に塗られています。門を抜けると本殿がすぐ正面に建ち並んでいて、四棟からなる正真正銘の春日造りに心を打たれつつ、宮司さんたちによる祝詞奏上（のりとそうじょう）の下で正式参拝を行いました。

御廊の門を出る時に立ち止まった宮司さんは、全員を見て、
「ここに十三メートルづつ左と右に伸びている廊下には、式典に際して幾人もの神職が座って祝詞をあげるならわしです。現在ではそのようにしておりますが、明治に廃仏毀釈（はいぶつきしゃく）が行われる前までは、昔から興福寺の僧侶が並んで座りお経をあげておりました」

そう聞くが早い私は場所と立場をわきまえずに、

「歴史上はそうであったのでしょうが、御廊より先の神域には僧侶は決して入らなかった、と聞いたように思います。神と仏を隔てる一線が、きわどいですが常にあったのではないでしょうか」と質問を返しました。旧知の神職さんが、「全くその通りです水野さん。隔てる一線がありました」と柔らかい声で同意してくれました一方、女宮さまは英語でご一家へ、

「この廊下では昔から仏僧が共に神職と祈った、と今解説がありました。共に祈った理由は、お宮とお寺は多くの場合、日本では同じ土地に共存してきたからです。明確な線引きが神社と仏院のあいだにはなかった。そういった習慣も歴代天皇が神と仏の両方を信じた背景にはありました。それと過去の一時期の天皇は仏教にちなんだ院という称号だけを持ち、天皇の称号のなかったお上もいたんですよ」

神妙に聞いていたサリー公爵は深く頷き、

「今の説明でやっと分かりましたよ、天皇を含む日本人が神にも仏にも祈ってきた理由が。仏と神の間には明確な線引きはなく、ほとんど同じ存在を神と仏という違う名前で呼んでいる。そういう受け止め方が一般的だから、日本人は抵抗なく神と仏を同時に信じてきたんですね」

私にはやや不満の残ったやり取りでしたが、女宮さまは御垣内から出ると率先して宮司さんと神職へ、

「今日はまだイギリスからの友人たちと一緒に見るところを残していますので、これくらいで」とあいさつをされ、境内をあとに先頭を切って歩いて行きました。先には春日野が大きく広がっています。

広大な芝生の一画には宮殿の趣がある大きな建物、国際フォーラム甍（いらか）が建っていて、ここでお茶を飲むことにしました。和風甘味を口に運びながら話題に上ったのは宗教ではなく鹿でした。人間を恐れずに同じ場所を共有する鹿たちは英国では大変に珍しいらしく、

「頭数の多さと放し飼い区域の広さを合わせると、正に東洋の不思議ですよ」と四人は強く主張し、シカせんべいを介して人間たちと交わるのみならず、もらう前に行儀よく頭を下げる姿を見た時は驚愕したと話が盛り上がったところで、関わりがあるはずの鹿との体験を私は話そうと思いましたが、

「長居をし過ぎましたー」とサリー公が口にして皆も合わせて席を立ったので、奈良の鹿が頭を下げる起源には触れず仕舞いでした。

若草山の麓の道に戻り、二月堂に参詣した私たちは西方の眺めを堪能すると、

東大寺の大仏も鑑賞しました。続いて国立博物館へは行かずに興福寺の国宝館に入り、仏像の名作の数々を前に落ち着いた時を過ごしました。ここで腕時計を見ると夕方の近づく四時半ですが、深夜に関空を発つ英国人たちにはまだかなりの時間があって、早目の夕食を誘われた私たちは近鉄奈良駅近くのレストランで和食を食べました。その間に帰りの特急列車をネット予約して、サリー公爵一家は六時四十四分発の近鉄特急なんば行きに乗り、なんばで南海電鉄の八時発の特急に乗り換え、八時四〇分に着く関空から十一時四〇分発の飛行機で中東のドバイに向けて日本を離れることになりました。

ロンドンへ直接帰らない理由を尋ねた女宮さまへ、公爵は、

「名誉職を色々していましてね。英国へ投資を呼び込むための経済団体の催しが今年はドバイで盛大に開かれるので、出席しないといけないことになりました。何、平たく言えばお金集めですよ。かつての大英帝国も、今では中近東の元遊牧民やら中国までもからお金を集めてこないと次の発展ができないんです」と苦笑いを返しました。

駅での別れ際には女宮さまは公爵ご一家の一人一人とハグをし、かりそめの恋とはいえエドワード君とは頬にキスをし合って、別れを惜しみつつ彼らより

も一足先に京都直通の近鉄特急に乗って薄暮(はくぼ)の奈良をあとにしました。

日増しに日が長くなり気温も上がって春の訪れは確かと感じられたこの日、四時過ぎの空に雲が多くなったことまでは気付いていましたが、十九時〇四分に京都駅に着くと思いもかけず大粒の雨が落ち始めていました。傘を持たずに出掛けていた私たちは、地下鉄駅の出口で本降りに変わった雨を見て車で迎えに来てもらえるように電話をして、無事に御所の宿舎に帰り着きました。

十五帖（先斗町）

降り始めてからわずかの時間で雨脚が強くなった昨夜は激しい雨が一晩じゅう窓を叩き続け、度々目覚める短かい眠りごとに、季節の進みを肌で感じられた奈良の出来事が夢に出て来る一晩でした。

薄明に目を覚ますと音はせず、雨は上がったようでしたが、窓越しに見た外は期待に反して弱い雨が降ったり止んだりしていて、朝らしくない灰色の空の下です。そのため午前は外出しないと決めて、山の辺の道と春日野を歩き回った疲れを取っていました。

これといった計画のないまま昼食の時間になって、女宮さまも食堂に現れました。けれども気の合う英国人の一家がいなくなってしまったせいでしょう、「うたかたの夢も消えて」という空気をまとっていて、声をかけて良いものか迷うほどでした。

ほぼ無言で三人ともが昼食を食べ終わる頃に、定子さんが女宮さまの真横に座り直すと、

「午後は街を歩きに出かけてみませんか。御所から南へ歩いて四条のすぐ手前にある錦小路まで、京の台所と呼ばれている」と声に励ましを込め、表情を窺いました。私もその辺りと考えていたので、

「良いアイデアですね。同じ方向にある先斗町のイタリアンレストラン、例のイタリア人留学生二人がアルバイトをしてるというお店に顔を出してみるのも一案ですし」と二人のあいだで視線を左右させました。少し明るい顔に変わった女宮さまは、

「憶えていたんですね、彰子さん、あの二人のことを。会った日には、あるまじき振る舞いとか何とか酷い言い方をしていたのに」

「いえ、まあ、あの時は。たばかる外国人の男も多いので、お一人で気安く接するべきではないという意味で。けれども思い出してみれば早々に退散していった彼らですから、特に問題があるとは思えませんし。サリー公爵一家がい

なくなってしまった今は、あの二人との方が、日本人と接するよりも女宮さまはお気使いがないかと」

決まるとすぐに宿舎を出た私たちは、雨は止んだもののまだ曇りの空の下、傘を片手に御苑の南東にある宮小路口（みやのこうじぐち）を抜け、丸太町通を西へ歩いて信号を南に渡るとそのまま下って行きました。通の名前は寺町通（てらまちどおり）、新旧様々な商店や食べ物屋が軒を連ねている御所から一番近い街筋です。川原町通や東大路と比べると幅が適度に狭い寺町通りは、両側に整備の良い歩道が付いてそぞろ歩きにはぴったりです。女宮さまはブルージーンズ、定子さんはコーデュロイのパンツ、私はセミロングのスカートと三人まちまちの姿でのんびりと歩きながら、京ならではの伝統の品々である帯や扇や組紐（くみひも）や掛け軸のお店、それに焼き物のお店を見つけるたびに、冷やかしですが扉を開けて入って品物を見せていただきお話も聞かせてもらいました。

伝統工芸品だけでなくパンを焼いている店の多さも寺町通では発見でした。それぞれが個性を主張していて魅力的でしたので一つ一つ寄ってみたのですが、焼きたてパン屋さんに冷やかしははばかられますし、東京で見掛けない品も少なくなかったので、「これはちょっと珍しいですよ」、「これも試してみたいわ」、

「冷凍しておけば、かなりもちますからね」、「軽いお昼にちょうど良いし」と選んでいるうちに、一軒で一人当たり最低二個のパンを買い込んでいました。「財布のひもは一度開くとなかなか元に戻らない」と諺にあるように、日用品のお店でも小物を色々と買い込んでしまった私たちは、京都らしい市場を見ようと四条近くの錦小路まで行く予定が、御池通まで下がる頃には三人ともが片手で持ち切れないほどの荷物になってしまったのです。

それでも市役所を右手に見ながら南へ歩いた私たちですが、本能寺の横を通って三条の繁華街に出たところで人出の多さにたじろぎ、「目的地は変更しましょう」と全員合意しました。三条からは下るのではなく川原町交差点を東へ少し進み、高瀬川沿いに南へ折れればわずかな距離にあるはずの先斗町のイタリア料理レストランへ直行したのです。

ほんの浅く水の流れる高瀬川に沿った道から歌舞練場の見える方へ折れて、突き当って南に続く小路に足を踏み入れますと、道は石畳に変わり軽自動車も通り抜けられない狭さです。京町屋の続いていく街並みには手練れた三味線が響き、格子戸の奥からは箏をつま弾く音も聞こえてきて、三百年以上前の日本にタイムスリップしたかのような錯覚に私たちは陥りました。が、竹製の提灯が並んで架かる小路を進むと、先にはイタリア国旗も見えました。現実に戻った私は、店名を確かめるために過日女宮さまへ手渡された名刺を取り出しました。間違いありません、確かに同じ名前です。伝統的な京町屋の小路側だけをガラス壁造りに変えた料理店は店内が外からも良く見えて、午後五時を過ぎたばかりなのに早くも先斗町らしく営業しています。

イタリア酒場風の店内にはお客さんも数人いて、定子さんからは、

「メニューに値段も載っていますし、お店の様子を見ても大丈夫そうですよ」

「とりあえず入って、良くなければ出ることにして」と私も付け加えると、

「ええ、入りましょう」と女宮さまも抵抗なく頷き、定子さんを先頭にドアベルを鳴らして店内へ踏み入れました。

丸いテーブル席に着き、ＳＰ二名も一間置いて入って来たのを確かめると、私は名刺を店員に示しながら、

「一週間以上前のことですが、私たちにこの名刺を手渡した留学生二人がいまして。イタリアから来て芸術を勉強しているらしい彼らは、この店でアルバイトをしていると自己紹介しましたが、二人は今日は居ますか」と尋ねました。

学生アルバイト風の女の子は、

「それはー」と答えて奥へ入って行くと、すぐに早足で出てきて、

「私と交替で六時から。六時の少し前に来るそうです、二人とも」

「でしたらあと一時間もありませんね」

「何か少しいただいているあいだに来ますね」

「そうですね、顔をいちおう見ていきましょう」

「感じは特に悪くないお店ですし」と腰を落ち着けることに決めた私たちは、アラカルトを三品頼むと、飲み物を女宮さまから順に「白ワイン」、「レモネード」、「カンパリソーダ」と注文しました。


三皿目の料理がテーブルに届いて分けていた時です、扉のベルが店内に響き渡るほど大きく鳴って男性が二人入って来ました。二人は奥の厨房へ歩きながら客の座っているテーブル一つ一つに向けて、

「チャーオ、チャーオ」と陽気にあいさつをして手を振り、こちらへも同じようにあいさつすると一旦厨房に消えましたが、すぐに再び姿を現して私たちのテーブルへ直行して来て、両手の指二本をピストルのように軽く突き出し、

「会った、鴨川、で」

「ありがとう、ござい、ます」と口にしました。実際は日本語にイタリア語の

交じった会話でしたが、その通りですと英語で定子さんがあいさつをすると、「英語とドイツ語は野蛮な言葉。イタリア語と日本語は文明の言葉」といった意味の返事を英語で返し、続きは、

「信じる、られない」

「来る、くれた」とぎりぎり理解可能な日本語で私たちを見ました。分かりましたの意味で私たちが頷くと、アルバイトとはいえ自分たちが店員であることを思い出したらしく、メニューを一人に一冊づつ差し出して、

「何か、食べます、か」と二人は訊きました。

肉料理を二皿追加しますと、私の着ている藤色のニットに白熱灯が天井から当たって赤紫色になった部分を指差した片方が、

「赤ワイン、おいしいです。心配ない、安いです」と微笑みました。飲めない私を置いて女宮さまと定子さんは相談すると、

「イタリアワインは軽めなのでボトル半分づつなら無理なく飲めるでしょう」

とまとまり、定子さんから、

「そのお薦めのワイン一本と、グラスを三つ」と注文しました。

店内は照明を落としてあったうえ、女宮さまがサングラスをかけたままだっ

たせいでしょう。それと「影女宮さま」として通用しそうなほど顔の形が良く似ているため、定子さんをイタリア人二人は最初、鴨川で出会った女性だと勘違いしていました。ですがテーブルへやって来て近くで接するうちに、さすがに芸術家だけあって目鼻立ちと眼差しの違いに気付いたらしく、

「あれー」に相当するイタリア語を一方が発し、片方も、

「サングラス、とって」と女宮さまに英語で頼みました。ためらわずにサングラスをとった女宮さまをまじまじと見た二人は、

「シニョリーナ」と揃って叫び、続きもほとんどがイタリア語で、意味の分かった部分といえば、

「モデルになって」と日本語で何度か繰り返した部分だけでした。

ただし会話の多くは本気というより楽しむためと分かった女宮さまは、適当に返事をして話を楽しみ、他のお客に対応する合間を縫って陽気な二人が私たちのテーブルに来てくれるのを待っているようでした。印象深かったのは、彼らは陽気であるのと同時に、思いのほか細やかな心配りをする若者だった点です。またグラスに少し注いでもらって匂いだけ試した赤ワインは、下戸の私でもぐいっと飲めてしまいそうな瑞々しい薫りを放っていた点でした。女宮さまも定子さんも、

「このワイン、おいしい」と繰り返して盃が進み、料理を二皿追加しました。

　そうして午後七時が近づいた頃です、揃ってやって来た二人が、「カラオケ、どう」と訊きました。その意味は、店を出てカラオケ店へ行こうと誘っているのだと思ったのですが、たどたどしい彼らの話を聞いているうちに、このレストランにはイタリア料理店にしては珍しくカラオケ装置が置いてあって、彼ら自身がしばしばイタリア歌曲や民謡を歌い、お客も歌えてテーブル一つに二曲まで、ただし演歌は店にはそぐわないので禁止と分かりました。

　良く食べ良く飲んでいた女宮さまは、説明を聞くとさっそく曲選びを始めました。店はテーブル席だけで十組以上入れる広さでしたが、今晩は私たち三人とSP二名を除けば三組しかいません。少し離れた大きなテーブルでワインをにぎやかに酌み交わしているグループは全員が白人で、たぶんドイツ人と思われ。近いテーブル席の三人は言葉から台湾か香港か中国からの旅行者にちがいなく。残る二人は若い男女の組みで日本人のようですが、カウンター席でこちらへ背を向けたまま寄り添っています。

　まだ宵の口ですしストレス発散も大事と思った女官の私たちは、曲を選んだ思いのまま女宮さまを拍手で送り出しました。ミニステージへ行って女宮さまが歌い始めた曲はＡＫＢかＳＫＥか乃木坂かは特定できませんが、何度か聞いたことのある歌詞と歌い回しでした。

　イタリア人学生二人も厨房の前に出て小さな振りで踊り始め、そうして二番まで女宮さまが歌い終わって三番の前にある間奏がスピーカーから流れ始めた時です、ミニステージの横にある扉がベルを鳴らして開くと一組の中年男性が入ってきました。二人は店内に視線を数秒間泳がせたものの、すぐに彼らの目はミニステージに釘付けになってしまったのです。


　カラオケを街中のお店で歌うことは軽はずみとまでは言えないけれど、用心がおざなりになっていた。そう思って見ると、女宮さまもサングラスを外していることに気が付いていてポケットをさぐっています。ですが当のサングラスはイタリア人学生の求めに応じて取ったまま、私たちのテーブルの上に置いてありました。そのサングラスを私が手にした時、これまで二つ離れた席に控えていたＳＰの一人が私の横まで来ていました。しかしこの場面は事を荒立てない方が賢いと考え、小声でＳＰへ、

「ここはまず、私だけで」と告げると、中腰でミニステージに近づきました。

中年二人の交わす会話に耳をそばだてて分かったのは、彼らは東京から京都へ

来て偶然この店に入り、マスコミ界に知人がいるらしいことでした。マスコミに知人がいては深刻な事態につながりかねない。そう考えていると一人はスマホを手にし、もう片方は鞄を開いて小型カメラを取り出したのです。

ここは割って入って彼らを制すべき場面。ですがよしんばカメラの前に立ちはだかることはできたとしても、撮影を思い留まらせるためには警護官の助力を求めなければならず、それでは女宮さまであると知らせるに等しく、不甲斐ない展開が待っている。むしろ写真の三枚や四枚は彼らの撮るにまかせて、「勝手に友人を撮らないで、承諾も無しに」と文句の一つでも、そう定子さんに関西弁で言ってもらい、素性はあいまいにして早く店を出てしまう方が得策ではないか。二つ浮かんだ考えのあいだで私は思い切りがつかず、女宮さまも三番の伴奏が流れる中で手のマイクを下に向けたまま立ちつくしていました。

一方の中年二人はこちらの迷いをよそにゆっくりとミニステージに歩み寄ると、アングルを探してカメラを構えにかかりました。その姿に「これは本当にまずい」と感じた瞬間です、大きな物音が厨房の方からしたと思ったら、何かが走り出てきました、イタリア人留学生です。二人はためらっている私とは対照的に勢いそのままに驚いた顔の中年男二人と女宮さまの間に割って入ると、

「ぼくらのガールフレンドだ、手出しをするな」

「許さないぞ、写真もダメだ」といった意味の英語とイタリア語と日本語のごちゃ混ぜ言葉を大きな声と大げさな身振りで浴びせかけ、見る間に中年男たちを店から追い出してしまったのです。

イタリアからの留学生たちはこちらの事情は全くつかんでいなかったはずですが、扉の外を窺って私たちのところに戻ると、裏口からすぐに店を出るように助言しました。私は代金のおよその額を暗算して多めに支払い、ＳＰと裏口で落ち合う約束をしましたが、ＳＰの来ないうちに留学生二人は裏口から続く細い道を行くように急がせ、表通まで私たちを誘導してくれました。


大衆マスコミへ再び批判の材料を与えてしまう寸前に救われた。それは幸いでしたが、「夜遊びにうつつを抜かしたのが悪かったかもしれない、それも三月十一日の前夜に」と気が動転した場面に続いて大わらわでお店を出る破目になった私たちは、カメラを構えた男たちを撃退してくれたお礼をする間もなく、取るものも取りあえず逃げるように三条、御池と上ると、更に北へと歩みを進めたのでした。雨は上がっていて、置き忘れた傘と買った雑貨をそのままにしてきたことへは「そのうちにまた来ればよい」と切り替えができた私たちでしたが、数ある中から選んだパンについては、〈これやこれ　心を寄せて　買いしパン　残した店に　心も残る〉と定子さんが思わず口走ったように、三人とも諦めのつかないまま、空気の少し冷たい夜の道を御所を遠く感じながら早足で歩いたのでした。

十六帖　（豊国　）

心ならずも襲ってきた危機に対して被害は何とか最小限で免れられた。そう御所に着いて安堵し合った私たちですが、翌朝になると状況が悪い方へ、それもかなり悪い方へ変わったと知りました。宿舎のある御苑内にはマスコミらしき数名が居着いて、遠巻きに門へカメラを構えるようになってしまったのです。

一昨晩より降り続いていた雨から一転してひとまず雲は切れたものの、寒が戻って灰色の雲が淡い青色の空に低く流れ、小雪も時々舞う冬再来の日、私たちは午前中を宿舎の食堂でテレビと向き合ったまま、大津波被災地へ度々お見舞いに出掛けられた両陛下と両殿下の映像と原発大事故の近況を目にしながら、時々外を窺いつつ三〇分毎に警備官からも門外の様子を詳しく教えてもらっていました。女宮さまが姿を現わさなければカメラマンは諦めるのではないかとの期待もあったのです。けれどもマスコミ記者に違いない者たちは、数は増えこそすれ減っては行きません。定子女官は頭を抱えて、

「これまでの努力と工夫の全てが水の泡になってしまいます。京都滞在は一時のあだ花かもしれません」と気持ちをそのまま口にしました。思いはいやおうなく感染し、皆が悲観的になりました。しかし私には京都に来る前から心してきた事がありました、

「もしもここで解決できなければ、先々までバッシングの害は続く」

「振り出しには、決して戻らせない」、この強い思いを糧に私は策を練りました。十一時から三十分間集中して作り上げた対応策は次のようなものです。

伏見稲荷大社で出会った米国人実業家ジェイムズ・シャノン氏は「十日と少し滞在する予定」と話していたので、十日後の現在も京都に居る可能性がある。その彼に電話をして高級リムジンで今日これから迎えに来てもらう。警備事務所には事情をこちらから良く説明して、シャノン氏の車が中立売御門（なかだちうりごもん）を通って宿舎の門前に、マスコミ記者の面前まで乗り入れられるよう手はずを整える。リムジンの前面には必ず日の丸とイタリア国旗をはっきりと掲げて来てもらう。これは全体として女宮さまがイタリアからの賓客をもてなす皇室外交のために

公務で京都に滞在しているように装う策でした。

案を示して定子女官に考えを問いますと、

「少し危ない橋ですが渡ってみよう、他に道はなさそうなので。という方針には賛成しますが、最後の部分の『イタリア国旗を掲げて来て』では、アメリカ人の顔をつぶしてしまい、計画の全部を拒否されかねません。最初から星条旗をと求めるべきです」と修正意見が出ました。昨夜の一件との整合性を考えると完成度が落ちますが、

「いやしくも他の国の国旗を自分のチャーター車に掲げるなど、愛国心の強いアメリカ人の国民性からして受け入れるとは思えません。受諾の可能性はゼロです」と経験に基づいた確固たる意見が定子女官の口には上りましたので、交渉を彼女に頼むつもりであったことからも私は星条旗で折り合い、女宮さまにも説明して承諾を得ました。

昼前の時刻でしたが運良くアメリカ人たちはホテルに居ました。「前夜に夜中までバスケットボールを衛星テレビで見ていたために転がり込んだ幸運だ」と喜んだシャノン氏はこちらの提案を快く受け入れたそうで、定子女官の交渉から一時間と少しすると、注文通りの黒塗りストレッチ・キャデラックのリム

ジンで迎えに来てくれました。米国の大富豪だけあって高級リムジンから出てもこれ見よがしの態度を記者たちの前で取らなかった点も幸いでした。外交は公務であり個人的振る舞いはそぐわないからです。

　門にピタリと横付けした車に乗り込むとしかし、

「この広い、中にあなたたちの宿舎がある緑地帯は、いったい何ですか」とシャノン青年は私たちへ強い視線を向けました。

「国の公園です、環境省が管理している」と定子さんが応じたものの、執事は納得のいかない目で主人の耳元に近づいて、

「スマホの地図には、王族が古くから住んでいた宮殿の地とありますよ」とささやきました。見開いた瞳に変わったシャノン氏は、

「公園かそれとも古くからの宮殿か、どちらが本当か」と声を大きくしました。引き気味の定子さんと戸惑う私へ、シャノン氏が再度、

「誰でも良い、教えてくれ」と求めると、女宮さまが出て、

「どちらも本当ですよ」となだめるような目で答えました。御所に滞在しているとは素振りにも見せない対応の女宮さまでしたが、一方のシャノン青年は腑に落ちない顔のまま砂煙で見えなくなっていく建礼門（けんれいもん）を振り返って、

「あの構造物は宮殿を感じる。本当に正しい説明なのか」と食い下がりました。

すると女宮さまは一転して事務的な声に変わり、

「ええ、本当です。お望みなら確かめに行きましょう。この公園に入る時に通った門の横に環境省の支所がありますから。けれど複雑な手続きで悪名の高い日本の役所は、確かめに来た人へは逆に色々と質問を返してきますよ。私たちは上級の役人なので何も訊かれないでしょうが、外国人には何ダースもの質問を用意しているはずです」


理に忠告も交じる説明にアメリカ人二人は口を閉じると首を横に一度振ったきりでした。一方の私には仕事が一つありました。リムジンの運転手にクギをさしておくことです。私たちが御所から出てきた時点で思い当たり、乗り降りのたびに顔を見れば確信してしまうでしょうから、不躾ながら強めの語気で、

「運転手さん、業務で乗せたお客さんのプライバシーに関わることは口外してはならない。たとえ驚く事実を見聞きしても、社長へも一切伝えない。それが就業上の心得ですね」

向かい合う配置の座席からすぐ後ろへ首を回してそう告げた私へ、品の良い中年過ぎの男性運転手は接客業らしい柔らかな声で、

「ええ、その通りです。お客様、大丈夫です。今日お乗せしている方の見当は

付いていますが私は誰にもしゃべりませんので。帰って女房にも話しません。こういう幸運は超高級車の運転手をしていても一生に一度あるかないかです。人にしゃべれば福運が逃げますので、少なくとも一年間は黙ったまま私は馬券を買い続けようと思っています」

「そうして下さい、百円馬券が一万円札に化けるためにも。それと明日も運転手さんにお願いしますね」で一段落した私でした。

続いて女宮さまがシャノン氏に向き合い、急な求めに応じて素早く迎えに来てくれたお礼を、

「大変にお手間を取らせました、超高級車をありがとうございます。駅に直結した豪華ホテルの居心地はどうですか」と尋ねました、

「いいですよ、悪くない」と笑顔のシャノン氏は近況を、

「駅に直結したホテルにした理由は、あれを拠点に新幹線を使えば百キロや二百キロは日帰りが簡単だからです。ディナーをゆっくり食べて京都まで戻って来られます。実際にオオサカへ二度、アイチへ二度、あとコウベとヒメジへも行ってきました。替えスーツなど荷物が多い僕らですから、日替わりでホテルを移ってその都度荷物を広げたり詰め直したりしていたら、やってられませ

んからね」

「大阪へ二度行って、何か面白いことが見つかりましたか」

「オオサカのビジネスは大した成果は期待できません。けれどオオサカの城は良かったです」

「どうように、大阪城は」

「ヒメジの城も見てきましたが、あれは芸術として美しいと思っただけです。一方でオオサカジョーは、ヒデヨシの野望が立ち昇っているのを感じました。全く僕好みです」

「豊臣秀吉が建てた大阪城は四百年以上昔に燃えてしまって、今のお城は確かー、三代目か四代目ですよ」と指摘した定子さんへ、

「それでもヒデヨシの思いを感じた」とむきになったジェイムズは、

「行先は僕任せという話だから、トヨトミヒデヨシの京都での足跡を見たい。一番良く残っている場所を運転手に伝えて下さい」と強く私たちを見ました。

同意した私たちを乗せた車体の長いリムジンは、豊臣秀吉が京都を本拠にした名残があるはずの豊国(とよくに)神社と方広寺(ほうこうじ)へ向いました。

しかし着くのと合わせるよう小雪が舞い始め、快適な車内とは対照的に強い

颪も吹き始めきました。それでもシャノン氏は先頭を切って勢いよくドアを開け、執事も続いたので、私は京都に持ち込んだ衣類の中で一番厚手のハーフコートのフードをかぶって出ました。女宮さまも真冬のいで立ちで、チョコレート色のモヘアのコートの前をしっかりと合わせると、ニットの帽子もかぶり直してリムジンから出ました。同じく真冬服で赤錆色のツイードが温かそうなパンツスーツの定子女官を先頭にアメリカ人二人に続いた私たちは、

「雪が小降りになると今度は底冷えがしてきますね」などと小言を口にしながら豊国神社の参道を行きました。けれど秀吉好みの豪華さは唐門にその一端が残っていただけで、方広寺の方もしぐれ模様の天気に似たうらぶれた雰囲気が漂っていました。


がっかりして車に戻って南へ走り始めたところで、

「ちょっと止まってくれ、降りたい」とジェイムズが運転手に指示しました。窓の外には近代様式の西洋建築が、それにふさわしい広さの敷地に建っています。国立京都博物館です。正面を望む道路に降りたシャノン青年は、

「これに似た屋敷に住んでるんだ、テキサスでね。たぶんフレンチ・ルネッサンスのデザインだと思うよ。日本にもこれと同じくらいの家が欲しいなー」と両腕を広げて自慢げにリムジンの中を覗き込みました。

「予算はいかほどですか、日本のお屋敷の」と定子さんが訊くと、

「そうさね、建物に百万ドル（約一億二千万円）、土地にその半分の五十万ドル（約六千万円）くらいかな」と答えたジェイムズでしたが、車内には途端に笑いがはじけました。その私たちへ、

「何がおかしくて笑ってるんだ」と執事が真剣に質しますので、三人で、

「五十万ドルでは見ている敷地の十分の一も買えませんよ」

「そら、道路の反対側、あの住宅の建つ土地がせいぜいです」

「もしかしたらそれも無理で、もっと小さな土地しか」と応じると、

「何を言ってるんだ。土地がそんな高価な訳がないだろう。ここはニューヨークのマンハッタンじゃないんだぞ」とジェイムスは必死です。私は醒めた声で京都に来て事務長と雑談して知った地価を紹介しました。

　それでもいぶかしげなジェイムズは執事へ、

「ホテルに戻ってからで良いから、インターネットで良く調べておいてくれ、京都の土地の価格を、それと東京のも。為替レートには充分注意して計算するんだぞ」と指示してリムジンに乗り込みました。少し抜けたところもあると言いますか、出会いの時の自信家ほどでは二人ともないと日本語で話しながら、独特の乗り心地のキャデラック・ストレッチに揺られて小雪が波打つように

舞っては止むを繰り返す中を次に向かったのは西本願寺でした。

秀吉ゆかりといえば伏見桃山城もあり、また醍醐寺もその一つですが、ホームページをアップしてみますと、醍醐寺は仏教に興味がある人には奨められても、二人のアメリカ人には派手さが足らないと思われたので、聚楽第や伏見城から移設したと伝わる遺構のある方を選んだのです。

西本願寺は以前に二度は参詣して良く見て回っている私ですが、改めて唐門を目にすると「なるほど実に秀吉らしく豪華」と自然に言葉が出て、アメリカ人たちも満足した顔を見せました。ただし私たち日本人には複雑な思いも湧いてきました。それは、塀越しに眺めた飛雲閣を含めて西本願寺の国宝や重要文化財のほとんどは、江戸の初期に造られたと説明書にはあって、京都はいくら「千年の古都」とか歴史都市といっても、桃山時代以前の建築物はわずかしか残っていない現実を改めて知ったからです。

十七帖（建勲）

翌朝には寒の戻りは多少和いだもののマスコミ記者たちの姿は消えず、昨日に続いてシャノン青年にリムジンで迎えに来てもらった私たちです。乗り込む

とジェイムズはすぐに口を開いて、

「英語で伝記を読んだところ、ノブナガというリーダーは、経済がいかに大切か若いうちから良く知っていた」と織田信長公の称賛を始め、

「お金がなければ、志を持っていても国も社会も変えられない。そんな現実をノブナガはしっかりつかんでいたので、小国を治めていた時代から領内の貿易港から上がる利益の大きさに注目し、その港を死守していたと読みました」

戦国の世を統一寸前まで持って行った風雲児は本国でも人気が高いと伝えますと、ジェイムスは納得の顔でリムジンを北西に向けるように指示しました。


降り出した雪の中、なおも信長公を褒め続けるシャノン氏の話が一段落したところで、まばたきを三度ほどした女宮さまが、

「昨日は豊臣秀吉、今日は織田信長。二人の英雄のお金と経済力にあなたは魅せられていますが、なぜそれほどお金儲けに熱心なんですか」と質問を向けました。聞いたジェイムスは俄かに真剣な顔に変わると、横柄だった態度も一変させ、深刻ささえ目に浮かべて、

「非常に貧しかったからです、僕は子どもの頃」と一言、窓の外へ発しました。

強まる雪に淡く流れ過ぎていく京都の街並みへうつろな視線を送る青年実業家

からはアメリカ人気質の押しの強さも消えて、まるで年老いた病人が人生を振り返るような声で、

「今は妻の地元のテキサスに住んでいますが、故郷は西海岸のロサンゼルス、その貧しい地区です。ロサンゼルスと聞くと皆が、椰子の街路樹に明るい太陽、乾いて暖かな気候、ビーチ、ハリウッドを思い浮かべて、天国のような所だと想像するでしょう。実際ＬＡは、天国に最も近い都市かも知れません、もしも大金を持っていれば。でもお金がなかった僕の家は天国とは真逆の場所でした。父は建設関連の労働者で、疲れた体を癒すために毎晩大量の酒を飲み、内臓を壊しても酒がやめられずに四十歳台で亡くなりました。残った母は愛情を注いで僕たち三人の子どもを育てましたが、愛情の他には何の才能も持って生まれてこなかった人で、やり繰りに身をすり減らして生きていました。三人兄弟の真ん中に生まれた僕はそんな貧しい父母と、一方で富み栄えるロサンゼルス、ハリウッドを見て育ったのです。そうするうちに、『お金だ、人生の鍵はお金だ』と確信したんです。そこから僕の本当の人生が始まりました」としみじみと語りました。しかし終えると再び品性の欠けた態度に戻って、

「こんな話は、これまでに二度しか僕はしたことがない」と大きく笑いました。

ちょうどそこに「目的地に着きましたよ」とリムジンの運転手が告げる声が聞こえて、窓の外に目をやるとなぜか信長公ゆかりの地ではなく室町三代将軍の建てた金閣寺です。

「見なければいけないと思っているうちに十日間過ぎてしまった」と車を降りたジェイムズは、執事と共に観覧入口へすっ飛んで行きました。お付き合いなので車に残っていることもできずに私たちも外に出ましたが、山に近いせいもあって寒さが一段とこたえ、

「昨日と同じ冬服で本当に良かったです」などと互いを慰めながら襟元を締めると二人に続いて入場券を買い、境内に入りました。

「なるほど、これは素晴らしい、金色に光ってる」

「本当に金製のパビリオンがあるんですね」とはしゃいで進む二人に追いつくことばかりを考えているうちに金閣寺は見終わり、少しだけ走って信長公ゆかりの大徳寺(だいとくじ)へ行きました。けれども信長公のお墓は一般には開放されておらず、すぐにリムジンに戻って大徳寺の南に盛り上がる船岡山に向かいました。東の半分が信長公を祀った建勲(たけいさお)神社になっているからです。


雪は少し前からすっかり止んでいて雲も切れ始め、車を停めると陽も射して

きました。空を見上げた女宮さまは、

「頂上まで登りませんか、京の街並みを眺めに」と提案しました。名前に山が付いても船岡山は丘、頂上はすぐのはずです。そうして全員で遊歩道を登り始めたところで私の業務用携帯が鳴りました。

発信元を見ると宿舎の事務長です。昼間のそれも午前中に打ち合わせが必要な件があったかしらと思いながら出ますと、何と夢にまで見た知らせです。マスコミ記者が全員、今朝十時半頃を境に宿舎の門外から消えたとの連絡でした。すぐさま伝えた女宮さまは安堵の大きな笑顔を返し、視線を定子女官に移すと冬服の外からでも彼女の肩から力が抜けたことが分かりました。

この朗報によって船岡山頂上からの眺めは実に新鮮でした。思ったよりも左に広がっている京の街並みの中に目当ての場所を探し出してしばしの時を過ごした私たちは、中腹を巡る小径を歩いて建勲神社まで来ました。

参拝者の見当たらない立派な社殿を前にシャノン氏が存在感のある声で、

「さっきのお寺にノブナガの墓があるなら、この神社には彼の何があるんだ、教えてくれ」と問います。定子さんが静けさに合う声で、

「ゆかりの品々が保管されていると聞きましたが、遺体はここにはないはずで

す」と答えると、ジェイムズは不意打ちを食らったような顔に変わって、

「そんなことはないはずだ。宗教的建物には聖人の遺体が納められているものだ。ローマ・バチカンのサンピエトロ寺院は、イエスの一番弟子ペテロの墓の上に建っている。だからこそ多くの人が来るんだ」

「確かにそうです」と受け止めた定子さんは、先はゆっくりと、

「イエルサレムにはイエスの墓と伝わる場所の上に建てた教会もありますね。だから宗教的建物に聖人の遺体が付きものとの考えは良く分かります。一方の織田信長公には少々事情がありまして。日本の主要部を支配下に置いた年に、ここ京都に来て、滞在中に高級部下の裏切りに遭い攻め込まれました。遺骸、特に頭の部分が裏切り者の手に渡ると権力もその男に渡ると見る当時の風潮を信長公は最期まで忘れることなく、攻められた館に火を放って自ら燃え尽き、何一つ残さずにこの世から消えてしまったのです。燃えた館の跡を探した縁者が彼の遺体を見つけて寺に葬った説も伝わっていますが、事実か疑問です」


心に余裕のできていた私は、信長公の面影を少しもつかめずに落胆の色が濃い二人を見て考えが一つ浮かびました。英訳は定子さんに頼んで、

「信長公の本拠地は彼の出世に伴って移りました。当時日本の首都だった京都

から見て東の地方に生まれた彼は、支配地を徐々に西へ広げながら京都に近づいてきて、最後に本拠地とした場所は京都から遠くないです。空前絶後の豪華な城を信長公が建てた安土(あづち)は、京都のすぐとなりの県ですから、高速道路で行けば時間はかかりません」

明るい顔に変わったジェイムズは、アヅチへ行けと運転手に指示しろと執事に命じ、インター手前ではファーストフード店に寄って人数分の倍近くの昼食を調達すると、ストレッチ・キャデラックは名神高速をかなりのスピードで進んで行きました。それでも乗り心地は極めて良く、ハンバーガーをいただき終わる頃には八日市インターを下りて、京都市内から一時間もかからずに安土城がそびえていた小山の麓に博物館の立ち並ぶ地区にやってきました。

シャノン氏は信長の館に入るなり子どもの様に目を輝かせて、

「これだーー」と大声を上げると、天守閣の外側に設置された階段を音を立てて駆け上がって行きました。いっしょに入館した関係上彼の一派に見られているに違いない私たちは、決まりの悪い思いをしながら見学者のあいだを通り抜けて重い足で階段を登りました。最上階まで来てみるとジェイムズは手放しの喜び様で、大きく広げた両腕とあごで天主の派手な内装を指すと、

「ノブナガの立った場所に俺も自分の足で立たせろ。頼んでくれ」と私たちに大声の一言。その物言いは正に野獣的で拒み難いものがありましが、公務員の私たちには押しの強いアメリカ人のお先棒を日本でかつがされるなどあり得ないこと。とは言えマスコミ記者の張り付きが消えたのはシャノン氏のお陰でもあり、二つを天秤にかけているうちに、彼の大声が一段と大きくなればこちらも責められる恐れありと三人の意見はまとまり、代表して定子さんが、

「中に人は見えないですね。それは立ち入り禁止だからです。なので百ドル札の束を積んでも無理と思いますが、いちおう訊いてきます」とあきれ顔で答えて向きを変えました。

ちょうどそこに男性の係員が登って来て、疑いの視線を浴びせながら、

「何か、ご質問でもあれば」と強く一言。それは尋ねるというよりも叱咤の滲んだ問い掛けでした。ジェイムズの声は館内じゅうの注意を引くほどうるさく、目くじらを立てた係員が私たち全員を追い出しに来たに違いないと思いました。が、係員は答えを待っています。定子さんが出てシャノン氏にも分かるように大きな手振りで彼の要望を説明しました。すると係員は感情を抑えた声で、

「いみじくも本館は、織田信長公直系の子孫に当たる方も一度お迎えしたことがありまして、この場所で私から解説しました。やはり安土城の内装にはいた

く感嘆しておられましたが、中へはお入れしませんでした。外より見るだけで満足がいったご様子で、天主内に入ってみたいとは申されませんでしたので」と定子さんへ説明してジェイムズと向き合いました。

英語に訳す定子さんの横で私は念のために、

「その点つまり天主内には入れない点は、たとえ陛下や殿下方がおみえになられても同じですね」と尋ねてみました。すると男性係員は一段と声を高くして、

「お待ち下さい。陛下や殿下方がそのようなご所望をされる方々とはついぞ聞いたことがありません。皇族方は第一、日本の常識の塊のような方々ですから、そういったお求め自体、されることはないと承知しております」

年長の私までもが非常識の印象を与えてしまい、後が続かなくなって目を伏せますと、横から女宮さまが助け舟の如く、

「指紋が、信長公の指紋が天主内に残っているのでは、とアメリカからの友人は考えて、中に入ってみたいと思ったようですよ」とさりげない視線を係員へ送りました。嘘とも本当とも言えない穏やかな声と仕草に、

「指紋とは初めて聞きました」と係員はここで初めて笑顔を見せ、たどたどしくはありましたが自ら英語で続きを、

「この城は本物ではありません。移築したのではなく、二十世紀末に再建したのです、信長公当時の設計図を使って。大きさは原寸大、鮮やかな色彩もしっかり再現していますので、実に強い印象を見る者に与えますし、芸術度も高い作品です。それで再建後はまずスペインのセビリア万博に出展して、そのあとこの博物館に来ました」

　この解説にはさすがのジェイムズも頷き、すかさず定子さんが、

「だから言ったでしょ。信長公は肉体も物質も残さず、精神のみを現代まで残したんだと」と強く念押すると、二人の米国人は肩をすぼめて負ける仕草をして小さくなりました。一方の係員はこのあと私たちに付き添って隈なく信長の館を解説して下さいました。

　安土をあとにした私たちは名神高速を西へ戻り、インターを下りたリムジンは京都の街を正面に見て北に向けて走りました。ここで御多分にもれずシャノン氏からお誘いがかかりました、

「お金儲けの話の続きなど、したいんですが、ディナーを食べながら」と目を見て話しかけてきたジェイムズ青年に、女宮さまは視線を合わせることなく、窓の外に過ぎてゆく街並みを眺めながら、

「今日は帰らなければいけません。東京に居る母親へどんなふうに私が京都でやっているか、電話ですっかり話す約束ですので」

「私は明日、東京へ移動します。ですから今晩が最後の機会です」と誘いを重ねたシャノン氏でしたが、女宮さまは話を逸らし気味に、

「私に出会った事は東京で誰にも話さないで下さいね。そうしたらまたいつかお会いして、ディナーもご一緒できるかも知れませんから」と柔らかな声で答えました。頷いて諦め顔に変わったジェイムズですが、車が丸太町通へ右折して御所が間近になると再び、

「一年後か二年後、それとも五年後の私をお見せしたいんですが。どれほどのお金持ちになっているかを、あなたに」と質問を変えて答を求めました。女宮さまは少し考えてから、

「ミスター・シャノン、あなたのことは憶えておきます、この二日間のご親切といっしょに。私もあなたと同じ現実主義者ですから、良い機会は理由なしには拒みませんので」と、私には少し意味が分かり辛い英語を返したように聞こえましたが、シャノン青年は納得したようでした。

リムジンは今出川通から中立売御門を通って御苑に入り、駐車場を横切ると砂利の通路を進んで行きました。宿舎の前まで行かない御所の正門、建礼門の

前で分かったのですが、事務長殿が電話で連絡してくれたとおり、今朝出かける時まで宿舎の周辺に張り付いていたマスコミ記者たちは、すっかり姿を消していました。

マスコミが消えた理由と経緯については何日か経って複数の経路で伝え聞きました。だいたい以下の出来事があったようです。

「女宮さま、京都に滞在中の模様」の情報を件の中年二人から得た東京の週刊誌複数とテレビ局一局は、さっそく記者とカメラマンに命じて夜の新東名高速を飛ばさせて京都まで駆け付けさせた。京都の新聞社にも情報が流れて、新聞記者一人も女宮さまを宿舎の門外で待ち構える一団に加わった。ところがその記者が初日（昨日のこと）の夕方に上司に状況を報告したところ、エライさんまで情報がすぐに上げられ、新聞協会副会長も兼ねているそのエライさんから直々に記者へ、「皇室外交に励んでおられる女宮さまを興味本位で追いかけていては国民の支持は得られないし、アメリカ政府が直接抗議してくるやも知れない。追っかけのような低俗趣味にかまけておらず、取材は正統なルートを通してやりなさい」と言葉があり、他のマスコミ記者たちへも同様に伝えよと命が下った。そのように翌朝したところ、全員が一斉に門外の待ち構えから手を引いたとのことです。ジェイムズ・シャノン氏の力を借りる判断は正解だったようです。ただし好事多魔（こうじまおおし）の米国人青年を何とかかわして三人して乗り切った先の成功ではありました。弥生の十二日のことでした。

十八帖（作業場）

もらってから仕舞い込んだままだったパンフレットを、

「見せて下さい、和菓子のお店のパンフ」と女宮さまから求められた時、私は泉涌寺での一件より後の日記をめくりながら物語らしい文章を練ることに懸命で、和菓子店はすっかり忘れていました。

またの雨降りになった日曜日、部屋に戻って日記物語の下書き原稿用紙が積み上がった紙の山の下から見つけ出して、

「職人さんからいただいたのは、京都に着いた日でしたね」とお渡ししますと、涼しい眼差しを女宮さまはパンフレットへ落としながら、

「明日、行ってみましょうよ。事前の連絡はいらないと、確かあの職人さんは話していましたよね」

「ええ私の記憶でも『午前中はいつも居ます』だったと思います。ただああいった作業場は始業直後は忙しいと思いますので。先方へ十時過ぎくらいに着

く時刻に出掛けることにいたしませんか」

「ええ、明日には雨が上がると良いんですが」


ところが翌日も雨で、二日続きの雨降り。それも一雨ごとに暖かくなる雨ではなく、上空の寒気のせいで雨粒が当たると冷たさがしみてくる雨降りでした。そんな月曜の朝、烏丸通沿いにある和菓子の小売店を訪ねた私たちは、職人さんの名前を告げてパンフレットを見せました。すると係の人は笑顔で、

「となりにあるお菓子の館にてお待ちください」と私たちを案内し、その私設の小博物館では和菓子と抹茶の接待もして下さいました。

展示を見終わる頃に奥のドアが開いて入ってきた人は、真っ白な作業着を着て白い帽子をかぶりマスクもしています。しかし印象的な眼差しは間違いなく宇治で出会った今井青年です。

白マスクを外しながら、

「よく来てくれはりましたね。あれから一週間待ってたんですが、なかなかみえはらんから、もう忘れてしまはったか、それとも東京に帰らはった思ってました」とにこやかに話しかけてきた青年に、

「色々見て回っているうちに忘れてしまいまして」とつい私は本音で答えてし

まいましたが、女宮さまは辛子色の上着に合わせたクリーム色のスカートの前に両手を置いて、

「半月も経ってからお邪魔してすみません」と軽く頭を下げ、

「三月十四日のホワイトデーに逆に女の私たちから来てみました」と微笑みました。青年はぎこちない笑顔に変って、

「あー…今日はホワイトデーですね。けど和菓子は洋菓子と比べてあまりお客さんにはー…」と目を伏せ、扉へ私たちを導きました。


扉を出たすぐ裏手にも小博物館と同様の大きな建物があって、入るとロッカーが並んでいました。今井青年は、

「ちょうどいい時間ですから、製造の責任者を紹介します」と中の人を呼びました。少ししてから出て来た人はやはり頭から足まで白ずくめで、現場を仕切っているだけあって体格が良く、声も大きく私たちへ、

「作業場長してます吉田です」とあいさつをして青年を見て、

「うちでは普通は一般の見学者は受け入れてないんです。小売りで扱こうてもろてる店や材料納入業者には見せることもたまにあるんですが。といいますのも上生菓子いうもんは衛生に気を使う上に手作業が基本でして。ガラス越しに

機械が作ってる様子が良く見える自動化された工場とは全然違うもんですから。けど、この今井君の知り合いならば特別に」と作業長は頷きました。

　反射的に今井青年が、

「使い捨てですから」とマスクを私たちへ一つずつ、続いて白衣と帽子もロッカーを開いて出してくれましたので、「ご迷惑になるでしょうから」と断っては反って失礼と思い、

「それではめったにない機会ですのでお言葉に甘えて。ねえ見せていただきましょう、作業場には縁のない私たちにとって、和菓子が出来上がるまでは謎ですから」と、となりの女宮さまを見ました。


「お二人は年の離れた姉妹で、東京から少し長く京都に来ていると聞きました」と説明した青年と共に体ごと反対側を向いた吉田氏は、私たちが白衣を身に着けているあいだ思いを声に込めて、

「京都と東京、京と江戸ではお菓子が違うんです。ある種対立して江戸時代から上生菓子は歴史を重ねて来ました。人口増加と金回りの良さで調子に乗った江戸の菓子屋は粗製乱造に走りました。けど京ではそれを真似しませんでした。うちらの先輩に当たる職人ら―は協定を結んで作れる菓子屋の数を限り、品質

を維持したいう歴史があります。それが『京の菓子は本もんや』いう名を全国に高めることにつながったんです」と力強く解説し、私たちが白衣を着終わったことを音で察すると向き直って手を洗うように促し、お手本を示しました。

「詳しくは分かりませんが、東京と京都で和菓子の違いは感じます」

「京都のお菓子はおいしいですよ。宇治でいただいた『咲き分け』にもう一つは確か『あけぼの』。どちらもとても印象に残っています」と手を洗いながら口にした私と女宮さまに、青年は即応して、

「今は両方とも作ってないです」と切り捨て気味に答えを返しました。反応して女宮さまは洗面台から素早く振り向くと、心配そうな顔で、

「もう作ってない…それはー…売れなくて、止めてしまったとか…」と訊き返しました。今井青年は今度は目に笑いを浮かべて、

「いえ、そうではなくてですねー」とまでは答えたものの、こみ上げて来る笑いで言葉が途切れてしまい、代わって吉田作業場長が、

「妹さんは何と言いますか、生まれた時のままのように無邪気ですねー、昔のお姫さまみたく」と洗い終わった女宮さまの手を見て、視線を上半身へ顔へと移しました。一瞬ぎくりとしましたが吉田氏は話題を戻して、

「季節によって上生菓子いうんは変わってくんです。東京のお嬢さん方もこの

機会にその点は勉強していって下さい。宇治で今井君がお会いしたんは二月の終わりと聞きましたんで、二十四節季の雨水から半月ほどの春がまだ浅い季節のお菓子やったんです。それから雛祭りがありまして、桃の節句に限定したお菓子を作りました。続く啓蟄の三月五日からこっちは、春らしさをより感じてもらうために菜の花の意匠を盛り込んだり、草もちとか蕨餅なんかを作ってます。季節に合わせて種類の豊富なんが日本の上生菓子です」


　吉田氏がまず連れて行ってくれた場所は倉庫のような所で、

「最初に原材料を説明します。和菓子は使う材料が命。良い材料と良い水がなければ腕がいくら良くても、どんなに工夫を凝らしても良い和菓子はできません」と断言した作業場長は、青年へ、

「今井君、大納言を袋から出して見せてあげて。それと比較に十勝産も見てもろたらええわ。ついでに和三盆糖も味見してもろたらええし」と言い残して奥の部屋へ入っていきました。今井青年はとても重そうな袋を引きずってくると、厚紙の口を開いて中味を手に盛って見せてくれました。それは女宮さまも私も初めて目にする深い紅茶色の艶を放つ極大粒のアズキでした。

　戻ってきた吉田作業場長は土がまだらに残っているグロテスクな棒を握って

いて、マスク越しでも笑っていると分かる顔で手の棒を縦にすると、

「こんなもん見せると印象が悪なる思いますが、葛の根です。くずきりとか食べはる思いますが、そん原料は川の土手にもよう生えてる植物のクズです。これは産地もんで、なかなか掘り出すのが手間なもんでして。掘ったあとも気い付けてデンプンが流れ出さんように水洗いして、乾燥させたんがこの葛の棒です」と解説すると、

「ほんま、初めての人にはいかついですが」とグロテスクさを強調して私たちの前に掲げました。話が下品に傾かないよう、間髪入れずに私は、

「葛の印象は悪くないです。葛の茎の繊維で作った行李は、新嘗祭で新米を入れる箱として長く用いてきましたから」と反論しました。作業場長は私の主張に圧倒されて顔色を変えると、

「新嘗祭の行李は私も不勉強でしたー。しかし、詳しいですなー」と強く見返してきましたので、気付いて続きはゆっくりと、

「そのようにものの本で読んで、新嘗祭の新米と行李の関係が印象に残りましたので」と弁解ぎみに言葉を並べましたが、吉田氏は、

「なるほど、なるほど、なるほどー」と三度繰り返してセミロングの髪の女宮さまと、前下がりのボブスタイルに京都に来る直前に変えた私の髪とのあいだ

で視線を往復させながら、

「こんな事を当てずっぽうで訊いて失礼ですが、何となくお二人のうちの妹さんの方は、御所の中で暮らしている方に似ているように私の目には見えるんですが、他でもそんなふうに言われたことはありませんか」と間接的な言い回しで問いを向けました。けれども女宮さまは口を開くことなく、まばたきを二度ほどして両方の目の玉を左右に動かしただけで、私も首を横に振りました。

作業場長は一転して姿勢を正すと、

「もしやと思っただけです。失礼しました。それで新嘗祭には本物の葛の繊維。私らも本もんの葛粉だけ使うてます」と本題へ戻り、

「代用もできるんですが、本もんの国産品にこだわってます」と胸を張りました。本物にそこまでこだわる理由を女宮さまが尋ねますと、

「いくつか理由がありまして。まず本物にはどれも独特の風味があります。かぐと匂いがするんです。この大納言を例にとりますと、今井君が指導した彼の出身地の丹波の農家さんたちが、莢を一つ一つ手で摘んで収穫したんが秋の終わり。それから冬と今頃の春先までが一番風味がのってます。あずきの質と風味はお菓子にそのまま出ます。繊細な感覚を持ってる人なら、春先までの風味

が飛んでない大納言で作ったたんと、夏を越して次の収穫を待ってる時期の大納言で作ったたんとでは違いが分かります。うちの上生菓子は一年を通じて食べてもろてる人がようけおりますんで、お客さんの感想からも確認してます。本物の風味いうんは大納言に限らず上品さを生むんと同時に、食べ続けても単調さを感じず飽きることがありません。言うたら玄人に好まれます。もう一つの理由は、京の伝統を維持して後世に伝えんとあかんことです。京の上生菓子はそれぞれ何と何を使こうてどないして作るもんか、それを私らの代で簡略化して若い者らに教え継ぐなんぞとても考えられません。これ、自らを律する矜持いうか、『京菓子はこういうもんやー』いう誇りどすな」と作業場長は熱を込めて話し続け、私たちも聞き入りました。

間が空くと吉田氏は笑って、

「ちょい、しゃべり過ぎましたな」と頭をかく仕草をして帽子をかぶり直し、

「作業工程を、一通り見せます」と湯気の立つ部屋へ先導しました。そこには餡をあずきから作る工程があって、大型器具にはどれも脇に人が付いて適時を見極めていました。手作りが伝わって来たのは次の部屋が最たるもので、種類豊富な和菓子を、金団製、外郎製、餅製でそれぞれの作業者たちが取り組んで

いました。薯蕷製（じょうよせい）（山の芋を使用）は説明だけを受けました。

　手間を惜しまず本物を追求している作業場を見せていただいて再びお菓子の館に通された私たちは、遅れて入って来た吉田氏から、

「出来合いでなくて、お口に合いそうなものをしつらえさせましたので、お昼代わりと言ったらなんですが」と絵皿に載った上生菓子を差し出されました。銘を尋ねますと「祇園団子」と「桜大福」で、季節にピッタリの名付けです。

「まず目で楽しみましょう」と見入った私たちへ吉田作業場長は、

「東京へ帰ったらご親戚や職場のお知り合いに、『京都を忘れんどいてな』言うて、うちらん店とお菓子をよう宣伝しといて下さい、などと野暮なことは言いませんから」と口にしながら笑いました。けれどその一言に含まれた、親戚、職場、京都を忘れずに、の各語は、私たちが誰であるかは見当の付いた上で、抽象的に皇族、皇族に携わる役所、京都こそが皇族の本拠地、と一筋の意味を込めたように私には感じられました。しかし吉田氏は深入りすることなく、

「もうじき都をどりと桜の季節ですから、お手すきのようでしたらその頃に店の方に寄ってみて下さい。また違う上生菓子を並べてますんで楽しい思います。私は作業場がありますんで、このあたりでおいとまさせてもらいます」とあいさつして出ていかれました。

お菓子の館を出ても霧雨がなおも降り続いていて、風も出てきた烏丸通でした。けれど今日はもう出掛ける予定もなく、和んだ顔で歩みを進めていた女宮さまでしたので、お菓子の作業場で感じたことを私は言葉にしてみました、

「吉田氏は、女宮さまと半ば分かっていたと私は思いました」

「たぶん彰子さんは正しいでしょう」と予想した答えが軽やかに返って来たので、流れに乗って私は微妙な話題へ踏み込みました、

「同じように木時蔭戸古彦氏も、女宮さまであると既に分かっているのではないでしょうか。出合った時に交わした会話を思い出しても、東福寺の前で名刺を差し出した理由を考えても。それに…女宮さまが表情を硬くして走り去ってしまったことからも」

単刀直入にそのように個人的見立てを並べた私は、多少の抵抗は覚悟していました。けれども女宮さまは、烏丸通から御苑に入るまでの十秒ほどは黙って足を進めていたものの、乾御門を通り抜けると意外にもこだわりのない声で、

「私はね、水野さん、木時蔭戸古彦さんとは幼い時から幾度もお会いしてるんですよ。この五年くらいは全くお会いしていないと記憶していますが、以前の特に初等科に通っていた頃には何度も親睦会等でね。皇族と旧皇族の親睦会は

ずっと続いてきたものですから」

「そうでしたか。いえ、確かにそうですね。昭和天皇がお始めになって以来続いていますね、旧皇族の方々との親睦会は」と横を見た私ですが、女宮さまは目を合わすことなく視線を歩く先に向けて、

「あの方も私もそれぞれ色々な活動のために親睦会は欠席することが多くなって、このところ十年近くは顔を合わせていないんです。けれどお顔つきと雰囲気は憶えていて、東福寺の境内で名刺を見せられた時は確かに戸古彦さんだ、と私は思ったんです」

「なるほど。なるほどなどと申してはいけませんね。そうとは気が付きませんで、申しわけありません」

「いいえ、もういいんです、あの時のことは。それで戸古彦さんの方は、泉涌寺の勅使門の前ですれ違った時から私だと分かった可能性が高いと思います。付き添い二人とSPまで引き連れて御寺へ参詣する人は、ほんの数えるほどしかいないんですから」

「それでは、この際は――…」と私が求めた時、蛤御門の御苑側に広がる桃園まで来ていました。蕾が開いて明るい紅色と白色がいっぱいになっている桃の園を前にして歩みを止めた女宮さまは、一息大きく吸うと、

「今度の騒ぎで問題なのはマスコミであって、戸古彦さんが悪いのではありません。あの方もある意味、被害者なのですから、このまま何も音沙汰無しでは失礼になると私も思っていました。戸古彦さんは私に京都で会いたいと申し出て連絡先を渡したのですから」とご自身の意志をはっきりと言葉にしました。

こうして早速その日の午後、名刺を受け取った私の方から電話をして、女宮さまと木時蔭戸古彦氏がお会いになる段取りを整えたのでした。けれども問題が一つ起こりました。問題は京都で生じたのではなく東京から来ました。女宮さまが御決心をされ、木時蔭氏とも約束が取れたあと午後遅くに、私は所属部署へ報告しました。直属の上司は「マスコミ問題が解決へ向う兆として、温かく見守る」と応援の言葉をかけてくれたのですが、同時に情報はその日のうちに本庁へ伝えられたらしく、課長がすぐさま電話をかけてきたのです。

出るなり本庁課長は上から目線の滲む声で、

「聞きました。悪くはないです、解決のきっかけとしては。しかし問題はマスコミの報道。ここへの対応が重要で、本庁の我々は情報提供と外部折衝を一手に引き受けている関係上、矢面（やおもて）に立たされている。この点を忘れないで下さいね。木時蔭氏との面談が悪く転んでマスコミがまた騒ぐような事態につながらないように、慎重に進めてもらわないと」

「本庁が渉外面で苦労されてきたことは良く分かります。けれども最も重要なのは、女宮さまご自身が吹っ切れることではないでしょうか。バッシングで深く傷ついた今のお心から、マスコミの撒き散らす誹謗中傷など取るに足らない健康なお気持ちへ」

「言ってる意味は分かりますよ。それに否定もしません。しかしバッシングがこの先ぶり返すことがあれば、皇室の官庁である我々の体面が失われて、責任を取らされるのは恐らく担当課長である私ですからね。もしもそうなったら、出身の役所も他の省庁も、私を課長や課長以上では引き取ってくれないでしょう。課長補佐からやり直しで、同期に何年も遅れを取ってしまうんですよ」


陰日向無しなどどこ吹く風の本音丸出し。地位にかこつけて個人の都合を押しつけてくる課長には腹が立ちました。けれども役所で上役に抗えばどうなるかは心得ていた私ですので、勤めて事務的に、

「それで本件は、悪く転ばないために具体的にどのように進めればよろしいでしょうか。課長が良い方法をご指南下されば参考に、いえご指南通りに致しますので」と私は返しました。

「明日午後でしたね、木時蔭氏との面談は」に続いて物音が聞こえた向こうへ、

「ええ、明日午前は前からのお約束をどうしても外せないそうでして。午後の一時に東山にある青蓮院門跡（しょうれんいんもんぜき）にてお茶席などご用意しております、と木時蔭戸古彦氏からはお答がありました」とありのまま正直に伝えますと、オモテへの忠誠は当然とばかり、

「なるほど、お茶席を東山の青蓮院でね。午後一時なら、時刻表を見るとタクシー移動を含めて新幹線で楽に日帰りできるんで、私もお茶席とやらに同席して状況を見ますよ、女官二人の働きぶりもついでに。二週間たっても水野さんは報告に戻って来ないし、この目で確かめないといけないようだからね」

「おっしゃる点については…。ただ明日のお茶会につきましては、課長が同席しては不自然ではないでしょうか。女宮さまがどのように思われるかも、格式の高い青蓮院門跡の方々がどのように受けとめるかも、やはりありますので」

「女宮さまへは担当の水野さんから適当に説明しておいてください。青蓮院も気にする必要ないです。宗派は何だか知らないけれど京都に数ある宗教法人の一つでしょ。個別に企業へ景気の現状を訊くのと同じです。それで女宮さまを含めて素性は知らせてないとのことなので、私は…そう、従兄弟の立場で明日は通しますよ」

「適当に女宮さまへ説明と言われましても、それに…」と私は、課長の同席はせっかくできた良い流れに逆行しかねないと訴えようとしました。しかしマスコミ問題には解決が見通せず、あまつさえ役人世界に独特の難しい人間関係に女宮さまを巻き込むようなことがあっては、お気持ちの回復は遅れるばかり。そうなれば「女官失格」と自らを律した私は、

「いえ、何でもありません。課長のお考えとご指南は良く分かりました。では京都でお待ちしております。道々お気を付けて」と形式的に答え、電話を切ると一息ついて、外に目をやりながら、

〈花に風　月に叢雲(むらくも)　これぞ常　宮に使わぬ　気を地に注ぐ〉と詠んで思いを発散し、改めて「ここが山場、この局面を乗り切れば、先に展望が開けるはず」と自身に言い聞かせました。

十九帖（門跡）

翌日は「京都滞在中は、公共交通での移動に例外なし」のお考えの女宮さまにお供をして、女官の私たち二人とSP二名も地下鉄に乗って青蓮院門跡へ出かけました。

東山駅で地上に出て、混雑気味の歩道を東へ歩いて信号を南へ渡り、そのま

ま坂を登ると楠の大樹が何本も土手に根を張って茂る姿が印象的な境内が見えてきます。左に入り山門を抜けてクランク状の参道を進んだ私たちが参観入口にやって来た時には、午後一時に五分以上もありました。一方で入口の前には三十人近くが列を作っている姿があり、観光客が波のように押し寄せる時間帯にちょうど当たってしまったようです。入口横には場ちがいな背広を着た課長も居て、私と定子女官は素知らぬ振りの女宮さまを置いて課長に近づくと、「わざわざ京都まで、お疲れさまです」と丁寧に頭を下げました。が、あいさつはそれだけで、

「並ぶのも煩わしいな」とかけてきた言葉へは黙って頷いただけでした。

大挙して押し寄せていた参観客が全て建物に吸い込まれるのを待ってから、私と定子さんは受付に行って木時蔭氏の名前を出しました。すると途端に観覧券切り係の女性は恐縮した面持ちに変わり、素早く係席を抜け出て女宮さまのところまで来ると、丁寧に一礼をし、

「一同、お待ちしておりました」とあいさつしたのに続いて、

「良くお運び下さいました。一般用の入口ではなくて、お寺の本来のお玄関へご案内しますので、どうぞあとにお続き下さい」と庭入口の囲いを取り除け、

境内へ私たちを導きました。

進んだ先には青蓮院の大玄関があって、人を遮る仕切りは既に取り除けてありました。戸も開け放たれている大玄関へ、係員の、

「どうぞお」の声で女宮さまを先頭に足を踏み入れますと、最初に目を引いたのは孝明天皇の使われた馬車です。続いてやや暗い奥の板床に視線を移しますと、木時蔭氏が正座をして待っておられます。

色の濃いスーツに白のワイシャツ、柄ネクタイの緑と淡い桃色だけがやや目立つ姿の戸古彦氏は、女宮さまを確認するなり手の指先を正面に向けて、背筋が床と平行になるまで下げる合手礼を横に座る方と共にしました。

顔を上げた戸古彦氏は、一列後ろに並んだ私たち女官の顔を見てもう一名へもちらりと視線を送りましたが、表情は変えずに、

「よくお越しになりました。前から私が親しくしているお寺なものですから、今日は万事整えてお迎えします。ゆるりと過ごされていって下さい。どうぞ、どうぞお上がり下さい」と右手を女宮さまへ大きく延ばして微笑みかけました。

昨日の電話ではどちらからも触れることなく、確信しているかは知り得なかったのですが、今日は女宮さまであると分かった応接のし方です。一方で紺のブレザーにクリーム色のニットを召した女宮さまは、玄関に上がったところ

で両手を揃えると、セミロングのスカートの前に軽く添えて、
「大変にご丁寧なごあいさつを、本日はありがとうございます」と会釈しただけでした。

奥の宸殿へ進む私たちへ執事長がお寺の解説をして下さりました。歴代門主のほとんどが天皇の皇子と伏見宮家（ふしみのみやけ）などの皇族男子であったことから「門跡」と呼ばれてきた青蓮院は、渡り廊下で建物を結んだ配置になっています。庭は相阿弥（そうあみ）の設計によるもので、その有名な庭を一番美しく眺められるのが華頂殿（かちょうでん）です。華頂殿は内装も素晴らしく、平成十年代に描かれた襖絵六十面のハスの植物画は独特の色彩を放っています。カラフルともモノトーンとも異なる第三の色彩と呼ぶべき青は感性に訴えるものがあり、また華頂殿には三十六歌仙の全てを描いた見事な額も各部屋の鴨居に掲げてあって、正に日本の伝統です。

高い格式を保ってきた門跡寺院なればこその洗練した文化芸術を前にして、女宮さまと私たちは吐息と共に見入ってしまうことしばしばでした。一般参観者も同様で課長も例外ではありませんでした。

歌仙の額の下で動かなくなった私たちに口元をゆるめた木時蔭氏は、
「お茶席をご用意してありますので、このあと庭に出て景色なども少し眺めて

から、離れにある好文亭へお上がり下さい。私と執事長は先に行って用意を整えてお迎えしますので、係員がご案内に参りますまで庭などで」と告げ、

「茶室は一般者へも春の土曜と日曜日は解放しているようですが、今日は水曜日で我々しかいませんから」と女宮さまに頷きました。


「本格的数寄屋造りの好文亭は火災で一度焼失しましたが、平成七年に復旧再建が成りました。三部屋ございまして、本日はその中心となる茶室にて、本院のお茶の集まりである青蓮会のお師匠がお手前を披露なさるそうです」と私たちをお茶室の前まで導いてくれた係員が、襖を前に正座して茶室を開けた時に一つ出来事がありました。本庁の課長が私たちの中から最初に半歩踏み出て、

「はじめまして、馬に越すと書いて馬越と申します。いっしょに来ている定子さんと私は従兄弟です。今日半日ですがどうぞよろしくお願いします」と敷居に片足を乗せて自己紹介をしたのです。

既に席に着いていた木時蔭氏は頭をわずかに下げながら、

「こちらこそ、どうぞよろしくお願いします。木時蔭の戸古彦と申します」とゆったりと答えましたが、顔を上げると怪訝さを上目使いに滲ませて、

「馬越さんは、今日はどこからかみえたのですか。三方とは、一週間ほど前に

泉涌寺でお会いして、東福寺まで短くご一緒しましたが、その時はいらっしゃいませんでしたね」

　課長は立って茶室に踏み込んだ姿勢のまま場に似つかわしくない笑いと共に、「ええまあ、東京を今朝出て、新幹線で参りました、京都へは」と答え、口を閉じて様子を窺いました。やり取りを目を伏せて聴いていた女宮さまは、課長と戸古彦氏の対話が終わるのと同時に姿勢を正すと、作法通りに扇子を置いて丁寧なお辞儀を一度して、正座のまま茶室の敷居を越えました。

　そんな女宮さまも青畳の上で方向を変えると顔には興醒めの思いがありあり浮かんでいて、敷居を踏んだままの課長へ侮蔑の視線を送りながら、

「どのような目的でみえたのでしょう。わざわざ東京から馬越さん、いえ田貸（たかし）さん」と本名を明かしつつ端緒（たんしょ）を開いたのです。すかさず定子女官が腰を浮かせて私の後ろから、

「この方は馬越ではなくて、本当は田貸さんです」と木時蔭氏と執事長を見ました。間を開けずに女宮さまも、

「『適当に説明しておいて』が口癖の田貸さんは、定子さんと従兄弟とはいっても、同じく定子さんと従姉妹の私とは、全く血はつながってないんですよ」と派手に繰り広げたのでした。

ならではの袖のし方、物言いも流石と意を得た私は、

「ええ、全くつながっておりません。特に温かい血などは」とにべもない声色でつぶやき、扇子を敷居の先に置いてお辞儀をして右手で取ると、にじり寄りをして若草色の茶室に入りました。

これでは床の花や掛軸を順に拝見していく通常の流れができていない。そう察した執事長とお茶の師匠さんは拝見の省略を仕草で私たちへ伝えると、白々しくも真面目な顔で、

「まあ、そないなことも人間の世界では起こりますわなあ。従兄弟の、そのまた従兄弟いいますと、京都でもちっと温かい血のつながりは無理かも知れませんえ」と話を合わせたのでした。

「うちとこもそうどす。従姉妹までは何とかお付き合いしてきましたが。その また従姉妹いうことになりますとお」

四畳半の茶室という狭い空間がもたらす以心伝心。年配の二方のみならず、若い木時蔭氏へも女宮さまを取り巻く人間関係は瞬時に伝わったようで笑みを浮かべました。けれど戸古彦氏は素早く切り替えて私たち四人へ席を割り振ると、田貸課長へも座るように促し、

「そろそろ始めて下さいますか、お師匠さん」と頭を下げました。

応じて執事長が主菓子の入った縁高を本日の主役である女宮さまの前に運び出しました。続いて濃い茶のお手前を始めたお師匠さんは、冒頭で見事な袱紗さばきを披露され、雰囲気は一変。茶室内は沈黙に包まれました。濃茶を練る姿を全員で見守る中、釜が煮えて湯が沸く微かな音だけが響きます。この静けさこそが茶の湯の趣というものでしょう。

　練りが終わりに近づく頃に執事長が、お師匠さんに代わって今日の茶道具について一通り説明をして下さいました。拝見を省略してしまった床の軸に目をやった女宮さまは、

「お掛物は由緒あるものですか。のびやかな書で、特にひらがなは、筆の運びに限りがないほどですが」と求めました。執事長は笑顔で、

「筆の運びに限りがない、とはお見事なお見立てです。このお軸というのは実は、幕末から明治にかけて皇親であらしゃいました有栖川宮さんの手によるものでして。茶の湯へのお関心もお高い方でしたので、本日にふさわしいかと思いまして」、一息置いて木時蔭氏から、

「花入れに付いている耳は、どのような」と質問が出て、

「鯉でございます。鯉の滝登りを模して上向きに付けたとでも申しましょうか。縁起の良い席には度々これを」と微笑んだお師匠さんは、続いてお菓子の銘と

店名を尋ねた女宮さんへ楽しげに説明をしましたが、声を次には落として、

「貴賤を問わずがお茶の精神ですので、濃い茶は一つのお茶碗に点てるものです。けどないしたわけか今日は二杯に分けて点てとうなりましてえ」と口にしつつ最初の濃茶を静静と女宮さまの前に置き、

「こちらは三方分で、あとの方も三方分です」と親しげに微笑んで木時蔭氏へも軽く頷きました。次の濃茶の茶碗はしばらく両手で持ってから、畳へ置き下げただけの趣の欠ける動作で田貸課長の前に出したお師匠さんでした。

一旦次席へ譲る作法をしてから茶碗を取り込んで濃茶を一口含んだ女宮さまを真似て、課長もぎこちなく濃茶を飲み込むと、危うい手付きで袱紗と茶碗を置きました。私たち二人がご相伴させていただいているあいだ女宮さまは、

「お釜は珍しいもののように拝見します」と尋ね、お師匠は、

「古天明の鰐口です。荒れ肌ですがその野性味が逆にうちには頼もしゅう思えましてえ、好みなものですからあ」と優しく見返しました。


続いて干菓子が運び出されて薄茶のお手前に移りました。お茶室には抹茶の良い香りが満ちてくると共に、お師匠の手からは美しい清水焼の茶碗の数々が薄緑色の濃い泡を浮かべて繰り出されました。くつろいだ雰囲気を醸し出して

いるお師匠と、そばで和んだ顔で座っている女宮さまへ満ち足りた眼差しを送りながら木時蔭氏が、

「決まりごとに縛られないのが薄茶の席ですから、こういった話題も今日はと思いまして」と始めた話題は、今回の京都滞在で本能寺を訪れた際に出会った人物と交わした議論でした。

「初老の男性が、皇室不要論を私に吹きかけてきまして」

「ほう、皇室が不要とは、そん相手は日本人なんでしょうなあ」

「ええ、日本人です。場所が本能寺ですから、やはり信長のファンであるとその人物は初めは丁寧に自己紹介しました」

「そいで信長派の人物は、どないな主張してましたあ」

「ええ、もしも歴史に本能寺の変がなければ信長が天皇の上に立っていただろう。そうでなくても安土城を造り、同じ絢爛豪華な城を京にも築いただろうから、都の人々は自然と織田家の権威は日本一と信じただろうと主張してました」

「なるほどなあ。信長いう男は、うちんとこの比叡山は焼き打ちするし、朝廷が申し出た任官は受けたがらんしい。全部壊して一から作り直そういう考えやったから、お上の上を目指しとったんかも知れんなあ」

「その人物は、『信長は自らが新王朝を開こうと考え、それを天皇と朝廷にも

認めさせる策を練っていたはずだ』と熱を込めました」

「新王朝ですか、それは気宇壮大ですね」と田貸課長が笑い、同席者へも笑いへの同調を求める顔をしました。しかし執事長は逆に不機嫌さを声にして、

「気宇壮大やけど、あの時点で千年の歴史がある天皇家や。織田が代わって新しい王朝を開くなんぞ正気かいなあー」と腕を組みました。

狭い茶室に投げ広げかけた疑問を引き取ったのは木時蔭氏でした、

「鎌倉時代の承久の乱を境に朝廷は衰え、室町時代から戦国時代に入ると困窮していましたから、不可能でなかった面はあります。その人物は、織田が王朝を引き継いだとすれば王朝の不可侵性は崩れ、逆説的ながら王朝の権威も落ち、十八世紀後半にフランス王が革命によって倒された時と同じように早い段階で共和制への移行が日本でも起きていただろう、と話を展開していました。ですが私は話を聞き終わってからゆっくりと反論しました」

黙っていた女宮さまが膝を少し乗り出して続きの話に耳を傾ける仕草をしました。戸古彦氏も体をやや女宮さまの方へ向けて、

「『天皇不要と言われるが、あなたは現実を知らない』とまず一発言ってから、『そのような展開は論に過ぎず、日本では起こり得ない』と反論しました」

「それや、現実いうおとなの考えやあ、必要なんはあ」

「うちも木時蔭さんのお言いやす通りや思いますえ。あたら皇室をなくしてしまおう思ても、憲法から消すだけでもできそうに見えて無理思いますえ」とお師匠が執事長に追従し、ここで上席の女宮さまが初めて口を開きました、

「たとえ無理をして憲法から消したとしても、日本人の心から消すことができないのが、天皇と皇室であると聞きますが」

「そこなんです、最も重く捉えなければならない現実とは」と満面の笑みになった木時蔭氏は、末席に座る私たちへも満足の視線を送りました。横で、

「そんあたりがお上と皇室のすごいとこやし、同時に急所にもなりますわなあ、権威を利用してやろて考えるもんらが出てきて」と執事長も機嫌を直し、

「ええ、両刃の刀ですね。アジア太平洋戦争に突入した頃の軍人たちのように天皇を担ぎ上げて自分たちの計画を推し進めようする者が、今後も皆無と安心してはおられません。先の大戦を推し進めた軍人たちの多くは、天皇の権威と統帥権を振りかざす一方で、陛下の思いも現場も軽んじる偏狭な精神論者でした。それが劣勢に陥った戦争を何年も続けて国民の苦難を倍加したのみならず、皇室さえ廃絶されかねない破局を招いた原因だったと考えています」

「だから天皇と皇室は憲法にはっきりと位置付けて、政治に利用されないよう

に明記してあるんですね」と顔を少し戸古彦氏に向けて尋ねた女宮さまへ、答は思いがけず別の方向から返ってきました。

「仮に天皇と皇室を憲法や政治制度から消してしまって、言葉は悪いですが野に放つようなことをすれば、その権威は誰にどう利用されるか予想が付かないですからね。おかしな連中に利用されないように、国がしっかりと手の中に握っていなければならないんです」

国とは役所と官僚を指し、手の中に握るとは管轄する意味合いで田貸課長が使ったのは明らかでした。袖にされた女宮さまとの対決かと案じました。が、執事長がやんわりと割って入り、

「もっともなご指摘です、田貸殿。しかしそないに東京のお役人らが気張ってもらわんでも、お上と皇族がおかしな誰かに利用されんで済む方法は、一つあるにはありますぞ」と女宮さまを短く見て、お師匠の続けているお手前に視線を送りながら、

「なあ、お師匠はん、京の人間は今でも思ってますわなあ、天皇さんは早よう東京行幸を切り上げて京にお戻りやしたらええのにて。そしたら生臭い政治とも縁が切れて気に染まぬ書類にハンコつくこともせんでよろしいしい。うちらん中からお気に召す者らを雇うて心静かに京で暮らしていかれますのにてえ」

「そうどすえ。何しろちょっと東京までいうてお運びになりやしてからそろそろ百五十年どすやろ。お上がいいしまへんようになってほんま寂しゅうおす。御所の高御座（たかみくら）はいつ戻られてもええように、しっかり磨いてますのになあ」

「どこの法律にも『都は東京』なんとは書いてないんやから、お上の立たれる高御座のある京都が今でも都やいう理屈も考えようによっては成り立ちます。それが証拠に即位の礼は高御座なしでは勤まらんいうて、平成の時はヘリコプターで東京まで運んだんやさかいなあ。そん前の明治さんと大正さんはもちろん、昭和のお上も即位の礼は京都でされたんやからなあ、東京ではのうてえ」


　二人京都人によって東京から来た課長は完全に抑えこまれたようです。言葉の出ない田貸課長を横目に、木時蔭氏と執事長の会話は滑らかに進んで、

「平和に慣れた現代の日本人の多くは、歴史はすべからく良い方向へ進むと考えがちで後戻りがあるとは想像できません。ですが今起きている世界の覇権争いを見ますと、人間の本質は変わっていないと痛感します。世界大戦の歴史が繰り返されるかもしれません」

「それにあれでっしゃろ、木時蔭はん。終戦に踏み切った昭和天皇さんみたいに、日本が大混乱になった時に国を一つにまとめられる方、こん人が決めたん

なら、余程のつむじ曲がりでない限り『なら、そうしまひょかあ』言うんは、お上しかいいしまへん、でっしゃろ」

「そうです執事長さん。混乱の極みに陥った時ほど、『陛下が日本にいらしてよかった』と身に沁みて誰もが思うはずです」と戸古彦氏は話をまとめて四畳半に集まった面々を見ました。


ここまで女宮さまへふさわしい応接を続けてきた戸古彦氏ですが、女宮さま自身はそうとは伝えません。一方で手厚い応接を受けても拒むことなく、自然にふるまっています。そうして一時間ほどをお茶室で過ごしたでしょうか、

「お師匠は昨日の電話で急に呼び出してしまいまして。お茶席があとにも詰まっておられるようですから、このくらいにして私たちはおいとましましょう」と木時蔭氏は告げ、お茶の席は終了しました。


宸殿まで戻って大玄関から門跡をあとにして参道を下る私たちに、

「南禅寺にでも行ってみませんか」と木時蔭氏は誘いかけ、

「室内ばかりでしたから少し歩きましょう、疏水の流れに沿って」と女宮さまの顔を窺って私たちへも視線を送ると、続いて田貸課長を見ましたが、

「お任せします」と私たちが揃って答えたのに対し、課長は不機嫌な声で、「私は京都で他にも仕事がありますから、これで失礼しますよ」と返して私たち女官へは冷たい視線を投げると、黙って近くのタクシーへ手を上げて去って行きました。

寒気は過ぎ去り晴れ間も見え始めた午後。というせいもあって、坂を下って平安神宮が正面に見える辺りまで来ると大変な人が出ています。正に人混みをかき分けて進んだ私たちは、やっとの思いで橋の南袂を東へ折れると、疏水に沿った道を歩き出しました。

東山を望む狭い歩道を一列になって進み、琵琶湖疏水が勢い良く流れ出している遊水地に近づいた時です、私たちの行く歩道を向こうから走って来る三人が見えました。しかし歩道は狭くて一列がやっとのうえ右は密な生垣を挟んで車の多い道路です。左側はもっと危なく腰の高さの簡単な柵のある下は狭いコンクリートと深い水路です。走って来た三人は外国人の若者たちで、バスケットボールで敵陣へ切り込む真似でしょうか、勢いそのままに先導するＳＰの広げた抑止の腕をかいくぐると、今度は私たちの先頭を行く戸古彦氏の疏水側を通り抜け、次は女宮さまの車道側めざして走り込んできたのです。

危険を感じた女宮さまは、押されて水路に落ちないように咄嗟に身を車道側へ強く寄せて一番目の若者はかわしました。続く一人は空いた水路側を難なく通り抜けましたが、三番目の若者は再び車道側の狭い隙間を強引に通り抜けようとして、女宮さまは右半身がぶつかってしまい、意図とは逆に左の水路側へ押し出されると、柵を乗り越える勢いが付いてあわや下のコンクリートへ、更に水の中にまでも。

瞬時に起きた事態に声も出ずに驚愕する私たちの前で、戸古彦氏は振り向きざまに一歩大きく踏み出すと、素早く服をつかんで強く引き寄せ、女宮さまを難から救いました。ところが勢い余って木時蔭氏自身が女宮さまの横に倒れ込んでしまったのです。地面についた両手とズボンは土がびっちりです。

今度は女宮さまが手を差し延べて戸古彦氏はゆっくりと起き上がり、土をはらいながら微笑みました。初めから今日は戸古彦氏へは憎からずの思いが眼差しに表れていた女宮さまです。加えて小さな危機とはいえ身を挺して自分を守ってくれたことで、女心は引かれたように私には見えました。

着いた南禅寺は禅宗京都五山(ござん)の上に別格として格付けられているだけあって、広大な境内に多くの塔頭(たっちゅう)が点在する大寺です。本坊の方丈庭園を拝観し、次は琵琶湖疏水の流れる煉瓦作りの水道橋を眺めて歩いた私たちは天授庵と金地院にも立ち寄りました。その頃には西の空が雲で覆われ始めたので今日はここまでにし、境内を南へ出て歩くとすぐの地下鉄蹴上駅から帰り道につきました。目的駅も訊かずに私たちの分のまで切符を買って渡してくれた戸古彦氏は、車内ではほとんど何も話さず、丸太町駅で地上に出てからは先導して御所の縁を烏丸通に沿って歩いていきました。

下立売御門の前まで来て立ち止まった木時蔭氏は、私たちに向き合うと、

「私はこの近くのホテルに泊まっていますので、本日はこれで」と別れを告げようとしました。すると誰よりも早く女宮さまが口を開いて、

「もう一度、京都でお会いできますか」と戸古彦氏の目を見ました。御門を背にした女宮さまへ戸古彦氏は嬉しさを隠さずに、

「ええ、そうしましょう。京都に来た私の目的は今日で一応達成できましたので、明日の夕方の新幹線で帰ろうと思っていたんですが、達成とはいっても、今日は少々興醒めもありましたからね。私ももう一度ゆっくりとお会いしたいです。ただ明日は約束をいくつか友人たちとしていまして—…明後日でご都合はいかかでしょう」

「ええ、都合は大丈夫ですので、そうしてもらえますか」

「一日空けておきます。どこか特に行ってみたい所がありますか」

「いえ、かなり色々見て回ってきたので、特に」

「では――ご案内したい場所がありますので、JR二条駅の改札を出たところで待ち合わせることにしましょう、明後日の午前九時に。JR二条駅の改札は一つで迷うことはないでしょうし、九時ならば通勤通学の混雑も収まっているでしょうから」

二十帖（糺の森）

昨日は天気が回復して良い日になったと思ったら夜には再び崩れ、一晩中やや強い雨が降り続いたまま朝になりました。止む気配のない外を見て朝食時に午前は休養と決めた私たちです。けれども気持は休養どころではなく、「東京から何か言って来るはず」と女官二人で身構えていました。ところが田貸課長からの電話はなく、上司も何も言って来ません。拍子抜けするほどでしたが、「女宮さまの加勢でオモテからの干渉は乗り切った」か、「それとも報復は後日まとめてあるでしょう」と意見は一致し、励まし合って気持ちを京都の休日に切り替えた私と定子さんでした。

そのまま御所内で過ごしても良かった日ですが、食堂でお昼を食べていると外が明るくなり、窓を開けて見た空には青空が広がり始めています。

「午後は出かけてみましょうか」と尋ねますと、

「歩いて行かれる場所へ散歩に出ましょう」と女宮さまからのお返事です。歩いて行って来られて未だ訪れていない場所、それは賀茂御祖（かもみおや）のお社です。十八日目にして初めて私たちは下鴨神社へ参拝に出かけました。


鴨川畔に出て見上げると太陽は高く、東岸へ目をやれば柳並木に緑鮮やかな新枝が垂れ下がり始めています。ゆっくり歩いても下鴨神社はすぐですから、私たちは河川敷の遊歩道をのんびりと足を進め、遊んでいる幼児たちに声をかけたり、犬を連れて日向ぼっこをしているお年寄りにあいさつをしたり、満開が近い雪柳の白い花を眺めたり、この春の天気について、互いの感想を散歩中の人と交わしたりしながら加茂大橋の袂まで来ました。

橋をくぐったすぐ先で流れに降りた私たちは、泳ぐメダカたちを目にしながら飛び石をピョンピョンと伝って川を渡り、高野川との合流点、通称「鴨川デルタ」に上がりました。車道を一本横切った先には外の鳥居が建ち、賀茂御祖と刻んだ大きな石碑もあって、何ともう入口です。

少しのあいだ舗装道路の続いた参道も、御蔭通（みかげどおり）を横切った先からは砂の地面の歩道に変わり、両側の塀と建物も消えて樹木豊かな糺(ただす)の森(もり)の下を一筋の参道が本殿まで導いてくれます。大都市京都の真ん中に大きく残った森の只中を清らかな空気を吸いつつゆったりと歩き。大樹を見つけては根元でしばし佇み。澄んだ流れの小川に近づいては清々しさに身をゆだね。そうして糺の森が恵みをもたらす心身清浄効果の締めは、楼門前の広場の南東角に湧き出している豊かな清水です。


　手と口を清めた自然水がちょうど良い温度に感じられた手水舎をあとに朱塗りの楼門に向かって歩き始めた時です、女宮さまが立ち止って左右の私たちを短く見ると、視線を楼門の奥に建つ社殿へ、その背後の豊かな杜へ移し、自分自身に話しかけるように、かつはっきりとした声で口にしました、

「糺の森の神様に、お祓いをして頂きましょう。正式なお祓いを」

　これは急な御提案です。正式なお祓いは宿舎でも来る道でも話題に上ることはなく、服装についてだけ出かける前に、「形は三人ともお揃いで、色はそれぞれ別で行きましょう」と打ち合わせただけだったのです。実際三人が身に着けていた服といえば、短い上着は空色、緑色、橙色とみんな違う派手な色合いで、セミロングで揃えたスカートも、グレー、ベージュ、エンジとまちまちの

うえ、柄もチェック、ストライプ、無地とちぐはぐです。こんな服装では地元の住人が気軽にお宮参りに来たとしか見えませんので、普段着姿に触れつつ、「本当に、正式の、お祓いをですか」と、「やや反対」の抑揚で私は確かめました。けれども女宮さまは、

「はい」と短く返事をしただけで、何も口にしません。お祓いへの意志は強く確かと見えます。それは糺の森と清水を通じて女宮さまが何かを感じ取られたからに違いないと受けとめた私は、

「では、先に行って宮司さんに説明してきます。が、何ぶん突然ですので特に結婚式などあれば、多少待たないといけないかも知れません」と答えて定子さんと共に一足早く朱塗りの楼門を入り、本殿横にある社務所へ急ぎました。

幸い結婚式とは鉢合わせにならなかったのですが、正式参拝を願い出ている人は多く、西側すぐの駐車場から来た家族連れなどで順番待ちの状態でした。その混雑もあって、社務所で私たちが名刺を差し出して事情を説明しても、「少しお待ち下さい」と短い反応を受付の神職は返しただけで、奥に座る上司の所へ行って場違いな私と定子さんの上着を指差して話をしているだけです。

少しも受付に戻って来ない神職に、

「ずいぶん時間がかかりますねー」と言いたくなった頃、ＳＰと共に追い付いてきた女宮さまが、

「どうですかー」と私たちの顔を見ました。

「只今相談中です。今日は申し込みが多くて混雑していまして」

「受付の係りの神職もあのように忙しそうです」と件の神職と上司に視線をのばしました。すると女宮さまは、

「私から話してみます」とサングラスを外し、帽子も取って受付の窓から身を少し乗り出すと、社務所の奥でこちらを向いて話している二人に軽く一礼しました。瞬間、神職たちの背筋が両方ともすっと伸びたのが分かりました。打てば響くとはこのことでしょう。あえなくすっ飛んで来た二人は、

「よくお出まし下さいました。お足元のお悪いところを」

「よくお運びになられました。すぐにご準備の方をお整え…整えさせていただきますので、控えの間の方にて少々お待ち…あそばし下さい」

「ご案内いたします控えの間へは、すぐに宮司と権宮司が揃ってごあいさつに参らー…させて…いただきますので」と言い慣れていないのが玉に傷の敬語で女宮さまを見ました。

「お忙しかったのではないでしょうか」と確かめた女宮さまへは、

「いえ、とんでもございません。お陰さまでこのように賑わっておりますが、女宮さまのお求めには一同、精一杯勤めさせていただきます」と熱意を声と顔に込めた神職たちでした。


正式参拝の女宮さまにお供をして私たち女官二名とSP二名も御垣内に入り、賀茂社の印象深くかつ親しみを感じる階段の付いた本殿を前にして祝詞の奏上をかしこまって聞き、柏手を打ちました。時間としては短いながらも充実したお祓を終えて控えの間に戻ったところで、宮司と権宮司が表情をゆるめて、

「この様なことで、よろしかったでしょうか」

「女宮さまにおかれましては、東京にて煩わしき事もある昨今と聞き及んでおりますが」とこちらの側を見ました。答える前に姿勢を正した女宮さまは、

「ええ、東京では色々ありましたが、本日、賀茂御祖の神様が良くお祓い下さったと思います」とハキハキと返事をして語尾も締めました。

話し振りにマスコミの話に触れたくない気持ちを示された宮司以下は、心得てすぐに話題を変えました。

「下鴨の社のこの一週間は、予想外の方の参拝が他にもありまして」

「どなたか皇族がみえましたか。それとも有名な方か外国人でも」

「いえ、皇族の方でも有名人でも、外国人でもございません。その真逆と申しますか、全くの一般の方なんですが」で言葉を一旦切った宮司は、向かい合う私たち三人へ三度ほど小さく頷いてから、

「福祉の分野へも女宮さまはご理解が深いと承知しておりますので、お話しさせていただきます。参拝された方は、京都の近辺からでも東京からでもなく、具体的な場所には触れないでおきますが、とても遠い所からずいぶん船に乗り、飛行機に乗り継いで関西までみえた小学校に上がる前の女の子を連れた両親なんです。それでその女の子といいますのが、いたわしいことに視力は全くで、耳も大きな音にだけ反応するといった状態でした」

「そうですか。でも聴力が少しあるなら、慣れれば一人で行動できますね、もちろん盲導犬といっしょにですが」とやや冷めた声で応じた女宮さまに、宮司は思いを込めて二度横に首を振ると、

「私も正直申しまして、耳と目のどちらかが不自由な方でしたら、社会の受け入れも進んできましたので『頑張って下さい』と言うのですが。女の子は目が閉ざされているだけでなく、音も非常に大きく耳元で鳴ると分かるだけのため、言葉は全く理解できず、かててくわえて足と腕も不足しておりました。右足は膝よりかなり上から欠け、右腕は肩からほんのわずかといった状態で。これほ

どあるべきものが奪われて生まれてくるとは、見る者の涙をそそるとでも申しましょうか――……ただ女の子は嗅覚だけは人一倍優れておりまして、匂いを嗅ぐだけで先にある食べ物の種類まで分かるようです」

「それでは――……嗅覚が優れているといっても、ご本人もご両親も、思いいかばかりでしょう」

「ええ、それで少しある聴力だけでももう少し良くできないかと、そういった目的で今回は、京都の大学の先生でその道で日本一と言われているお医者さまに見てもらうために遠くからやって来て、診察の前日に賀茂御祖の神様に祈願されたのです」


やっとうららかさを感じられるようになった春の日の話題としてはあまりふさわしくないのでは。そう思った私ですが、女宮さまは少女に思いをはせています。そんな女宮さまの様子を宮司はしばらく見守ってから、

「何と言いますか、人間というのは生まれ持ってきた力で生きてゆかなければならない。その現実を改めて知りました。生まれ持った力と境遇を生かせるだけ生かす、これしかないんですねー、人が生きてゆくには」と締め括りました。

ほぼ全盲で片腕と片足さえ欠き、如何ともしがたい姿でこの世に生まれてき

た少女。その話は身体面ではつつがなくこれまで過ごしてきた女宮さまの心に強く響いたようです。日脚が伸びた実感確かな明るい夕空を眺めながら御所へ帰る道で、女宮さまは少女への労りの気持ちを繰り返したあと、

「『人間は、生まれ持ってきた力で生きてゆかなければならない。生まれ持った力と境遇を生かせるだけ生かす、これしかない、人が生きてゆぐには』とおっしゃった宮司さんの言葉は、賀茂御祖の神様の声に聞こえました」と心の内を話してくれました。

二十一帖（銀閣）

翌日の朝、九時ちょうどに地下鉄の二条駅から上がってきますと、JRの改札口には既に木時蔭氏の姿が見えました。ホテルを引き払ったあと一度京都駅まで出て、JR山陰線に乗ってきたらしく、

「京都駅のコインロッカーに荷物を預けようと思ったんですが、どこも一杯で手こずりまして。構内をあちこち歩き回りましたよ」とひと仕事した血色の良い顔の戸古彦氏は、私たちを見て、

「二キロまではありませんが、一キロはこれから歩きます。良いですか」と確かめ、頷いた私たちを先導して千本通を北へ歩き始めました。

ＪＲ二条駅の周辺は、地下鉄東西線の開通に先駆けて整備が進み、大規模なビルがいくつも建ち並ぶ近代都市に生まれ変わりましたが、その一画を北へ抜けると、平安京の中央をかつて貫いていた千本通（せんぼんどおり）の沿道も下町風景に変わりました。木造家屋の軒先で営む商店、民家、小規模なビル、その前を配達の車やバスや自家用車がひっきりなしに走る実用的な大通は、観光地京都とは別の顔を見せてくれます。とはいっても品のない店も時にあり、騒々しくもあり、車の排気ガスにも悩まされ。少々閉口し始めた頃に、やっと千本丸太町の大きな交差点にたどり着きました。目的地を告げずに歩いてきた木時蔭氏がここで、

「横断歩道を渡ったすぐ先です、大極殿（だいごくでん）の跡は」と歩道の隅に設置された平安宮の解説板を指しました。定子さんは、実家から一キロほど離れているだけで大学卒業まで暮らしてきた地元ですから、

「何度か来たことがあります」と答えた一方で、女宮さまと私は初めての平安京の大極殿がどのように整備されているか期待しながら足を進めました。


ところが交差点から少し上って案内板に従って西へ入りますと、そこには軒を連ねた古い木造民家に囲まれた空き地が「く」の字型にあるだけです。空き地には遊具類が見えて月並みな児童公園と何ら変わらず、平安京の中心を思い

起させる石の構造物も、大樹が年月を経て茂った森も見えません。記念碑として高さ五メートルほどの石碑が立つだけの空き地を目にして、思わず私が、

「これが名にし負う平安宮の跡ですか」と口にすると、

「そう、がっかりしたでしょ。それを分かって、実はお連れしたのですよ」と木時蔭氏は笑い、女宮さまの表情をさぐりました。

サングラス越しにも意外の思いが見て取れる女宮さまも、

「もう少し何ていうか、良く整備されていると思ったんですが。平安京の中心だった場所なんですから」

「そうです。桓武天皇が造営を命じて七九四年に遷都し、都となった平安京。その中枢部といえる内裏の中でも、この場所には国の典礼を行い行政を取り仕切る役人たちが働いていた大極殿という建物が建っていたんですからね。そこの案内板にもあるように大極殿は平安宮で最大の建造物で、屋根は緑色の釉薬をかけた瓦葺、シビという大きな鳥の造形が東と西の角に一対乗り、庇も広く四面に張り出していて、朱欄を巡らせた姿は壮観だったようです」

説明には頷いたものの顔の晴れない定子さんと女宮さまは交互に、

「けれどそれも千年と続いたというわけではなかったんですよね」

「次の鎌倉時代まで、えーと、四百年くらいですかね」

「もっと短かったようですよ、ここが平安京の中心だった期間は。右京はすぐに廃れ始めたと、確か小学校で習いました」

「右京というのは」との質問へは木時蔭氏が答えて、

「この場所に帝が南を向いて座り、右にある半分が右京です。ですから京都盆地のだいたい西半分と考えてもらったら良いです」

「なぜでしょうか、西半分の右京が廃れてしまったのは」

「平安京は企画構想の段階から地理風水が用いられました。ここから一キロほど北の船岡山をある種の枕と考え、頭である最重要の内裏をこの場所に配置したのです。けれども様々な地理的条件を良く調べたのか、といった面では疑問もあります」

「現代の風水師を香港かどこかから招いて、何年か前に調査した時も、『この場所が都の中心にふさわしい』と診断が出たように聞いていますが、見落としもあったんでしょうか」

「京都盆地というのは、北から南へ傾斜した地形です。遷都時に洛中と定めた北端から南端まで、標高で三十メートルの差があります」

「京都駅からすぐの東寺にある五重塔の先端が、下鴨神社の標高と同じくらいだって聞いたことがあります」

「えー、そんなに北と南で違うんですね。真っ平らでなくて起伏が所々にあることは、今回の滞在で歩いて知りましたが」

「起伏が所々にあるし傾斜もそれほどあるんですよ。傾きは東から西へもあって、南の辺は西の方が十メートルも低いんです。ですから平安京の北東と南西では三〇プラス一〇で四〇メートルの標高差があります。洛中に降った雨は凸凹を避けながら南西の桂川に向けて流れて行きますが、桂川の手前まで来ると土地が低く、土壌も水はけが悪いので湿地帯になってしまう欠点がありました。排水技術の未発達だった平安時代ですから、ぬかるんだ南西部に人は住みたがらず、特に階級が高くて経済力のある人たちは東へ東へと移動しました。平安後期には鴨川も渡り、東山の麓に人気が集まっていたようです」

「人の動きというのは、地形とか自然に素直ですね」

「そこをお見せしたかったんです、ここ平安宮も例外ではなかったと。内裏が東へ移った跡地には豊臣秀吉が聚楽第という大きな施設を建てて政治の中心としましたが、竣工からわずか八年後には残らず取り壊したと伝わっています。堀川を境にこの西側は、地質が異なるために井戸を掘っても水が得られなかった点も大きくて」

頷きに納得を込めた私たち三人へ木時蔭氏は、

「ここはこれくらいにして平安神宮へ行ってみましょう。現代に平安宮を再現している」と提案し、今回だけは例外として、直線で移動できるタクシーを使って東へ向いました。

平安宮内裏の正面を飾っていた応天門。その豪華な門を、実寸の三分の二で現代に再現したといわれる朱塗りの門の前で車を降りると、左手には平安神宮の広い境内と立派な社殿が見え、右を向いても整然かつ余裕十分に区画されていて、平安京中心部を彷彿とさせる眺めです。

「平安の都も、これに似た佇まいで訪れる人たちを感嘆させたのでしょうね」との戸古彦氏に頷いた私たちですが、同時に今しがたあとにしてきた大極殿の跡が栄光の歴史も影がないまでに月並みな空地と化した現実も思い出されて、「千年の時が経ったとはいえ、ああもすっかり変わってしまうとは…」と寂寥感もこみ上げてきました。

一般の人たちと並んで二礼二拍手一礼にて平安神宮に祀られている桓武帝と孝明帝への敬意を表し、拝殿前を左に逸れた私たちは庭園の入口に来ました。折しも「緋寒桜の見頃です」と手書きの案内が出ていて、引かれて入った神宮の庭園は、府立植物園を訪れたのが七日前とは思えないほど緋寒桜と河津桜の開花が進んでいました。春分の近づいた自然は正に一日ごとに様変わりしています。大ぶりの花を付ける木蓮（もくれん）は蕾（つぼみ）が割れ始めて、中からのぞく明るい白色が茶色のまだ勝る庭園に浮き立つように映えていました。

ここから私たち四人は歩いて銀閣寺に向かいました。東へ伸びる幅の広い直線道路が終わって住宅地の中を一〇分ほど行くと、今も昔も結界（けっかい）と見られている白川（しらかわ）が流れています。幅の狭い割に水量と傾斜のある白川を遡って北へ進むうちに辺りは山の麓らしくなり、東へ曲がりながらの坂道をかなり登った頃に琵琶湖疎水に出ました。けれども疏水に沿う小径、通称「哲学の道」には人出が多く。もう一段登った霊鑑寺（れいかんじ）の前まで来て北に折れ、等高線に沿う道を山懐に抱かれた法然院（ほうねんいん）を垣間見つつ銀閣寺へやってきました。

通称「銀閣寺」の慈照寺（じしょうじ）には、門の前まで住職と副住職が揃って出ておられました。簡単なあいさつに続いて総門をくぐり境内へ導かれた私たちは、参道が直角に一度折れて真っすぐに続く辺りで目の覚める思いをしました。地面、脇の石垣、上の竹垣のどれを取っても人の手が良く入り、参道は繊細な芸術品です。咲き揃ったやぶ椿の赤が一層の冴えを加えていました。

中門を抜けたところで予想外の申し出がお寺のお二方から、

「仕出しを注文してご用意してあります。東京の人には慣れんもんや思いますが、仕出しは京では、お客さんのために頼むもんですよって、お昼にどうぞ」

とあり、お言葉に甘えて庫裏の奥の新書院に用意されたお昼を頂戴しました。

食べ終わる頃に再び現れたお二方は慈照寺の境内を順に案内して下さいました。新書院、その向かいに方丈、左手には弄清亭、更に東求堂が建ち足利義政公の像を安置しています。一般に公開されていない芸術文化の品々も鑑賞させていただくことができました。中でも一目見て気に入られた女宮さまが前を離れられなくなったのは方丈に安置された慈照寺の御本尊、釈迦如来像でした。

「微笑んで眺めている女宮さまのお顔は、鏡に映した釈迦如来の様ですよ」と定子さんは口にしましたが、それは決して大げさでもご機嫌取りなどでもなく、率直に私にも同じ思いが湧いていました。

女官の私たちが共に感激したのは弄清亭の襖絵でした。緑鮮やかな山奥に流れる清流が、描かれた三間の襖を越えた先の先まで流れて行く勢いで目の前にあります。日本画の極み、正に頂点を感じる出来栄えと構図です。

見とれている私たちを見守っていた木時蔭氏は、

「この弄清亭が本来は香の席なのですが、今日は銀閣で香道を体験していただこうと友人を呼んであります。しばらくしたらそちらへ移りましょう」

　庫裏の玄関で一旦靴を履いて唐門を東へ抜けますと、銀沙灘（ぎんしゃだん）の庭が正面に広がります。方丈にてご住職が、

「白川の流れが山から運んできた白沙（はくさ）と称えられる花崗岩の破片、光り輝くその砂のみで銀沙灘は造っております」と説明して下さり、垣間見ることも方丈からできたのですが、正面にして眺めるとやはり、

「これぞ銀閣の銀ぞ」と訴えてくる迫力です。入念に設えられた砂の造形は、太陽の位置と光の量によって趣が大きく変わるようで、

「今日は今日の映え方をしている」との形容が浮かんできました。

　銀沙灘から右へ首を回すと銀閣、観音殿と正式には呼ばれる楼閣が目に入ります。明治三十三年に早くも国宝に指定された銀閣はあえて飾り立てることなく、銀沙灘が反射する光をも吸い取ってしまいそうな地味な二層の建物です。一般拝観者は昇殿どころかそばに寄ることさえ許されない文化財ですから、来る度に遠巻きに眺めてきた私たち女官はもちろん、女宮さまも殿内に入るのは初めてとのことです。その銀閣には玄関という造りがなく、池を配した庭に向く縁側が正面とされていて、縁側の下に履物を脱いで上がることになりました。

ところが縁側の真下まで銀沙灘は小さな波型に整えられていたため、踏んでしまった私たちは少々気の引ける思いがしました。

昇殿して気を取り直し、縁側から板の間へ次の畳の間へと進みました。しかし銀閣への率直な感想はやはり、

「簡素過ぎますね」でした。奥へ更に進んだ板の間からは階段が上に伸びていて、登って出たのは第二層の外側に巡らせた縁側でした。庭を見下ろしながら縁側を歩き、一つ曲がった先で南東の空に白い三日月を探した私でしたが見つからず、角をもう一つ曲がって殿内に入りました。


第二層は一階とはかなり雰囲気が違っていました。正しくは様式が異なると表現すべきでしょう、広い板の間が一つあるだけの間取りで、中には男の二方が待っておられました。帽子を脱いでサングラスを外した女宮さまに応えて、正座の二方は体ごと向きを変えて合手礼を短かくすると、顔を上げて、

「良くお運びくださいました。お目にかかれて光栄です」

「ふつつかながら、本日は勤めさせていただきます」と丁寧にあいさつをしましたが、すぐに表情をゆるめて右手を差し出しながら、

「どうぞお座り下さい。板の間にそのままでは何ですので、座布団をご用意

してあります」

「戸古彦さまとは京都に来られるたびにお会いする間柄で、普段は俺おまえ、わしあんたと呼び合うております。どうぞお見知りおき下さい」と微笑みました。女宮さまはゆっくりと頭を下げて編み込みの髪を少し直すと、

「香道を体験する機会は東京でも京都に来てもありませんでした。初めてですので、どうぞお手柔らかに」とにこやかに応じて丁寧にセミロングのスカートを折り、上座に座りました。継いで女官の私たちが末席の座布団に座ると、

「ひととき香を楽しんでいただくにはあまり堅苦しゅうならん方がよろしい思いますんで、適度に崩して下さい」と仕草も添えて二方の片方が促し、

「この銀閣の正式な名称が観音殿であるように、こちらには観世音菩薩が座っておられます。今日は観音様の前での香道ですが、特に気にせんで見守られながらいきましょう」と告げた一方は、姿勢を正して香道の歩んだ歴史を解説し始めました。


「この銀閣寺の元となった山荘をお建てやした方は、室町八代将軍の足利義政さんいう方で、義満さんの孫です。その義政さんの頃には香道は、それに茶道も、だいたいできておりました。今では侘び茶いうと千利休が作ったみたいに

思われてますが、利休さんの前に茶道は、それに庭を作る作庭も、花を活ける立花も、ほとんどでき上がってました。香道は室町後期の東山文化の代表で、わびさびの世界て言われてます」

　香の道は東山文化の前にも後にもあったそうで、飛鳥時代の仏教導入時から始まり、貴族が香りで住まいを満たした平安期。その後の興隆を経て、明治期になると伝統文化の全てが一度衰えてしまい。多少復興した現代は視覚偏重の社会なので、嗅覚は触覚と共に五感としてもっとバランス良く使うべきとまでを一通り話して下さいました。その年代記が終わると木時蔭氏が出て、

「そこで本日は、伝統の香と新しい香を合わせたハイブリッド聞香（もんこう）をお客様方には試してもらおうと思います。始めて下さい」と二方へ軽く頷き、立ち上がって観音殿二階の南側と北側の窓を開け放ちました。


　お茶席で用いる棗（なつめ）に似た、ほぼ同じ径で作りはやや浅い磁器をいくつか引き出した二方は、前に掲げて手ぶりも交えつつ、

「これは聞香のための炉でして、中に灰を山形に作ってあります。灰の奥に小さな炭を仕組み入れて、灰の上には雲母の小さな板を置き、熱がやらこう香の材に当たる工夫をしてます。そこへかけらみたいん香木をのせると、ゆっくり

燃えて薫り出します」

「はじめのうちは、数ある炉に種類をいくつかのせて、香木から立ち昇る薫りをゆっくりと味わってもらいます。あとの方では同じ香りかどうか当てる異同の聞き分けいうんを試してみたい思います」

山茶（ショウガ科植物の根）、木香（キク科植物の根）、伽羅（ベトナム等に産する樹木）、沈香（同じく）、白檀（インド等産の樹木）が順に聞香炉にのせられると、観音殿には得も言われぬ芳しい匂いが立ち込めました。

　本来の香道では有識故事に結び付けて鑑賞するそうですが、初心者の私たちに配慮して下さった二方は文化面にまでは踏み入らず、一通り終えると文化の代わりに率直な印象を話してみて下さいと求められました。

「過去のなつかしい場面を思い出させてくれます」と女宮さまは素朴な感想を口にしました。定子さんはアロマセラフィーを引き合いに出して、

「香は緊張を緩め、ストレスを忘れさせてくれますね」と答えました。私は香のそれぞれを言葉で形容しようかと考えましたが、それでは現代の言語偏重の典型と指摘されそうでしたので、

「香りは、言葉や映像よりも直接私に働きかけてきます、視覚や聴覚と比べて原始的な印象です」と述べました。木時蔭氏も、

「香は確かにバリア無しに入ってきます。心を和ませやる気も湧いてきます」

続いて異同の聞き分けに移った二方は、伝統的な香ではなく柑橘系果実の皮を乾燥させた断片を炉にのせました。素材名は明かさずに七種類の聞香炉が順に配られたのですが、女宮さまも私たちも、金柑（きんかん）、柚子（ゆず）、温州蜜柑（うんしゅうみかん）、レモン、ライム、バレンシアオレンジと、全てを言い当てることができました。最後は茶葉の各種で、ほうじ茶を彷彿とさせる焙煎の香りは、

「今日試した香の中で、最も緊張を解いてくれる香りですね」と私たち三人の意見は一致しました。

二方が仕舞いに入る中で木時蔭氏は、

「ここ東山に銀閣を建ててわびさび文化の最大のパトロンとなった足利義政公は、素晴らしい美意識を持っていた方で、芸術家として大いに賞賛されます。けれども将軍としては少々疑問を感じます。日本全土が戦に明け暮れて庶民が長く苦しむ戦国時代、それを避ける手はあったはずです。皇室も私の持論では、今の日本社会がこれ以上悪くならないように、役所の絡む公務とは別枠の行動があって良いと思っています、主体的で長期的な視野を持った活動です。そのためには資金を公費頼りではなく、英国王室をお手本にして私有財産を持つべ

きだと思っています。それともう一点は近ごろ目立つ皇室皇族への批判ですが、欲求不満や妬みが元にある中傷と誹謗がほとんどです。国民の多くは、悪口を盛んに言う人たち、また責任をなすり付けて心のバランスを取っている人たち、その様な者の言葉には同調していません。真に受ける必要はないです」と述べて女宮さまを短く見ると観音様に視線を移して、

「もちろん開かれたこの時代ですから、批判に対しては事実がどうだったかを国民へ説明し、限度を超えた誹謗へははっきりと否定する応答があって良いと思います」と戸古彦氏は付け加えました。女宮さまは口を開きませんでしたが、頷きだけは何度も返しました。

温かい眼差しで二人を見守っていた香道家の方々は、道具を仕舞い終わると新たに紙袋をいくつか取り出して、女宮さまの前へ一つ、木時蔭氏の前へ一つ袋を押し出しながら、

「心ばかりのお土産です。東京へ帰ったら試してみて下さい」

「今日聞香したんと同じ素材を包んで一つづつ入れてます」と言い添えました。

続いて私と定子さんへも紙袋が押し出されたので、

「香炉もなければ作法も心得ませんので」と私が遠慮を口にすると、

「香炉はのうてもくしい熱源の上にのせてもろたら、それでいけますから。家にお友達でも呼んで、京都へ行ったらこんなもん貰うたて見せてくれはったら、小さいけど良い宣伝になります」

「それと話してしまいますと、木時蔭さまと上席の方には三十三のお香をお包みしてあります。三十三はお釈迦さまや観音さまとも縁の深い、天の徳と世間の信用を集める数ですので、ふさわしいと思いまして。対しまして付き添われているお二人には、三十三の半分の十七品だけ入れてます。十七は神仏の祭事と神明に仕えることに通じる数で、これまたふさわしいかと思いまして」

私たちが誰かは分かった上で励ましも込められた言葉に、

「お心遣い、痛み入ります」

「ありがたく頂戴します」と私と定子さんは共に頭を下げ、お土産袋を取って席の後ろに置いてあった鞄に入れました。

ゆっくり過ごした銀閣をあとに、お世話になった皆さまへのあいさつを済ませて総門を出ると、太陽はまだ西の空にあり、南へ首を回すと細い月も東寄りに白く見えます。春の長い午後を感じつつ、

「辺りをしばらく歩いて、バスにでも乗って帰りますから」と伝えた私たちへ、

「私は京都駅から新幹線ですのでタクシーで」と木時蔭氏は空車に手を上げ、開いたドアの手前で一度足を止めると、見送りに並んだこちら側へしっかりと向き直りました。それから改まった声で、

「あの泉涌寺での出会いは偶然ではありません。皇族の方なら京都に来れば必ず泉涌寺へお参りされると私は考え、京都に着いた初日から通って、三日目にやっと女宮さまに出会うことができたのです。役所に勤める知人を通じて女宮さまは京都と周辺に長期間、女官の水野彰子さんと堀河定子さんを伴って出かけたと消息をつかんだ私は、お会いして女宮さまがどんなお顔色でお過ごしかを知りたくて京都へ来たのです。けれども出合ってすぐに名乗っては女宮さまの傷を広げるのではないかと躊躇し、雑踏の中で名刺を渡すだけの手際の悪さと中途半端さ。そうこうしているうちに今日の夕方になってしまったのです」

と、初めて「女宮さま」の言葉を使って経緯と背景を説明しました。

不意の告白に声の出ない私たち三人を前に戸古彦氏は女宮さまに向き合うと、深々と一礼してゆっくりと頭を上げ、落ち付いた眼差しで、

「あとのことは、どうぞよろしくお願いします」と女官の私たちへも言葉をかけて下さり、京都駅へ、東京へと帰って行かれました。

二十二帖（芸術家）

銀閣寺からの帰り道は風もなく、温かで春らしい空気に包まれた夕方でしたので、今出川通を西へ歩いているうちに鴨川まで来てしまいました。大橋を渡りながら左手向こうに視線を送っていた女宮さまが、
「明日は、イタリア人二人が留学している芸術大学に行ってみませんか」と口にしたのにつられて見た鴨川畔は、そう、彼らと出会った場所です。先斗町のレストランでカメラを構えた中年男たちを追い払ってくれたお礼がてら、私たちは会いに行くことにしました。

石薬師御門（いしやくしごもん）へ続く御所近くの道では着物姿の女性たちとすれちがい、和服をもう一度着ることを思い付いた女宮さまのお望みを受けて、善は急げと私は事務長に電話をして、その日の夕方には件の店から届けさせました、御指定の紬です。前回はみやこをどりと南座にそぐわないとの理由で断念しましたが、紬は普段着の性格が強くて街歩きや芸術家に会いに行くにはぴったりです。手持ちの小紋では仰々しいと思った私も一着借りることにし、定子さんは実家に置いてある紬を取って戻ってきました。

翌朝の三人は紬と帯を京風の同系色でまとっていました。薄桃色と薄蜜柑（みかん）色

と薄菫色の糸を大きな縦縞に織った「紅花つむぎ」に紅型の染め帯を合わせたのが女宮さま。微妙にトーンの違う三色の小豆色を太い縞柄に織った「結城つむぎ」に一段明るい染め帯を合わせたのが定子さん。黄土色に他の色も微妙に混じる格子模様の「大島つむぎ」に橙色の染め帯を合わせたのが私でした。

　御苑内の砂利道は車で送ってもらい川原町通に降り立った私たちは、「普段着ながら、かなりあでやか」と互いを見て笑い合いました。それでも道ゆく人に着物姿の多い洛中のことですから和服は街に良く溶け込み、おめかししてもこれ見よがしになりません。そぞろ歩けば、

「紬はやっぱり、しっくりしますねー」と自然に言葉が出ますし。今出川通を大橋まで出ますと、鴨川に吹いている風は北や西ではなく、東からの温かな風です。降り注ぐ日差しの力強さと合わせて、

「冬も、もうすっかり終わりですねー」と肌で感じた私たちは大橋の東袂まで来て交差点を渡り、正面に見える出町柳駅、これは地下の京阪駅とは違い地上駅ですが、ここから今回の京都滞在で初めての叡山電鉄に乗り込みました。

　短い電車で少しだけ行って降りた茶山駅からは、白川通までまだ七〇〇メートルもあり、慣れない足袋と草履ではかどらない足では少々の難行です。それでも何とかみやこ芸術大学にたどり着きましたが、見えたのは一面の階段です。

建物へは古代ローマ帝国が舞台の映画で目にしたような壮観な作りの階段を登らなければならず、急なうえに高低差もあって和服ではまた一苦労でしたが、登り着くと京の街は見渡せるほどになりました。

和装を選んだことに少々後悔する場面が続いたものの、眺めを楽しみながらひと休みして大学本部に入ると、一転して着物が効き目を現わしてきました。学生たちの視線が集まる受付では、

「舞台か何か芸術関係のお仕事の方ですか」とまず褒めていただき、選択眼に自信を付けて用件を告げると、

「良く知る者の居る学生課へお連れしますので、お足元に注意して二階までどうぞ」と案内係は付き添ってくれました。学生課からは今度は男性係員二人が造形工房の集まる建物へ先導してくれたのでした。

そうして数多くある扉の中から迷わず係員が開けた工房の隅には、あの二人に違いないうしろ姿があります。西洋彫刻と仏像を一体ずつ並べてひたむきに手を動かしている近くまで寄って係員一人が一言かけますと、反応してペンが止まり、次の一言で振り向いた二人は、その動きのまま私たちの立つドアまで素っ飛んで来て、イタリア語と思われる早口で何かしゃべりました。

その意味は分からずとも歓迎の思いの表れている二人へ女宮さまが、

「この前はレストランに、パンをたくさん忘れてきたんですけど、どうなりましたか」とにこやかに英語で訊きますと、前回は野蛮な言葉と決めつけた彼らなのに今日は英語で機嫌良く、

「ああ、あのたくさんのパンね。そうそう、次の日までそのままにしておいたんだよ。けど次の日の夕方になったら、パンたちが『食べて欲しい』って言い出したんだ、わかる」

「マスターもその前に『腐るのイヤだー』ってパンたちが話してる声を聞いたみたいで、食べるしかないってみんなで決めたんだ」と真面目な顔で答えましたが、言い終わってウインクし合った次の瞬間に笑いが弾けて、私たちも大きく笑っていました。

　ここで留学生は、駆け付けてきた時から注目していた私たちの和服を、

「これ、キモノ、きれいな色」

「一番きれいなキモノ、見た、今」と日本語で褒めてくれました。女三人で選んだ色彩は芸術家たちの感性にも間違いなく訴えかけたようで、

「モデルになって」と口にして工房の向こうへ走って行くと、戻って来た時には脇にデッサン用紙、両手には持ち切れないほどの鉛筆類を握っていました。

小ざっぱりした身なりに澄んだ瞳の彼らが、

「こっち、ここ、立って、下さい」と私たちを誘導する頃には男性係員二人も微笑みながら学生課に戻って行き、私たちだけが工房の壁寄りに下ろした白いスクリーンの前に立ちました。


芸術家二人が黙って真剣な眼差しを私たちと用紙のあいだで往復させているあいだ、定子さんと私はレストランでしてくれた対応へのお礼と、状況のあらましを伝えました。そのあと彼らが繰り返す小気味良い筆使いに見とれていた時間はわずかでしたが、留学生たちはデッサンを描き上げてしまいました。


見せてもらうと、彫刻が専門のはずの二人ですが見事な絵が描かれています。芸術に取り組む真剣さに加えてデッサンの出来栄えに少々心を打たれた私たちが目をしっかり開けて見ると、なぜか二人とも二人ずつ描いています。一方は女宮さまと定子さん、もう片方は女宮さまと私です。両方ともが女宮さまを描いた理由を定子さんが質しましたが彼らは笑いを返しただけで、答えの代わりに先斗町のレストランでの出来事について熱っぽく語り出しました。

「男たち二人を見てすぐに僕は、パパラッチを想像したよ」

「イタリア語なんだ、不名誉だけどパパラッチって言葉は」

「人気のある人たちを追いかけ回して芸術性のカケラも無い写真を撮る。あのやり方は、物を作らずに買って売ってを繰り返して稼ごうとするがめつい商売人と同じだね」

「だから追い出してやろうって思ってタイミングを待ってたんだ」

「カメラを構えた時にスキができるから、あいだに入って、僕らのガールフレンドだ、写真は撮るな、手を出したら許さないぞって叫んでやったんだ」と盛り上がった最後は、女宮さまへ二人とも両腕を大きく広げました。

その情熱に水を差すようでしたが、私は気になっていた点を、

「代金は出る時におよその額を渡しましたが、足りましたか」

「充分足りたよ」、定子さんも、

「傘と小物を置き忘れたので、そのうちに取りに寄ります」

「いつでも、どうぞ。マスターが待ってます」と笑顔で彼らは応じ、そこから先は横で聞いていても心和んでくる、女宮さまとイタリア人学生たちとの爽やかなやり取りでした。

「この前はレストランで話すの忘れてたけど私、英国王室の方たちとこの京都で出会って、何カ所かご一緒したのよ」

「えー、英国王室の人たちと出会って一緒するなんて、まさか」

「ジーパンはいている女の子が英国王室の人たちと歩いたなんて」

「ジーンズはよくはくけどその時はスカートだったの。それで出会ったのは、サリー公爵と新しい奥さん、娘のマーガレットと息子のエドワードよ。京都市内だけじゃなくて奈良もご一緒したの」

「サリー公爵マーガレットは僕も知ってる。有名な映画『ローマの休日』の主人公にはモデルがあって、もう亡くなった英国のマーガレット王女だって言われてる。その王女と同じ名前だからね」

「じゃあ本当に出会ったんだね。それで奈良も一緒に行ったんだね」

「そうよ。ご一家はもう関西空港から日本を離れたけど、最後の日には奈良を歩きに行ったのよ。私にそんな幸運が舞い込んだ理由は、京都に着いたその日に鴨川で出会ったあなたたちが私に魔法をかけたからよ。『王女さま気分になれるよ』って言ったでしょ」

「あー、あれは、ローマに来て僕らがスクーターのうしろに乗せて名所を見せて回ったら、『ローマの休日』に出てくる、とある国の王女さまみたいな気分になれるよ、って意味でね」

「鴨川で出会って初めて言葉を交わした午後は、東京で疲れきった私が京都へ休日を過ごしにやって来た最初の日で、京都に住んでいるあなたたちに、私は魔法をかけられたのよ」

「確かに魔法の言葉かもね、『王女さま気分になれるよ』って」

「ローマには私、必ずいつか行くから、その時は友だちとしてスクーターのうしろに乗せてくれる」

「うん、乗せてあげる。約束するよ、未来の王女さま」

「僕も約束するよ、未来の王女さま」

二人からイタリアの住所を教えてもらい、「幾久しく」と日本語に直訳しても意味をなす英語を最後に、私たちは芸術大学の工房をあとにしました。


大学らしい雰囲気と和服に集る注目を互いに微笑み合ってキャンパスを抜け、白川通に下りるときれいなカフェを見つけてお昼を食べた私たちは、気の向くまま通を歩いて雑貨店に二つ三つと立ち寄りました。美術品を扱うお店にもお邪魔して絵画の相場などを聞かせてもらい、そうして帰り道について茶山の駅に向けて白川通からゆるい坂を下り始めてすぐです、携帯が鳴りました。

私の鞄の中で公務用のスマートフォンが鳴っていると分かって取り出してみますと、発信元に表示はなく初めての相手です。ただし知らない電話番号ながら〇七五で始まっています。京都市内から仕事上の用事でかけてきた相手かもしれないと思った私は、出ることに決めて立ち止まり、女宮さまと定子さんを先に行かせて通話ボタンを押しました。

　電話の相手は最初から威勢の良い声で、

「わたくし、洛中洛外ラジオの出水（いずみ）と申します。初めてお電話させていただきます。皇族お付きの水野、彰子さまでしょうか」

「はい」とだけ答えた私は、即座に定型の質問を返しました、

「出水さんは、どちらでこの電話番号をお知りになりましたか」

「はい、番号は、木時蔭さまに」

「木時蔭さまとは戸古彦さま、旧皇族の家柄の方ということですか」

「はい、そちらの木時蔭戸古彦さまから教えていただきました」

「それで出水さんは、ラジオ局とおっしゃいましたか」

　答えて相手は自社に関する長い説明を始めました。必要な部分が聞けた段階で私は割って入り、用件を尋ねました。すると答えは驚いたことに、

「用件は、単刀直入に申しまして、ラジオ番組への御出演依頼です、女宮さま御自身の」

女宮さまに皇位継承資格はないものの立派な皇族の一員。ラジオ番組に出ておしゃべりをしているお立場にはなく、マスコミによるバッシングの新しい種にもなりかねない。そう瞬時に頭に浮かんだ私は断ろうと考えました。けれど木時蔭氏から電話番号を聞いた点は気になり、事情を尋ねました。それへの答も長かったので要点だけを記しますと。女宮さま御出演の企画は木時蔭戸古彦氏が、ラジオ局の役員である知人とのあいだで以前から練ってきて、正式には昨日午後遅くに木時蔭氏が局に出向いて依頼したそうです。

声を高めた出水氏は、

「それで御出演の枠を説明させていただきます。番組の長さは、ＣＭも入れて三〇分の生放送という設定に今回はさせていただきました」と始めたところで目を上げてみると、二人からずっと遅れてしまったことに私は気付きました。和服に足袋と草履の慣れない出で立ちのせいでしょう、振り向きもせずに女宮さまと定子さんは歩いて行ったらしく、疏水が横切る向こうに上半身が小さく見えるだけです。一方の私には考えもしなかった依頼が携帯に。こういった場面では間合いを取るべきとの定石を思い出して、

「落ち着かない場所にいますので、一〇分ほどしてもう一度かけてみて下さいますか」と私は伝えて通話を切りました。

足元に注意しつつ早足で歩いて追い付くと、

「電話は地元のラジオ局から、女宮さまへの出演依頼でした。木時蔭戸古彦氏が出演の企画をされたそうです」と要点をまず話して、立ち止まった女宮さまに向き合い、

「返事は保留してあります」と付け加えました。上目づかいになった女宮さまは口を開くことなく、宙を見ました。ここで再び私の携帯が鳴り、番号が先ほどのラジオ局ですと伝えますと、同時に通話できる子電話機能を使ってご自分も聞きたいと希望され、女宮さまの携帯電話と定子女官のそれにも音声が流れる設定にして、私は通話ボタンを押しました。

「たびたびです。洛中洛外ラジオの出水ですが、よろしいですか」

「ええ、お話をもう少し詳しくお聞きして、出演できるかどうかはこちら側で判断させていただくということで。それで…今回の企画は木時蔭さまによるとお聞きしましたが、出演はどなたがされて、また番組の内容はどういったものなのでしょうか」

「内容つまりテーマは、これ誠に口に出しにくいんですが、仕事ですから申し上げます。マスコミバッシング、が今回のテーマです。マスコミと言えば私た

ち洛中洛外ラジオもその範疇なのでしょうが、バッシングが問題視されているのはご承知のように地域密着型のラジオ局ではなくて、日本全国の視聴者と購読者を対象に、言わせてもらえば右へ左へ流されやすい大衆に向けて興味本位の映像や情報を流して誹謗や中傷の片棒を担いでいるメディアです」

「私どもの置かれている立場に寄り添った内容なのですね」

「もちろんです、木時蔭さまとの共同企画でもありますので。で、お尋ねの共演者ですが、一人は進行を調整する役割で当局のアナウンサーが一名。この者は大阪出身の口の良く回る男ですが、うちに来る前に職場でも親戚絡みでもさんざん対人関係で苦労して人間ができていますから、身の程知らずに軽々しく女宮さまへ突っ込んだりしない点は保証します。それで共演者のもう一人は、京都の有名大学の若い先生でして、マスコミ害を調査研究している加藤悟助教です。マスコミから迷惑を受けた市民たちの声を現場に出向いて聞き取る地道な活動を続けている先生で、以前にも二度うちの局で作ったマスコミ害の番組に出演されています。加藤先生の人となりは常識人で勘の冴えた方ですから、女宮さまのお顔をつぶしてしまう質問や展開は全くご心配されなくてよいです。加藤先生からは既に出演の承諾が取れています」

「そう致しますと、あとは――特別な臨時の番組への出演、ということになるんでしょうか」

「はい番組は具体的には、月二回のペースで出しています『トックンの往く人来る人』への御出演ということになります。この不定期番組は、往く人の方は文字通り既に逝ってしまった人を惜しんで様々な分野で多少なりとも業績を残した方々の生前を、親しかった人と専門家を呼んで少々チクリとする話も織り交ぜて称える内容です。来る人の方は関西在住ないし京都ゆかりの注目を浴びつつある人。若い方が多いですが、時には還暦の新人も迎えまして、その分野に明るい方もお呼びして対談してもらう形式です。女宮さまは後者の『来る人』として取り上げさせていただきたいと思いまして」

「おっしゃる通り皇室は京都にゆかりの深いお家ですからね。それで、もしも女宮さまが出演されるとしたら、日時はいつと考えたらよろしいですか」

「そこなんですが水野さま。うちの局もこれで色々、定番や野球等スポーツの生中継で既に確定して動いている件を抱えていまして。具体的な候補としては明日の土曜か来週の月曜か火曜か水曜か木曜か金曜日。この六日間の午前九時五分から一一時五〇分のどこかで三〇分枠の生放送、という範囲で女宮さまの御主演を水野さまがお取り計らい下されば私どもとしては恩に着ます。それで五日間をご提示して更に絞ることは失礼なので致しませんが。一つの考え方を示させていただきますと、今日の明日ですが明日ご出演される方が考え過ぎることなく自らを出せてお薦めできると番組を制作してきた経験上申し上げられるんですが」

「なるほど、話す内容を何日もかけて準備するよりも、あまり考えずに思いを言葉にしてしまった方が、反って率直に伝わるといった意味ですね。それでお返事の期限はいつまでにとそちらではお考えですか」と私がした質問と出水氏の応答を最後に私は電話を切りました。明日を選ぶ場合には今日の夜九時までに、他の日時でも出演の可否を含めた返事は明後日までにという答えでした。

携帯を鞄に仕舞いながら女宮さまを見ますと、私が問う前に、

「今日の夕食まで考えてみますので」と返ってきました。その声色と通話時の表情から、女宮さまは出演に前向きであると感じました。また定子さんが帰り道にしてくれた説明では、洛中洛外ラジオは市民の声をありのまま電波に乗せる方針の下、地元密着型で長く京都人に親しまれてきたラジオ局であり、大学時代の友人の一人が現在勤めていて、電話をかけてきた出水部長も大学の同窓生と聞いた憶えがあるとのことでした。

夕食前の食堂で私は、御判断の前に自らの考えを述べさせていただきました、

「突然に女宮さまへ出演を依頼してくるとは最初は少々あきれました。さりとてマスコミ害に酷く苦しめられてきたご本人として、番組のテーマと設定を知って出演するお気持ちになられたのでしたら、この場で御判断されて良いと思います。仮に東京で記者会見を開いたとして、そこで考えを述べられる形とラジオの生放送で専門の先生と対談する形を比べた場合、ラジオに出演した方が女宮さまの思いを国民により良く伝えられるのではと私は想像します。ラジオの電波は京都市と隣接地域にしか届きませんので、主に京都市民へ向けての御発言になりますが、京都は皇室のふるさとですから、設定としてこれ以上ふさわしい場所は無いともいえます」

口を結んだまま二つの瞳を上下左右に動かしている女宮さまを、背筋を伸ばしてしっかりと私は見詰めると、

「あとのことは全て私が責任を取ります。今の段階で上司に相談しても情報が本庁にすぐに上げられ、担当の田貸課長は『新たなマスコミ問題に発展しかねない』と止めにかかるに違いありません。一方で、こんな機会は待っていても早々来るものではありません。今回を逃したらもう二度と来ないでしょう。ですからここで申し出を受けて出演され、番組を聞き付けた本庁が問題にしても、『出ざるを得ない状況を作ったのはこの水野です』と申し開きをして、全ての

責めは私が負い、ご自身の問題にはさせませんので」

「ありがとうございます」と女宮さまは、気持ちのこもる声で私を見て丁寧に頭を下げました。その声と仕草には、立場を超えた一人の人間としての思いが表れていました。

深く会釈して応じた私へ、女宮さまは改まった口調のまま、

「そこまで私の味方をしてくれる人はオクにも他にいません。家族は肩を持ってくれますが、立場が私と同じ皇族なので動ける範囲は限られています。ただ全ての責めを負うといっても、本当に大丈夫ですか彰子さん。例の女官いじめの田んぼ貸しに咎められるくらいでは今回は済まないかもしれませんよ」

「そこまであからさまに女宮さまが」と笑いがこみ上げてきた私は表情を崩しました。けれども女宮さまは笑わず、声も真剣なまま、

「わかりました、明日出演したいと思います。出演後に何か起きるようでしたら私の方からも『マスコミバッシングを解決するまたとない機会と考えて現地で即断しました』と説明します。戸古彦さんが設定してくれた点も合わせて」と私を見詰めました。その眼差しにはこれまで見たことのない女宮さまの強い意志が表れていました。

こうして前例のない形ではあるものの、自身を苦しめてきたマスコミからのバッシングに対してはっきりと声を上げる一歩を、女宮さまは戸古彦氏と私に後押しされて踏み出したのでした。一方で実際面で動く役割は人脈のある定子さんの方が適切と考え、ラジオ局への連絡と当日の付き添いは堀河定子女官に任せました。

雨になった翌日ですが、女宮さまと定子女官は歩いて九時過ぎに、宿舎から程近い御苑を西に出て烏丸通を渡ればすぐのラジオ局へ出かけて行きました。私は御所に残り、事務長には外出の用事を頼んで番組中に横やりの入る可能性を全て消し去って準備を整えると、十一時十五分から始まる生放送よりもずいぶん前に食堂に備え付けてあるラジオの前に一人で陣取って、周波数を洛中洛外局に合わせて耳を傾けました。

二十三帖（洛中洛外）

「どーもー、めっちゃ春らしくなった今日この頃、みなさん、いかがお過ごしですかー。雨が降っても暖かいですよね。雨粒がぜんぜん冷たくないんで驚いちゃいます。驚く事はこのスタジオにも一つ、今日は驚きのゲストにお越しいただいてます。驚き言うても生半可とちゃいますよ、洛中洛外ラジオ始まって以来のみならず民放の放送が始まって以来と思いますから本日のお客さまは。みなさんびびってください、トックンも正直、この方をお迎えすると聞いた時にはかなりびびりましたので。それで本日の『来る人』つまり近頃注目を浴びている方とは、容姿のみならず人柄も魅力的で、いいですかちゃんと聴きはらんとあきませんよ。今日のゲストは、何と、女宮さまでーす。皇族で人気ナンバーえー…両陛下と両殿下お二組に次いでナンバー・セブンと私からは申し上げます。慎重の上にも慎重がトックンの座右の銘ですからね。それでみえている証拠ですか、それはこれから御あいさつをいただきますので、どうぞー」

「こんにちは、みなさん。今日は皇室ゆかりの京都で、皇族の私が洛中洛外ラジオに生出演できて大変に嬉しいです。短い三十分ですが、どうぞよろしく」

「どうです、本当にお越しいただいているんです。みなさんすぐにお友達へ連絡して下さい、洛中洛外ラジオに周波数合わせーいって。ただし今の御発言にありましたように、御出演はお聴きのラジオに生放送で三十分間のみでお届けいたします。女宮さまのお声を生で聞けるこの機会、逃したらあきませんよ。ではは元気を出していきましょか。あー、ここで一旦コマーシャルが入ります」

最初のCMは、地元スーパーが八店目を西大路の円町近くに開店するお知らせで、開店に合わせて今日から全八店で大売り出しをかける宣伝でした。続いては偶然にも、宇治で出会った職人さんが働いている和菓子の老舗からの名物菓子の短い紹介で、続いて呉服店から冬物バーゲンセール開催の宣伝でした。早口のそれらコマーシャルが終わると、再び進行係のアナウンサーが、

「えらいこっちゃ、洛中洛外ラジオの生放送に女宮さまがおいやしてる。聞きはって聴取者の皆さん、ピーンと来はった方いてるんとちゃいますか。当たりです。本日のテーマは在京の大手マスコミが、いうても京は東京いう意味ですが、そのマスコミが女宮さまの発言を勝手に解釈してバッシングしている問題です。これ簡単そうでなかなかの難題ですんで、今日はもう一方ゲストをお呼びして、女宮さまとの御対談の形式でこの先は進めたいと思います。私はすぐに引っ込みますからゲスト紹介だけはやらせて。こちらが、言ってもラジオでは見えませんが、若くして京都の国立大学でマスコミ害いうんを研究してはります助教の加藤悟さんです。先生の専門は社会心理学、人間の心の深いところまで手をのばして社会問題の原因を探り、根本的な解決に結び付けていく学問のようです。では加藤先生、それにもちろん女宮さまも、どうぞ、御対談をよろしくお願いします」

「紹介にあずかりました加藤悟です。本日は女宮さま御自身に御出演いただき。私の専門分野であるマスコミ害をテーマにお話しできる機会を得まして、女宮さまへお礼申し上げると共に、番組制作の裏で働いてくれた皆様、また企画に携わった方にも深く感謝いたします。さて、マスコミによるバッシング。不明瞭な言葉使いをせずに私はバッシングとはっきり呼びますが、バッシングを受けた人は心が深く傷つきます。なぜか。予想していなかったのに突然襲ってきた、この点は大きいです。客観的に見て重要なのは、マスコミは事実を伝えているようで実は加工している点です。方針に合わせて元の情報を仕立て直して国民へ提供しているのです。ここに深刻な問題の原因があります。マスコミとメディアが日々我々に伝えている情報は、起きた事実の全てでもなければ在った事そのままでもなく、編集と呼ばれる加工を経た情報です。取材の対象となっている人の行動や考えの全ては伝えず、そのマスコミが選んだ事実や発言のみを独自に解釈したり時に誇張して伝えています。また無かった事を在ったように伝える例さえあります。つまり偏った情報を含んでいるのがマスコミなのです。そこで単刀直入に女宮さまへお訊きします。週刊誌複数と民放テレビのキー局複数から、ここ数カ月に様々な情報と文章が出てきましたが、本当に起きた事と在った事、またご自身の本当のお考えとはどのようなものでしょう、その点をまず教えて下さいますか」

「私の発言を、どうやったらあそこまで加工したり解釈できるんでしょう、と率直に感じてきましたから、この度は申し出を受けてラジオに出演する決心をしました」

「今ありました発言と解釈とは、女宮さまが地方に公務に出た際に短い問答をある週刊誌の記者と交わされて、そこでの応答が翌週の週刊誌に『皇族の役割よりも自分の自由が優先の女宮さま』であるとか『国民の人気で調子に乗り、皇族の地位は重くないとあるまじき公言』と報じられた点ですね。傷に塩を塗るようで誠に申し訳ありませんが、マスコミの弁は押さえて進めるべきと考えて言及しました。それで実際の、事実はどのようでしたか、女宮さま」

「私は記者からの質問を受けて、『誰もがそうであるように、私も自分なりの人生を否定されたくありません。それに皇族とはいっても私は女子ですから、みなさんが思っているほど皇族の地位は重くありませんし、どんな人と結婚してどう生きて行くかは人間として基本的に自由なのですから、家族と相談しながら自分で決めて行くことです』と答えました。そのように発言したのは直前に記者から私は問われたからです。先に皇族の長老がされた発言は、私が一人の人間で女性である基本に目を向けていないとか、尊重がやや欠けているとか前近代的で問題ありとか、私なりの人生を否定しているとか、その様に問われて咄嗟に先ほどのように発言したのです」

「誘導的なそういった質問を受けての女宮さまの発言だったんですね。それで、お答えの本当の意味、本当のお思いとはどのような」

「一生で二つの人生を生きよう。これだけです、私の思いは」

「一生で二つの人生を生きよう、にもう少しだけ説明を加えていただけますでしょうか。立場の異なる私たちにも分かるように」

「皇族として生まれた人生が一つ、皇族でない人生がそのあと一つ、で一生を生きるという意味です。行動面で制約を感じる時もありますが、私は皇族に生まれたことに誇りを持っています。けれど皇族の中でも女子ですから、結婚すると全く違った人生が待っています。それを言葉にしたのが先程の答えです」

「なるほど、それが女宮さまの言葉の本当の意味だったんですね。皇族の女子にとっては自然で当然の考え方だと思います、典範上の立場が男子と女子では大きく違うんですから。男子が永年の皇族であることと比べ、皇族に生まれた女子は結婚相手が皇族男子でない限り、婚姻によって皇族から離れる決まりですから、結婚後は大きく異なる立場で人生を生きて行かなければなりません」

「進行役のトックンです。すいません、ここでもう一度コマーシャルが入ります」とアナウンサーからあり、再び目まぐるしいＣＭが始まるかと思いました。が、今度はまずゴーンと鐘の音がして続いてお念仏。スポンサーは何とお寺さんで、分譲用墓地を広げたので応募を受け付ける広告でした。次はこれも何かの縁か、定子さんの出身大学が来年の募集人員と受験要綱を伝えるお知らせで、つい先日の二月下旬に難関を突破した合格者たちからのメッセージも添えられていました。ＣＭはもう二つあって、市内の三つの神社からご祈祷のご案内、京都市と大津市にまたがる保育所グループから定員に空きができたお知らせでした。大企業のＣＭは一つもなく、地域に根を張って生きている会社や組織からのわずかな宣伝費を集めて成り立っているのが洛中洛外ラジオのようです。

ＣＭが終わって時計を見ますと残された時間は一〇分弱。これで話がまとまるかと案じましたが、若くて有能な加藤助教は巧みに結論を編みあげて行きました。

「さきほどの女宮さまの御本意。一方で一部マスコミや一部メディアは偏った情報を流し続け、その報道に対して女宮さまからは説明をする機会がこれまで一度も無かった。例えると、手も足も縛られて抵抗ができない人へ叩く側が好きなようにしてきた。この流れが聴いている皆さんには分かったでしょうか。

もう一つの大きな問題は、人と人が対立している構図で書き立てる傾向です。再び週刊誌が載せた文章を読んでみます。『国民の人気を背景に皇族の中で最も注目を浴びている女宮さまは、自由を謳歌することが第一との考えで、皇統の維持を将来に渡って確かなものにすべく案じてきた長老皇族の意向とは真っ向対立した考えをされている模様』云々。この解釈は『自分の考えを述べると即、他の人と対立』という狭く偏った見方に基づいています。ある人がAと思い、同時にBとも思うといった場合も、日本では珍しくないにもかかわらずです」

「最初の頃私は、今の先生のお話の様に批判は偏っていると感じていましたから気にはほとんどかけませんでした。まわりには危機感を感じた職員もいたようですが」

「そうでしょうね。国民のあいだで人気の高い女宮さまにケチをつけたがっている嫉妬深い者たちのお先棒を担いでいる大衆メディアといった程度の受け止めだったんでしょうね、最初の段階は。けれど彼らは対立の構図を一度作ると、その構図が事実であるかのように、入ってくる情報の全てを対立構図にはめ込んで話を作っていきます。例えばです、また傷に塩を塗って申し訳ありませんが、『自分は自由と本音。皇族だからこそその人気という自覚はいつ失われてしまったのか』という見出しですね」

「そういった見出しや文章を、国民の皆さんの多くはそのまま受け取ってはいないと思ってきました。なぜなら今の文章は正直、悪意を込めた解釈だからです。私の発言は、批判を書く人たちの悪意でねじ曲げられてきたんです」

これは感情が出過ぎている、とラジオのこちら側で私はハラハラしました。が、加藤助教はうまく学術的に整理をしてゆきました。


「悪意です。この解釈は実にあこぎであり、背景に二つの問題を私は見ています。一つはお金というか売り上げ至上主義です。発行部数を増すには世間の注目を浴びる必要があり、注目を集めるためにありもしない激しい文面を作り出す。もう一つは『我ら聖者なり』気取りです。まるで道徳教師のように振舞う一部マスコミや批判者。悪者退治を自分たちはしているんだと国民に錯覚させる巧みな言葉使いと伝達方法、それらを駆使してバッシングしてきます」

「近くで私を支えてくれている職員の中には、『一部のマスコミや大声で批判する人たちは、自分たちが国民を導くオピニオンリーダーだと考え違いをしている』と助言してくれる人がいます」

「全くそのお付きの人たちの指摘通りだと思いますよ。あからさまなオピニオンリーダー気取り。あるまじき『我ら聖者なり』論調。であるのに自らをはっきりと名乗りません。メディアの名のみ出して編集者と責任者の名は伏せる、虚偽情報の源を匿名にして責任追及を免れる。書いた者は現実には聖人君子とは程遠い社会生活をしている。こういった実に不明朗なやり方、そんな不明朗さを通用させるために極端な強気で押してきます。いったい誰が誰を取材して、誰が考え、誰が書き、メディアに載せる判断は誰がしたのか。それらをうやむやにしたまま批判や叩きだけは名指しでする極めて問題ある社会行動です。彼らの方こそバッシングの俎上（そじょう）に一度乗せてやれば、謙虚さが生まれると私はかねがね思っています」

「名前と所属がはっきり出ると批判が返ってきて、責任を持たされますからね。はっきり国民に見えるほど、それに知れるほど皇族は国民の中へ出過ぎているせいで嫉妬の対象になって、バッシングが起きるのではと私を支えてくれる人の家族は話しているそうです」

「その分析は正しいです。が、国民との距離は民主国家では近くならざるを得ないです。しかし一方で皇族方は、政府の要職に就いている人たちとはちがいます。権限は持っていませんし、御発言も御本人に直接関係した事柄についてです。ですから聞く側は『なるほど、そういうお考えでしたか、初めて知りました』で済ませるべきなのです。それなのにうるさく群がるハエの様に批判をする。皇族批判はマスコミがマスコミ自身に都合よく敷いた路線です」

「私だけでなくて過去にも皇族へのバッシングはありましたね」

「おっしゃるように皇族方へのバッシングは続いてきました。国民統合の象徴をバッシングしていては和を保てない。こんな簡単な理屈を理解できない人々が居る現実は深刻です。社会常識が消えつつあります。羨みや嫉みに基づく書き立てや悪口は人々に偽りの満足を短く与えます。と同時に、国民のあいだに不和の種を播く行為なのです。ここが最重要です。人々が結び付く良い社会のためには信頼感が必要です。しかし現在横行するバッシングは日本の象徴である方たちの些細な行動や発言を取り上げて国民のあいだに不信を広めています。不信感が高まれば人々は結び付きにくくなります。皇族へのバッシングは人の和を危うくする『不和の種をまく』行為そのものなのです。特に今回の皇族御長老の発言に端を発した女宮さまへのバッシングの加熱は、不足と不満の数々や不平等など、大小の困難を抱えつつもこの国で日々懸命に生きている人たちが和してつながる象徴を貶める、愚かで自虐的な行為です」

「ここで時間となってしまいました。白熱した対談と言いますか、本音で話しているし核心に迫っていて、そばで聞いていてトックンは少し涙が出てきたくらいです。それで女宮さまへは再度の御出演はなかなかお願いできないので、最後にお一言思いを京都市民へ、関西在住の聴取者に向けてお願いします」

「皇室の抱える課題は私なりに良く分かっています。それに皇統の維持はどうなっても良いとは私は全く考えていません。特に近頃はより身近に皇族の重みと、皇室の置かれている状況を感じるようになってきました」

「ありがとうございました、女宮さま、と加藤悟先生でした」

番組の企画に木時蔭氏が関わっていた事実がもしも明らかになればマスコミが取り上げて問題がこじれるかもしれない。と案じていた私ですが、女宮さまからはもちろん進行役も加藤助教も触れませんでした。またそもそもの発端だった皇室御長老の発言、女宮さまを名指しの上で「私が思うに元宮家の木時蔭家の戸古彦あたりと結婚して」にも一切触れませんでした。将来の結婚とそのお相手という女心に極めて微妙な事柄には全く言及することなく番組は終わりました。私は安堵の息を大きく吸って吐き、気の晴れた思いがしました。杳として見えなかった解決がやっと訪れた。バッシング問題にけりをつけることができた。その思いは女宮さまも同じにちがいないと番組中の最後の声を聞いて感じました。

　生出演が始まってから放送終了まで三十分。この間に放送を聴いたマスコミ記者たちが集まってラジオ局から出てくる女宮さまへマイクを向けるのでは。それが少し気になっていた私でしたが、杞憂に終わりました。番組のテーマと生出演中の真剣なやり取りが軽々しい行動を抑止したようで、マスコミ記者は全く姿を見せることなく、女宮さま出演を批判したり揶揄する電話も洛中洛外ラジオへは一件も寄せられなかったそうです。一方でラジオ局の玄関にはＳＰによれば、女宮さまファンと思われる三十人ほどが詰めかけたようです。けれども御所常駐の警備官を念のために五名ほど応援に頼んで安全の確保に当たらせたため、難もなく女宮さまは宿舎まで御所の車で帰ってきました。

　顔には「本当のことを話してやっと濡れ衣がとれた」との思いが表れていましたが、そこはかとなく薄い霧がまとわりついているようにも見えて「すっかり気分は晴れた」とまでは行かないご様子です。バッシングの対象になってきたご当人にしか分からない繊細な心理もあると察し、私も定子さんもラジオの話題には触れることなく静かに午後と夕食は女宮さまを見守っていました。

　天気は崩れたまま翌朝を迎え、回復する予報も出ていなかったため、外出は全く予定していませんでした。けれども十一時近くになると急に外が明るくなり始め、空を見上げると青い部分が広がり始めています。女宮さまのお顔色を考え合わせて私は定子さんと話し合い、個人的にお付き合いすることを申し出ました、自炊です。自炊には食材の調達が欠かせませんので、声を揃えて、「前回は断念した錦小路を歩きに行きませんか」と提案しました。

四条通の一本北を東西に、新京極（しんきょうごく）すぐ西の寺町京極から始まって四百メートル西の高倉通（たかくらどおり）の四辻まで続く錦市場は「京の台所」と呼ばれているだけあって、軒を連ねた店々にはあらゆる食品が並んでいるはずです。一般の買い物客だけでなく、割烹（かっぽう）や料理店の板前さんも仕入れに来ているようです。

京都には錦小路の他にも昔ながらの商店街が随所に見られ、老舗店が桁違いに多い点でも現代日本では特記すべき街風景です、それらの佇まいはなつかしさを感じさせてくれるのと同時に、戦前との大きな断絶を経ずに京都に流れてきた時と、長い歴史を草の根的に生き延びてきた京都人の強さも伝えていると言えるでしょう。

提案を快く受け入れてくれた女宮さまにお伴をして、雨の上がった曇り空を見ながら傘を持ってお昼の少し前に出かけました。ジーンズかパンツのボトムズの上に薄いニットの普段着姿で行く寺町通ではまず、この前に食べ逃してしまった焼きたてパンを求めてパン工房に入り、併設するカフェで紅茶かコーヒーと共にいただきました。寺町通をさらに下って道なりに東へ曲がり、幅の広い川原町通を渡ると日銀支店の裏まで回り、入り江状の入船跡を眺めました。「この辺りには幕末の面影が残ってますね」等と話しながら高瀬川沿いに足を進めた私たちは、混雑が日常になっている三条川原町の交差点は避けて四条通まで高瀬川に沿って歩き、西に折れて少し進んで寺町京極へ上ると錦小路の入口にやってきました。

ここもやはり人、人、人です。予想はしてはいたものの人出の多さにたじろいでしまった私は珍しくＳＰと打ち合わせをしました。しかし答は「全く問題ないです」と力強く、その声に力を得て商店街へ三人で足を踏み入れました。するると不思議にも混雑は賑わいへ変わりました。車両通行が早朝深夜を除いて禁止のうえに適度に狭い道幅も手伝ってとても和んだ気分にさせてくれます。「平安京が開かれた当時のままの道筋ですよ」と始めた定子さんは、興味を顔に表した女宮さまへ歴史を解説して歩きました。

「道筋は一二〇〇年前から変わらないのですが、時代ごとに変遷が繰り返されたそうです。初めの頃は武具の甲冑を扱う店が集まっていて、名前を錦小路に変えた頃から錦つまり絹などを模様に織った高級な布を売る通になって、鮮魚を商う店の進出は江戸時代からと聞きました。井戸を掘れば新鮮な水を豊富に得られる立地が魚屋の進出を後押ししたそうです。そして現代になると、人の集まる祇園や四条に近いので益々にぎわう小路になりました」

　少し進んで南北路を横切った先からは、定子さんが説明した様に鮮魚を売る店々が軒を連ねています。南側に淡水魚を商う店がまず一軒。再び横切った北にも川魚店が。その先には二軒の淡水魚店が見えます。川魚は山国信州に育った私には珍しくなく、鮎や鱒や鯉など淡水魚だけを専門に扱っている店も多くて両親に付いて行って生簀から買った記憶もありました。けれども大都市で川魚専門の魚屋に遭遇したのは錦市場が初めてです。珍しい魚種の数々と新鮮さが目に飛び込んで来た点では海の魚の店々の方が一段と強烈で、店数も予想通りに多く、本能を刺激された私たちは一気に購買意欲が高まりました。
「刺身になる鰆は、ほかではなかなかお目にかかれませんえー」と季節を先取る鰆を奨める女店主と目が合った私は即座に買い求めました。隣の店では定子さんが、驚く大きさのサヨリを見つけるなり三匹頼みました。通の反対側に目をやって、「今朝揚がった、天然の明石鯛です」の品書きを見つけた女宮さまはさっそく店頭に近づき、反応して中型を持ちあげた若い店員に、
「大きさはこんくらいで、どないですー」と尋ねられて、自ら、
「三枚におろしてー…半身は刺身にして下さい」と注文しました。こうなると献立は変更の必要があります。サラダは海鮮風に変え、グラタンも肉ではなく白身魚で作ることにしました。

魚はもう充分でしたが、南側の店に並んだワカサギを見つけた私は唐揚げ用として鶏肉の代わりに買い求めてしまいました。次はお豆腐とお漬物ですが、どちらも京豆腐や京漬物の言葉があるように名品揃いで、選択肢の多い中から迷い迷いつして選びました。戻る道では野菜と昆布も忘れずに買って、最後に定子さんが日本酒を、女宮さまは白ワインを求めてさげて帰ってきました。

戻るとすぐに炊事場に入って京都に来て初めての本格的な自炊を始めた私たちです。けれどやはり手際が悪く、はかどらない調理に賄いのおばさんが応援を申し出てくれて何とか軌道に乗って、五品を作り上げることができました。

新しいテーブルクロスを食卓に敷くまで手伝ってくれたおばさんも安心して帰って行き、三人になった私たちはワインと日本酒の栓を開けると、乾杯には

私も加わって食べ始めました。

　女たちだけで食卓を囲んで出た話は、やはり結婚と男の人についてでした。

「結婚相手としてはどんな男の人が良いですか。一番年上ですから少なくとも見てきた数では一番たくさんの男の人を知っている彰子さんは」と言い出したのは女宮さまです。どう答えて良いか迷って私が首を少し傾げますと、視線を投げた先の定子さんが応えて、

「彰子さんはお相手が既にいらっしゃるので、今の女宮さまの質問では少しかわいそうです。結婚を考えているお相手の、どんなところが気に入っているのですか、でないと」

「そうでしたか。私は今の今まで知りませんでした。では定子さんに従って、どんなところが気に入っていますかお相手の、に訂正します。その前にお相手がいらっしゃらない様子の定子さん、どんな男の人が良いか聞かせて下さい」

「私は相手を職業や収入では選ばないと思います。財産家でも青年実業家でも高給取りでもなくて良いんです。給料もない、例えば売れない芸術家かなんかでも、私が食べさせてあげようくらいに思ってますから。ただ私のことだけを愛してくれる相手なら、他の女性には目もくれずに愛してくれる相手なら」

「それはありますよね。物とお金が充分でも、お相手の心がこちらに向いてい

るかどうか疑わしかったら、自分がつまらないものに思えてしまいますから」

「源氏物語の最初の方にも、こんな雨の日に源氏と友人たちが集まって、どんな女の人が良いか談義をするんですね。そこではきっぱりと『こういう人』とは結論が出ないものの、心さえあれば一生の伴侶になることは集った誰も否定しませんでした」

「光源氏はでも、色々なお相手と遍歴を重ねて行くんですよね」

「確かにそうです。けれど光君はどのお相手にも真剣に相対しましたし、関係を持った女の人は生活の面倒を見るために新築した御殿に呼び寄せて住まわせるんです」

「それも心が良い男の人の一つのあり方、ということですか」

「認めるのは難しいですよ。何人ものお相手の一人に過ぎない自分という立場を、心から認めることは」

「具体的な話の方が分かりやすいので、ここで彰子さんに話してもらいましょう、お相手について」と女宮さまが私を見ました。


一瞬目を合わせて箸のワカサギの唐揚げを皿に置いた私は、

「鉄道マンです、ＪＲの」と短く返事をしました。女宮さまは、

「そうですか、それで彰子さんは鉄道の路線に詳しいんですね」

「はい。いえ順番から行きますと、十代から鉄道ファンの私がいまして。大学を卒業して役所に勤め始めて東京へ初めて来たんですが、いくつもの鉄道の起点になっているので改めて鉄道の乗りつぶしを始めたんです。休日には息抜きに日帰りか、時に一泊の旅行に出かけるようになって何度目だったか、旅先で列車が遅れまして。たまたまホームに出ていたその人に私が質問をして、鉄道に詳しいと驚いて色々話をしてくれまして、それで交際が始まったんです」

「鉄道という共通の話題があれば話は弾みますね」

「私の相手は鉄道関係でも普段の利用で目にする運転手や車掌や駅の部門ではなく、裏方なんです。保線を担当しているんです。列車が安全に走られる状態にレールを保つ保線の地区責任者です」

「その方の魅力は、鉄道マンという以外に何かあるんでしょうか。何か特別のものを彰子さんに与えてくれるとか」

「普通ひとが人生に求めるのは、物質的金銭的に恵まれることと健康。そういった基準で結婚を決心する女性も多いですよね」

「それに人間関係が良くて能力を発揮できる仕事に就けて、社会的地位もある程度あって。人によっては環境に良い仕事かを重視すると聞きました」

「私も生きる目標と結婚相手の基準は、物質と金銭と社会的地位と考えてきました。でも変わったんです、その人と出会って。保線の仕事は雨が降っても雪が降っても風の日もカンカン照りの日も欠かせません。安全のためには怠れないのです。列車に乗る人は、朝晩は通勤客と学生で、病院へ通う人なども少なくないです。そういった文化的生活の最低限度を日本の田舎では鉄道が支えている。保線の作業無しでは地域の人の生活は成り立たない。その責任感が精神的な充足を与えてくれると彼は話します」

「私にも分かりますよ。通勤通学や通院の電車を走らせる裏方さんは、お金持ちが贅沢をするための裏方さんとは重みが違うことは」

「生きる目的が自分以外にあってこそ生きる価値ありですね」

「目的のない自由を謳歌するよりも、目的のある束縛の方に引かれる。人間とはそういう社会的な生き物だと教えられました」

「重みのある仕事を任されると、それを束縛と感じない心境は理解できます。でも束縛は他にも色々ありますからねー…結婚すると夫からの束縛、子どもを産んだらまた束縛が増えて」

「自分の子どもは束縛であり喜びであり、多くの人にとっては生きがいでもありますよね。でも結婚は…私には段差が大きいです。典範（てんぱん）によって立場が皇族から普通の国民に変わるわけですから」

「本当に大きな段差ですね。結婚はただでさえ女性にとって大きな段差なのに女子皇族は結婚で大きく立場が変わる典範の決まりですから、二重の意味で大きな御決心が必要です」

「お相手とのあいだに真の愛があるなら、乗り越えられる段差だと思いますよ」と少し顔の赤くなった定子さんが答えたところで窓に目をやると、外では再び雨が降り出していました。


立って行って窓を開けると空は日没真近の濃い灰色で、夕暮れの太陽か街の灯か、緋色がわずかに添えられた暗い空からは霧雨とも本降りとも違う小さな雨粒が地面へ音もたてずに落ち続けています。その自然の妙を、

「春の目覚めを草木へ促すべく、天が降らせている春雨、といったところでしょうか」と形容して席の二人を見た私は、テーブルへ戻ると女宮さまに改まった声で話しかけました、

「典範というお話が出ましたので、この際女宮さまに、私が典範に関連して考えてきたことを聞いていただきたいのですが」

女宮さまはゆっくりと頷きを返しました。その目を見詰めて私は、

「皇室典範が謳(うた)うところの『皇統にある男系男子による皇位継承』と、皇族が民間人と同じ一夫一婦制で次の代へつなげてゆく決まりは、長く共存していくのは困難であると感じてきました。男系継承は確かに古代から続いてきました。しかしご存知のように皇后ではなく側室の生んだ男子が継いだ例が圧倒的に多かったんです。一夫一婦制に変わってからも、大正時代と次の昭和時代はつまずきなく来ましたが、平成が進むにつれて今の体系の孕(はら)んでいる危うさが顕在化して、崖っ縁ちまであとわずかで踏み留まっている状態です」

「同感です、私もすごく気になってきました。次の次の代までは見えていますが、次の次のお上の時代には皇族数が大きく減る問題も同時に起きます。現在は数がそれなりにおられる皇族方ですが、高齢の方々は次第に身罷(みまか)られ、女子の方々は婚姻で離れ、次の次のお上が即位された時には、片手の指ほども皇族はおられないでしょう。皇室には何かと前例が重視されてきましたが、これこそ全く前例のない将来です」

「陛下はこの十数年、皇位の継承を含めて天皇家の往く末にことのほかお心を砕いてこられましたからね」

「ええ。それに皇族と宮家の減少は、皇族男子に嫁いだお妃に男子を産む重圧が一層かかることに直結します。責任感のあるお妃ほど皇位継承者を産む期待に答えようとして袋小路に入り込みかねません。しかし私は、皇位継承の憂いをなくす方法はあると思います」

「それは、どんな方法ですか、彰子さん」

「側室制度も男子を得る目的には有効ですが、今では国民の理解を得られないし殿下方もお受け入れにはなられないでしょう。世界からの蔑視も受けかねませんから選択肢から外します。すると皇族女子で現在未婚の方々、戦後すぐに皇籍を離れた旧宮家子孫の男子の方々、加えて江戸の中期を中心に天皇家から摂関家へご養子に入られた皇子さまの男系子孫の男子方。これら三つで何とか安定させなければなりません。けれども性急に旧宮家の男子へ皇位継承資格を付与する方法は認め難い人が数いますし。女性宮家を新たに作って、ご夫妻を両殿下と呼ぶことへの違和感も国民のあいだでは小さくないです。そこで中間段階を設けまして、未婚皇族女子は結婚後にその…仮に名称を付けるとすれば『准皇親（じゅんこうしん）』籍に入られ。皇族復帰の意志を持つ元宮家や皇統男系を受け継いでいる摂家一門の男子方も『准皇親』籍に入るとします。ただし准皇親の方々には皇位継承資格も宮号も付与することなく、皇族との間にはっきりと一線を引きます。こうして男系男子の増える素地を整えた上で、やがて生まれる准皇親第二世代のうち、皇統男系男子のみ成人後に皇族に上る体系とします。そうすれば男系継承の原則は堅持でき、同時に現在未婚の皇族女子方もご結婚に際して大きな段差に戸惑われることなく、ご結婚後は准皇親として引き続き公務に携わる立場を確保できるので、皇族数減少の対策としても有効なのです」

「さすが彰子さん、現状を打破できるアイデアですよ。十数年前に議論された『皇族のうち歴代の天皇に男系でも女系でもつながれば皇位継承資格有り』に変更すると、狭い意味での皇位継承は今よりも安定するでしょう。けれど本当の意味の継承ができるでしょうか、正統性と権威が天皇陛下から失われてしまうと思います、特に女系天皇が即位した場合は、父親が民間人男性ですから」

「その通りです、定子さん。男女によらず女系天皇が即位した場合、正統性に疑問を感じる国民が何割か出る、これは肝に銘じておかなければなりません。残りの何割かで支える天皇皇后陛下と皇族方では、『日本の人々がまとまる象徴』としての役割が果たせません。天皇制そのものへの肯定観も薄れるでしょう」

「天皇陛下を前にすると自然に権威を感じて尊敬の思いが湧きますと話す人たちに、私は詳しくお話を聞いてみたことがあるんですね。すると陛下ご自身の背後に、歴代の天皇を重ね合わせて見ている人たちが多いんです」

「女宮さまのおっしゃるとおりです、今上天皇の後ろには百代以上のお上が重なって見えるのです。国民の脳裏には天皇家が中心となって積み重なってきた悠久の日本史があります。ところがもしも将来、女系の男子天皇が即位したらどうなるでしょう、他家の男子が入り婿をして天皇家を継いだのとほとんど同じです。そうなれば、『父方が天皇の血筋につながってないんなら、いったいどんな先祖だったんだろうね』みたいな詮索が必ず始まるでしょう」

「そうです、定子さん。女系天皇も可という意見を聞くたびに私には『愚か者は経験に学び賢い者は歴史に学ぶ』の諺が頭に浮かんできます。経験した範囲でしか彼らは日本と世界を見ていないのです」

「経験した範囲とは、もう少し説明してもらえますか」

「今は平穏と呼べても、将来の日本にはどんな大混乱が待っているか分かりません。近現代を振り返ってみても約八十年前の日本は大戦争をアジアと太平洋で繰り広げ、最後は原爆二発と空襲を浴びて荒廃した国土だけが残った破局の歴史があります。その約八十年前にも幕末と明治維新が軌道に乗るまでの期間は、日本は列強の強い圧力下にあり、植民地化の危機と内政の大混乱もありました。そういった事はもう二度と起きはしないという前提で日本という国の礎の一つである天皇と皇位継承を考えるのは愚かだと思うのです」

「経験上あり得ないと現在論外に置いている事が、この先起きないという保証は、確かに無いですね」

「平成二十三年には福島第一で深刻な原子力事故が起きて、一歩まちがえると東日本が全滅する究極の破局もあり得たんですからね」

「そうです、女宮さま。放射能汚染の可能性だけを考えても、原発へのテロやミサイル攻撃、無人機攻撃でも起こり得ます。次の大地震と巨大津波が駿河湾から西の太平洋岸を襲って壊滅させるかもしれません。感染症もあり得ます、新型ウイルスが猛威を振るって人口が激減する。そんな破局や大混乱時に政府は健全に機能するでしょうか。歴史を振り返ると幕末の江戸幕府も戦時の軍国内閣も正常な統治能力を失い、強制や脅しや暴力など低次元の力頼みでした。日本を大危機や大混乱時に仕切る方は天皇陛下しかおられないのです。政治の実権ではなく、進むべき大きな方向を天皇陛下は国民に示すのです。昭和天皇は現に先の大戦を終結する大仕事をされました。天皇の存在は明治維新直後も新旧両勢力の対立を鎮める上で不可欠でした。大混乱を速やかに収拾し、新しい方向性を大きく示せるリーダー、それは日本には、権威と正統性を大多数の国民が感じる天皇陛下しかおられません」

「視野をそうやって歴史に広げて考えてみると、やっぱり女系天皇では権威が薄れて、国民みんなの頼りにはなりませんね」

「ええ、もしも女系の男子天皇が即位した場合は、私の知っている強固な男系派はこんな事さえ企むのではないかと危惧しています。即位した天皇は不適任と考える人たちを結集し、歴代天皇の男系男子を見つけ出してきて、遠縁ではあるものの皇統の男子を証明する家系図等を国民に提示しながら『この方こそが皇位を引き継ぐ正統性のある方』と主張して皇位に押し立てる。結果、二方の天皇が並立する可能性です、例えば東京と京都で、南北朝の如く」

「そんなことが起これば、統合とは逆に国民を分断してしまいますよ。取り返しのつかない亀裂が日本に生まれます」

二十五帖（御寺）

天候がやっと回復に向かい始めて青空も見えるようになった翌日は春分の日で、東京の皇居宮中では春季皇霊祭が大祭として催されています。一方の京都に滞在中の女宮さまと私たち女官は、お彼岸のお中日のお参りのために東山にある泉涌寺へ再び出かけました。

大門を抜けて仏殿に入り、三尊に手を合わせた女宮さまは、勅使門を通って御座所に上られると、電車の中からずっと手に持ち携えてきた白菊と黄菊の大きな花束を御寺のご長老へ手渡して、御先祖の御霊前に手向けてもらうように伝えました。女官の私の方からも、女宮さまが特別に誂えて総角（あげまき）に結った飾り紐（ひも）を差し出して、御仏前に献じて下さるようにお願いしました。

「すっかり準備を整えておきますから」と受け取ったご長老は、

「先に、すぐ奥にある月輪山（がちりんさん）の孝明天皇陵へお参りされてはいかがですか」とにこやかに奨め、返事を聞く前に横にいた男性を、

「月輪山の保護委員をしてはる、松岡はんです」と紹介して、長老補佐と共に天皇陵の参拝に付けて下さいました。


　五人になった私たちとSP二名を合わせた七人は、御寺の北縁に沿って山の奥へ伸びるゆるい上り坂を砂利を踏んで歩き、南へ曲がる辺りでは御寺の奥に営まれている皇族墓地を垣間見て進みました。木の門を通り抜けた上も樹林下に道は続き、森がやっと開けた左手に孝明天皇の陵は東山の懐に抱かれて鎮座していました。月輪陵は数ある天皇陵と同じ神道形式、一方で立地は御寺とひとつながり。やや不思議さを顔に表しつつも女宮さまは普段お寺で供養している作法に則って礼拝し、次いで私たちもお祈りをして一息つきました。ここで静かだった松岡氏とご補佐が口を開きました、

「この場所へ来るといつも思いましてな、孝明天皇さんはほんま、可哀想なお上やったって」

「治はんの話なん度も聞いてるうちに、近ごろは私もほんまー、一番可哀想なお上やったーて思うようになりましたわー」

頷き合う二方に女宮さまが理由を尋ねますと、

「孝明天皇いうお上は知名度が低いです。明治に改元する直前までお上であらしゃったんですが、それさえ日本人のあいだではあまり知られておりません。ましてやどんな方で何をしあそばしたんか、それをはっきり答えられる人は少数です、明治天皇と比べますと」

「そん訳は、明治維新いう大改革が、名称からして明治天皇の手による事績やと誰もが思うてるからです。けど実際には孝明天皇がお上であらしゃった幕末の方が、ずっと重い荷が帝（みかど）の肩にはかかっとりました。時は正に国家が覇権を競う時代でしたから」

続いて二方はひとかたならぬ広い視野で眺めた日本の近代史を解説して下さいました。天で聞こし召しておられる孝明帝の御霊を感じながら拝聴した私たちは、際立った事績に敬意を深めて泉涌寺への砂利道を引き返しました。

御座所に上がった女宮さまは前回に寄った皇族の間へは入らず、僧侶に先導されて霊明殿へ直接、私たちも引き連れて進みました。桓武天皇より時代を下る歴代天皇は昭和天皇に至るまで全て御尊牌と御真影が奉安されている霊明殿に昇殿して外陣と中陣を抜けた女宮さまは、内陣にて背筋をのばして頭を垂れられ、そのお祈りされる姿を見守りつつ、私たちもずっと下がった外陣にて、中央扉内の明治、大正、昭和の天皇皇后両陛下はじめとする歴代お上の御尊牌と御真影に合掌し、額づいて御冥福を祈らせていただきました。

無事にお参りを済ませて揃って勅使門を出た私たちは、表に立つ伽藍の一つである仏殿にて三仏の像に改めて手を合わせ、お世話になった御寺のご長老とご補佐と松岡治氏にはここでお暇しました。三方をお見送りしてからもしばらく留まっていた私たちが仏殿を出て、帽子をかぶり薄いサングラスをかけたすぐでした、最初に女宮さまが気付いたのは。人もまばらな大門を車椅子の一人と付き添う二人がぎこちなく入って来ています。

その姿を目にするなり女宮さまは、何かに背中を押されたように大門へ続く斜面を一人で駆け上がって行きました。戸惑い数秒遅れて走り出した私たちが追い付いた時、女宮さまは車椅子の子どもに付き添う両親と思われる男女の前でサングラスを取り、

「失礼ですが、もしかして下鴨神社に参拝された女の子ではないでしょうか」

と話しかけていました。口にして質問に脈略が欠けているとご自身で感じたらしく、改めてゆっくりと女宮さまは、

「すみません。私が下鴨神社に参拝した日に、宮司さんから聞いたお話の中に出てきた、かなり遠くから船と飛行機でみえて、数日前に祈願された女の子ではないかと思いまして」と三人を見ました。


知らない人からの突然の問い掛けに、付添いの男女はまごついた顔で互いを見ました。が、すぐに駆け付けてきた私たち二名が背後に並び、遠巻きながらSP二名も黒のスーツに身を固めて視線を送ると、男女二人は私たち四人を順に見て女宮さまを見詰め、目の前の若い女性が誰なのか分かった明るい顔に変わりました。けれどそれも一瞬のことで、少し震えの加わった声に驚きも交えて、

「天皇家のお寺だと人に聞きまして、今日はお参りをさせていただきました、恐れながら」と母親と思われる方が小さく答えました。

サングラスに次いで帽子を取りながら女宮さまが、

「今日はお彼岸のお中日ですからね」と優しい声で応じると、父親と思われる人も口を開いて、

「先祖の墓参りは、昨日の晩に電話で親戚に頼みましたので、今日のお彼岸はこの娘といっしょに、おこがましいことですが皇室の御寺で手を合わせさせていただこうと思いまして」

「そうですかー、それは、よくお参りになりました」とにこやかに返した女宮さまの声は両親に最初の質問を思い出させたようで、

「言われた通りです。先に女宮さまがおっしゃった者です」

「おっしゃられたように、下鴨神社へは十五日に参拝してまいりました。大学の先生にこの子を診てもらう前の三月十三日にも参拝して宮司さんたちとお話する機会がありました。京都ではありがたくも、娘のことで色々な方がお知恵を貸してくれました」と説明しましたが、

「身に余ります」の言葉を最後に両親は縮こまってしまいました。

一方の女宮さまはしゃがみ気味の姿勢になって子どもの片手を取ると、

「かなり遠くからみえたと聞きました、船と飛行機を乗り継いで」と優しく撫で、斜め上を見ました。両親は視線をやや逸らして交互に、

「ええ、フェリーでなくてジェットの便でも船は二時間近くかかります」

「そのあと飛行機で一時間と一〇分か二〇分でした」

「旅費もずいぶんかかるものですから、京都まではめったに来られないので、

用事を済ませたこの機会に色々と見て回っております」

「こちらの泉涌寺が最後で、午後には関空へ行って飛行機で帰る予定なんです」

「そうですか、この泉涌寺が最後で、それから関空まで」

「ええ、関空には伊丹の便に無い値引きがあるものですから。往復の飛行機代だけで正規運賃だと六万円も一人当たりかかってしまうんです……すいません、変な話をしまして」

「いいえー、少しも変な話ではありませんよー」と答えた女宮さまは、少女にある健全な左手をしっかりと左手で握ると、右手を少女の顔へ持って行って頬を軽く撫でました。それから前髪を手で何度か梳いて額を出し、両眉の少し上の額中央をさぐりながら、

「ここの、ひよめきと呼ばれているところは、人間に昔はあったという、本当の事が見える第三の目だそうです」と両親に話しかけ、少女のひよめきを見詰めながらゆっくりと撫でました。

　するとほぼ全盲でまわりから隔絶され、表情の乏しい少女が、急に息づいて顔全体で花のように微笑んだのです。反射的に母親が、

「こうやって微笑んだ時は、ほんの少しだけ聴こえるようになって、何となく話した事が分かるようです。女宮さま、何か、何かこの子に言ってやって下さ

い」と声を大きくして求めました。父親も、

「下鴨神社で聞かれたと思いますが、ほとんど光を感じず、耳もごく大きな物音に反応するだけの娘ですが、何か御言葉を、女宮さま、この子に」と思いをそのままを口にしました。


両親の切望にしっかりと頷いた女宮さまは車椅子の横にしゃがみ込むと、口を少女の左耳に接するまでもっていって、「こんなに大きな声の出る方だったとは」と思わず感じてしまった強い声で、

「あなたは、目に光を、ほとんど、感じず。耳も、ほんのわずかしか、聴こえず。片足は短く、片腕も、すごく短い。それでも、持っているものが、あります」とゆっくり言葉をつないで少女の左腕を撫で、続いて左足も撫でました。それから御寺に携えてきた菊の残り香のある自分の右手を少女の鼻先に近づけると、女宮さまは再び強く、

「少し、しかない。けれど、持っている、ものを、使えば、あなたは必ず、時々は、しあわせを、感じる、ことが、あります。生きていて、よかったな、と思えることが、必ず、時々は、あります」と言い聞かせて口を少女の耳から離し、続いて瞬きを三度して中腰になりながら女の子を正面から見ました。

すると少女は、まるで言葉の全てが分かったように大きな頷きを返したのです。光を感じない目からは一筋の涙もこぼれ落ちました。思いが満ちた両親は熱くなった目頭に手をやったまま声もなく女宮さまへ頭を下げ続けました。

そばで私も胸を打たれていました。この時初めて、お仕えしてから初めて私は心の底から女宮さまへ深々と頭を下げていました。これほどの情愛は、発想はもちろん真似をすることさえ私にはできない。そう心の底から湧き上がって来た思いで、自然と深く頭が下がっていたのです。けれど同時に、女宮さまの言葉の一つ一つは、いくら強い声で語りかけても少女の理解を越えているように思えました。下鴨神社の宮司さんたちによれば短い話どころか単語も耳に入らず、音の種類さえ良くは聞き分けられないのです。ですが御寺の境内にわずかに入った空間を共にしながら「確かに」と私が感じたのは、労わり励まそうとする女宮さまの思いは少女に届いている。女宮さまの心が直接、少女の心に通じたのです。肉体器官は欠け言葉という媒体は介さずとも心は届いている。

私のしがみついてきた理屈が吹き飛んだ瞬間でした。手を温かく差し伸べて心から慈しむ行い。この女宮さまの行いこそが菩薩の御心。との思いに満たされた私は、正直申しましてこの時「神と仏のあいだには、境も隔てる一線もない」と心を入れ替えたのでした。

「せっかく遠くからみえたのですから、ゆっくりお参りしていってくださいね、御寺を。私たちはもうお参りを済ませたのでそろそろ失礼しますから」と両親の顔を見た女宮さまは、少女の左手を静かに離して自分の肩にかけていた鞄の中を左手でさぐると、

「匂いの感覚だけは人一倍優れている。そう娘さんのことを下鴨の宮司さんたちからお聞きしました」と両親に視線を投げ、鞄に入れた手を慎重に引き出しました。握られていたのは紙の袋、銀閣寺で香道のおみやげとして私もいただいてきた香入りの袋です。

銀閣寺へは戸古彦さまとご一緒でしたから、昨日ではなくて一昨日かその前のこと。十七種類の香をもらった私は、帰った晩に鞄から出して机の隅に置いた記憶がありました。女宮さまは三十三の香が入った紙袋をずっと鞄に入れたままだったのでしょうか、それとも一旦出して、今日は改めて鞄に入れ直して御寺に参詣されたのでしょうか。そう考えを巡らせている私の前で女宮さまは紙袋の形を整えると、両手で両親の前へ、

「お香を焚いて味わう香道のまねごとを京都に来てする機会がありまして。その時におみやげにもらったお香ですが、家に帰ったら娘さんに焚いて嗅がせて

あげて下さい。小さな炭の弱い熱を当てると、とても良い匂いが立ち昇りましたよ、この三十三種類のお香のどれからも」と差し出したのです。咄嗟に、「それはお揃いで戸古…」と私は口にしていました。そう背後から言葉を発しかけた私を片手を上げて制した女宮さまは、視線を両親に注いだまま言葉だけをうしろの私に向けて、

「いいのです、彰子さん。この女の子にさし上げるために、私がいただいてきたお香ですから。銀閣寺のお釈迦さまと観音さまのそう話す声が、今朝目覚める前に、私にははっきりと聞えたのです」と、優しさの中にも芯のしっかり通った声で答えました。

母親は一歩出て恐縮した両手で受け取ると、何もしゃべらずに額の高さに紙袋を掲げて深くお辞儀をし、押し戴く作法をしてから背負っていた鞄を下ろして丁寧に仕舞いました。その様子を微笑んで見ていた女宮さまは軽く頭を下げて女の子と両親の脇を抜けると、私たちを先導して大門を通り御寺の外に出ました。

「三十三のお香をあのように手放してしまわれて、本当によろしかったのでしょうか」との思いの残っていた私は、何も口にせずに横並びになるまで進み、

女宮さまの表情を覗き込んでみました。するとそこには、晴れ晴れとした顔とキラキラした瞳で風を切って颯爽と歩く女宮さまのお姿があったのです。以前と全く同じ、マスコミからのバッシングに巻き込まれる前と少しも変わらない、生き生きとした女宮さまがそこにはおられたのでした。

手を差し伸べて慈しみ、心から語りかけて励まし、更に三十三の香をも差し出す行いは、御寺の三尊の御心（みこころ）と代々のお上の御意（ぎょい）にも適いあそばし、ついに女宮さまは蔭った灰色の世界から光と色の溢れる世界へ戻って来られたのです。

〈ひさかたの　光のごとき　我が宮や　ぬばたまの世に　病むをいでにけり〉

二十六帖（御所）

翌二十二日は私たち女官二名は揃ってお休みを取りました。それは女宮さまがご自身だけで外出したいと希望されたからです。京都滞在が始まってから既に三週間以上が経ち、そのあいだ外出しなかった日は週に一日か二日あっただけで、毎日の様にお社やお寺など様々な場所に出かけては京都の私鉄とＪＲと地下鉄に乗ってきたのです。そんな女宮さまですからお一人で行動しても障りはないと考え、エンジのブレザーに短めのクリーム色のスカートを召した姿を自信を持って玄関で送り出しました。ＳＰはもちろん同行しましたが、戻っても何も二名へは訊きませんでした。付き添う女官の務めはあくまでも皇族方をお支えすることにあり、日々の監視が仕事ではありませんから。

翌朝の宿舎に、両陛下が揃って京都へ公務でお越しになる知らせがファックスで入りました。受け取った女宮さまはにこやかに目を通すと、朝食の済んだ食堂の窓を大きく開けて、

「外は自然に体が動き出してしまいそうな春の温かさです。散歩にぴったりの朝です」と形容して屋外の空気を三度ほど吸い込み、

「御苑を散歩に出かけましょう」と室内の私たちを見ました。

着替えから戻った女宮さまは、彩り豊かな綿ニットに薄青色のジーンズ。私たちもニットやパンツの普段着姿で携帯以外は何も持たずに、SP二名へも、

「できるだけ遠巻きで」とお願いして宿舎を御苑へ出ました。

最初に向かった場所は、地下鉄駅への途中にあってもこれまで通り過ぎるだけだった厳島（いつくしま）神社です。池と庭を見て回った次はとなりの旧閑院宮（かんいんのみや）邸跡で御苑の自然に関する解説を聞きました。それから北に歩いた私たちは、蛤御門の南にある桃園に咲き揃った紅と白の見事な花々をしばし眺めて過ごし、次は西から東へ御苑内を横切る形で建礼門の前を通り過ぎました。

健やかさをすっかり取り戻した女宮さまを見ながら、

「両陛下へは、この三週間に京都であった色々をお話してさし上げると、きっとお喜びになりますよ。京都でどんな人たちと出会って、どんなことがあったかを、お聞かせてしてさし上げると」と話しかけますと、表情を女宮さまはゆるめて、

「そうします、両陛下がみえたら。京都で私はどんな人と出会って、どんなことをしてくれた人たちがいたかをお話してみます。皇室の大切さが京都で良く分かってきたことも合わせて」

　くったくのない話振りに、問いを私は重ねてみました、

「旧宮家の木時蔭戸古彦氏にお会いしたこともお話しされますか」

「戸古彦さんとは昨日またお会いしてきました。ラジオ出演のお膳立てをして下さったお礼がてら京都駅で短く。日帰りで関西にみえる用事があるとおっしゃったので」

「そうですか」とだけ答えた私へ、女宮さまは真面目な顔で、

「あの方とはこの先どうなるか、まだ分かりませんけれど」と返事をして一旦口を閉じると、次はいたずらっぽい視線を送りながら、

「エドワード君が、私のことを待っているかも知れませんからね」

「それは、それは」と茶化し気味に相槌を打った私に、

「サリー公には娘と認めていただいた私ですから、イギリスにお嫁に行っても王室の一員としてうまくやって行けると思いますよ」と胸を張った女宮さまでした。ここで定子さんも加わって、

「それに女宮さまには、ローマで待っている芸術家が二人いますからねー」と真面目顔で話しかけますと、

「そうですよー」と真剣さを作った女宮さまですが、すぐに笑顔に戻って、

「二人のことはすっかり忘れていましたけど」と、どこまでが本気でどこからが冗談なのか分からない本来の話振りがこぼれ出て、付き添う私たちにも大きな笑いがこみ上げてきました。


御苑の鴨川寄り、京都迎賓館の東側には名水の湧く井戸が昔からあります。明治の中期以降は梨木(なしのき)神社の境内になったその辺りは、平安時代には権力者の藤原良房(ふじわらのよしふさ)がお屋敷を構えていた場所です。良房の娘で文徳天皇に嫁ぎ清和(せいわ)天皇を産んだ明子(あきらけいこ)は色彩豊かな衣服に心を寄せ、この地の井戸で衣を様々な色に染めて雅に宮廷で身にまとったそうです。紀事にちなみ染井(そめい)と呼ばれて今日まで

伝わっている井戸は昔と変わらぬ水質で人々を引き付け、自然水を求める市民の行列ができていました。

二つある吐水口のうち参拝者用を空けてくれた人の前で軽く一礼をした女宮さまは、杓子に染井を満たして遠ざかると一口含み、

「困難の中にいる人を救い出すことまでは、私にはできませんが。明るさを少しは与えてあげられると御寺で感じました。苦しい人に親切にするとこんなに気持ちが晴れ晴れするとは、京都に来て初めて知りました」と心の内深くを私たちへ話してくれました。

三月半ばに既にテレビニュースが初鳴きを報じていたウグイスが、私たちの前でも初音(はつね)をこの日聞かせてくれた染井を取り囲む御所の森一帯は、晴れて暖かな空気に包まれ、定子さんによれば、

「物を欲しいとは、思い付かない」、私の考えるには、

「人を妬み羨む気持ちも、起きて来ようのない」、女宮さまは、

〈肌だけで　生きているその　しあわせを　誰もが感じる　うららかな朝〉と和歌にして詠んだ、飾りのない心にこそ沁み入る、日本の春そのもの穏やかな弥生の二十三日でした。

二十七帖（清明）

女宮さまに付き添って女官の私たち二名が京都に来たのは二月の下旬、雨水を過ぎて春の足音が聞こえてきたものの風は冷たく咲く花もまだ少なく、寒風に雪の舞う日々を耐える覚悟もいった如月の二十七日でした。それから三週間と三日が経った私たちは、花が絶え間なく咲いてくる春への衣替え盛んな御所にいました。

女宮さまはこのあと日程を延ばして、さらに二週間ほどの休日を京都で楽しみました。東寺と東本願寺へは忘れずに行ってきました。紫式部が源氏物語の構想を得た近江の石山寺（いしやまでら）と日吉大社（ひよしたいしゃ）へも京阪線の路面電車に乗って出かけてきました。奈良はサリー公爵一家とご一緒して良い思い出になりましたし、

「都会化した京都とは違ってのんびりした雰囲気に心がやすらぎます」と女宮さまは気に入られ、春爛漫の日に再び出かけて平城宮跡をゆっくりと巡って歩き、周辺の薬師寺はじめとする寺院に参詣した最後は、俗塵は寄せても及ばぬ苔の庭も訪れてくつろぎの時を過ごしてきました。

ほかにも名所と旧跡がたくさんある京都と周辺です。中でも大原の三千院や寂光院（じゃっこういん）、栂尾（とがのお）の高山寺（こうざんじ）は賑わいますが、

「秋に来た時のために、取っておきたいです」と女宮さまはおっしゃり、源氏

物語にて紫式部が度々言及している奈良の長谷寺と共に次の機会に譲りました。
錦小路市場へは更に二度買物に出て自炊をしました。通算で三度目となった京都で最後の自炊は、一か月を超える日数お世話になった人たちへの謝恩会として、三人の腕の限りを尽くして汁物、お造り、揚げ物、焼き物、煮物、甘味を作り、宿舎の庭にある池の西側に臨時の席を設けてSPさんたちも呼んで、十三夜を思わせる月を観ながらみんなで食べました。

滞在わずかとなった四月一日に女宮さまは心ときめく桜を京都に着いて最初に行った鴨川べりを歩きながらご覧になりました。あでやかな帯のように続いていく桜へ視線を近くにやったり遠くへやったりしながら西の岸を上流へ歩き。橋を渡った東岸では賀茂御祖のお社にお参りをして、下鴨本通ではお店に寄って桜餅と草団子をいただきました。出雲路橋からは満開の染井吉野が作るトンネル中を進んで行き、北大路を越えた先から桜は八分咲きの枝垂れ八重紅に替わりました。途中で植物園にも立ち寄って色合い様々な二百種類もの桜を観賞すると、再び賀茂川に沿って上流へと歩きました。そうして上賀茂のお社にたどり着いて、満開の斎王桜の大木から薄紅色の花弁の数々が風に舞って華やかに踊る姿を見るまで、京の宮処は桜の花に埋め尽くされていました。

こうしてこの年は満開の桜を京都で見て、五週間暮らした御所を女宮さまはあとにしました。お土産に夏用の男物帽子と「京」の字の入った桃色と菫色のTシャツを宿舎から近い寺町通でお求めになった翌日、お昼過ぎの新幹線に乗った女宮さまはトンネルに入るまでほんのひと時見える東山を指差して、「泉涌寺あたりもすっかり桜色に染まっていますねー」と気持ちを込め、御寺での二つの出会いに思いを馳せておられました。走る列車の中でも、「京都は今では、ふるさとに思えます、私にゆかりのふるさとに」を繰り返した女宮さまでした。

*

京都を離れて一日置いた二十四節季の清明に女官のわたくし水野彰子はこの日記物語の草稿を書き上げました。話を結ぶにあたって、「いつの時代のことでしょう、この物語のできごとは」と問われましたら、
「平成の御世も三十年を数えるようになった、次の御代への御譲位も小さく聞こえてきた申か酉か戌の歳、西暦で言えば二〇一〇年代後半のことです」と答えるでしょう。猿と雉と犬ならぬ女官二名と警護官数名からなる少数の者が、桃太郎ならぬ見目良き皇室の女宮さまにお供をして洛中洛外の神社や寺院の

数々を巡り歩き、郊外にも足をのばして愛すべき人々と出合い眞心で触れ合ったのち、御寺での奇しき巡り合いを以て、ついに心穏やかな日々を女宮さまが取り戻すことができた京都の佳き休日のお話ですと答えるでしょう。

もう一つお伝えすべきは、一生で二つの人生を生きようとの考えが女宮さまから私に引き継がれそうな点です。これまでは「生まれついた皇族として人生の前半を生き、結婚してからは一国民として世の中の喜怒哀楽を生きる」覚悟をされていた女宮さまですが、結婚後も皇族に準じて生きることができないか考え始められたのです。一方の私は役所に入った時から皇族にお仕えする仕事に生涯を捧げるつもりで十五年を超える年月取り組んでまいりました。社会的に恵まれたこの地位は手放すべきでないという思いが内にも外からもあって、私生活での幸せである庶民的な鉄道員との結婚に踏み切ることができないでいました。けれども京都で休日を過ごす女宮さまに五週間という長きに渡っておそばに仕えることで、一つの仕事を成し遂げることができました。その仕事はある意味、自らの職を賭した上層部との戦いでもありました。オク仕えの女官としてこの先も続けることができないではないでしょうが、上層部からの責めは全て私が負い、女宮さまを守ることで、この仕事は大きく完結するはずです。

それを考えて私は、宮仕えを離れて地方転勤の多い鉄道マンに寄り添う決心がつきました。

〈きざし愛(め)で　歩みに喜憂(きゆう)　末惜(すえお)しむ　春の来方は　毎年ちがう〉と感じるようになっていたここ数年の私です。春は待つこともふいに来ることも、また進む速さも毎年ちがうようです。そう感じるようになった理由は生きてきた年月が積み重なったせいであることは確かですが、この春はまぎれもなくちがった来方をした春でした。

いずれにしましても京の地で女宮さまと定子女官と共に過ごした五週間は、ビオラとバイオリンとフルートが奏でる生き生きとした音楽に先導されて次々と懐かしい場面が蘇ってくる麗しい記憶として、生涯私の心の中で光を放ち続けることでしょう。

（作者より）

この日記物語はフィクション（虚構）であり、実録でもドキュメンタリーでもありません。従いまして語り手を含む登場人物はいずれも、実在する特定の方々や人々ではありません。

物語中で言及のみある方々は、ご健在の場合は仮の名または普通名詞で表記することにより個人に触れない工夫をしました。歴代の天皇、歴史上の人物、外国王室に属していた物故の方、それらの方々には実名を用いています。ほかに固有名詞で表記したのは神社と寺院、また物語の舞台である京都市、宇治市、奈良県、滋賀県、兵庫県、大阪府の地名や地理、鉄道会社や鉄道駅など公共性の高い施設です。大学に関しては名称に触れないか、仮の名を用いています。

物語が展開する時期は、平成の時代も三十年を数えるようになった年の春に設定していますが、月齢すなわち月の満ち欠けや昇る時刻に関しましては、実際の暦とは必ずしも一致していません。

語り手と登場人物の会話にある思想は作者の個人的考えと発想を述べたに過ぎません。従いましてここに改めて記すまでもなく、陛下方と殿下方をはじめとする皇族方や旧宮家の方々の考えを反映すべく、忖度（そんたく）して書いたものではありません。

作者はまた、自らを除きいかなる個人、集まり、組織、団体、国家、等々の思想も代弁しておりません。

著者：本名は細井裕介。
愛知県岡崎市生まれ。名古屋大学卒業。
製薬会社に勤務して生薬の栽培調達。
米国の大学に留学して英検１級と国連英検Ａ級。
化学会社に勤務して海外Ｍ＆Ａ。
小説５篇と児童文学５篇を書いた中から
本編「京都の休日　春の二十七帖」は初の出版。
筆名の「とう乃ほゆ」は紫式部がそうである平安王朝貴族の
藤原北家、その末裔の末裔を自任する出自より藤原すなわち
藤「とう」、本名から名字の「ほ」と名前の「ゆ」。
この二つを「乃」で結び付けて「とう乃ほゆ」。

京都の休日　春の二十七帖

2024年3月3日　第1刷発行

著　者　とう乃ほゆ
発行人　大杉　剛
発行所　株式会社 風詠社
〒553-0001　大阪市福島区海老江 5-2-2
大拓ビル 5 - 7 階
Tel 06（6136）8657　https://fueisha.com/
発売元　株式会社 星雲社
（共同出版社・流通責任出版社）
〒112-0005　東京都文京区水道 1-3-30
Tel 03（3868）3275
装幀原案原画　細井裕介
デザイン協力　2DAY
印刷・製本　シナノ印刷株式会社

ISBN978-4-434-33443-6 C0093